魅丽文化 飞言情工作室

林深深，鹿萌萌

乔方 著

江苏凤凰文艺出版社
JIANGSU PHOENIX LITERATURE AND ART PUBLISHING, LTD

图书在版编目（CIP）数据

林深深，鹿萌萌 / 乔方著. — 南京 : 江苏凤凰文艺出版社，2017.7

ISBN 978-7-5594-0591-3

Ⅰ. ①林… Ⅱ. ①乔… Ⅲ. ①长篇小说－中国－当代 Ⅳ. ①I247.5

中国版本图书馆CIP数据核字（2017）第125712号

书　　名	林深深，鹿萌萌
作　　者	乔　方
出版统筹	黄小初 邹立勋
选题策划	飞言情工作室
责任编辑	胡小河 姚　丽
文字编辑	何　进
责任监制	刘　巍 江伟明
出版发行	江苏凤凰文艺出版社
出版社地址	南京市中央路165号，邮编：210009
出版社网址	http://www.jswenyi.com
印　　刷	湖南新华精品印务有限公司
开　　本	880mm×1230mm　1/32
字　　数	276千字
印　　张	9.5
版　　次	2017年7月第1版，2017年7月第1次印刷
标准书号	ISBN 978-7-5594-0591-3
定　　价	29.80元

CONTENTS 目录

目录 CONTENTS

第一章

有种放下武器

“鹿可，鹿可。”

有人在叫她，那声音忽远忽近，闷头倒在桌上的鹿可猛地打了一个酒嗝，清醒过来。

“鹿可，要不你先回去休息一下？”旁边的同事担忧地看着她。

鹿可摇摇头，目光偷偷地往贵宾席那边瞟。

如果现在有人问她：再次见到五年前不辞而别的男朋友，他却不认识你了，是一种怎样的体验？

鹿可一定会回答：林深，去你的！

从林深作为合作伙伴在他们公司年会上高调出场，到他和他们的主编兼BOSS侃侃而谈，鹿可的目光就一直跟着他，然后猛地给自己灌酒。

不过现在，比她的心更难受的是她的胃。

“帮我看会儿包，我马上回来。”把包丢给一旁的同事后，鹿可步履凌乱地往卫生间冲去。

“男？女？”

站在卫生间门口，鹿可犯难了。

她歪着头对门上挂着的牌子望了两眼，那上面的字……她果然不认识。

虽然很不想承认，失读症患者等于半个文盲却是不争的事实。

作为失读症里“文盲”得最彻底、至今还在大学留级，且知道自己没救了的鹿可，想也没想就推门走了进去。

管他呢，碰运气吧！

结果，她的运气明显不咋样。

卫生间里的墙上挂着一些奇怪的白色瓷器，有过好几次闯进男厕所经历的鹿可对此已十分淡然。

她果然进了男厕所。

不过，胃里翻江倒海，她受不了了，奔到马桶边，就开始狂吐。

她不在意，可不代表别人不在意。

身为此刻男厕所唯一的男性使用者，林深看着突然冲进来的鹿可，整个人都是崩溃的。

林深在慌乱中将裤子提起，大喊：“你是谁？快出去！”

听到林深的声音，鹿可猛地回头，难以置信地看着他。

“你问我是谁？”

“滚，女变态，别逼我叫保安！”该死的，拉链为什么偏偏在这时候出问题！

“你问我是谁？！”鹿可加重了语气。

他居然把她忘了！鹿可怒火攻心，顺手抄起手边的棍子。等她抡起来才发现，这哪里是棍子，分明是保洁员放在角落里的拖把。

林深被震住了，看着她手中还在滴污水的拖把连连后退。

林深一手提着裤子，使劲儿想着对策，道：“有种你放下武器，咱们……”

这时，门口传来脚步声，有人来了。

林深趁着鹿可分心的时候，一脚踢开她手中的拖把。

林深嫌恶地甩掉不小心溅到鞋面上的污水，指着鹿可对推门进来的保安吩咐道："快，把这个疯女人丢出去！"

"林深，你浑蛋！"被人架出去的鹿可不甘心，指着林深的鼻子大骂。她的声音传遍了整条走廊，引来不少人侧目。

林深现在哪里还有心思管鹿可，他看着鞋面和裤管上的污水，五官皱成一团，满脸嫌弃。

"你们凭什么不让我进去？"

被人丢出酒店的鹿可当然不服气，正想往里冲，却被人拦住了。

"大妈，别在这里捣乱！"保安打量了她一眼，说道。

鸡窝头，运动服，这副模样别说在这家酒店吃饭了，估计连一杯茶水钱都付不起。

"去去，你看人家老板长得帅，也不能冲进男厕所啊！哪儿凉快哪儿待着去！"

保安身经百战，对付鹿可这种人自然不在话下。

"走？"鹿可欲哭无泪，她一个失读症患者，一不识字，二不识路，能走到哪里去？

鹿可只能乖乖地听话找了一棵大树，在旁边蹲着，等着同事们发现她不见了来救她。

而此时，酒店的总统套房内，林深的特助乔繁抱着一套崭新的西装走进来，同时递给他一台平板电脑。

他瞟了一眼简历上女人的照片，瞳孔骤然放大，接着拼命地揉了揉眼睛，确认了好几次才敢相信自己看到的是真的。

"那个女流氓？！"他把资料往下翻，看到"失读症"三个字的时候，迷惑了，"你能解释一下失读症是怎么回事儿吗？"

乔繁想了想，用林深能理解的方式答道："就是先天性文盲！"

林深："……"

鹿可蹲坐在树荫下，拿了根树枝在地上画圈圈，画着画着就想起了林深。

她想起了那些年帅得人神共愤的他，想起了不认识她的……

视线里突然多出了一双黑色皮鞋，鹿可抬头，一眼就看到了林深。

“鹿可？”林深试探着问了一句。

“你终于想起我了对不对？！”鹿可兴奋得一跃而起！

林深表情有些尴尬，没想到他居然沦落到要施展美男计的地步。他不着痕迹地推开她，和她保持安全距离。

“鹿小姐……我先送你回去吧。”

鹿可这才意识到，林深并没有想起她！

林深开车的技术很好，一路上都开得很平稳。

“那个……我没想到你就是黑土……我向你赔罪。”林深想了想，又觉得口头道歉不够真诚，又道，“鹿小姐可不可以赏脸，让我请你吃顿饭？”

鹿可十分感动，然后拒绝了他。

林深还没有想起她，请她吃饭不过是因为她是插画家黑土，而不是因为她是他五年前的女朋友鹿可。

她只是没想到，林深对请人吃饭的执念还真不是一般的深！

他甚至不惜以她不答应，他就不送她回家来威胁她！

身为一个文盲加路痴，鹿可此刻内心是崩溃的。

最后，两人还是按照林深的选择，来到一家法国餐厅，他们到的时候正是饭点，餐厅里挤满了人，服务员好不容易才替他们找到一个靠窗的座位，递来两张菜单。

鹿可接过菜单，对着上面密密麻麻的字发了愁。

她连中文都不认识，更别提法文！鹿可随手指着一张图片看上去还算不错的菜，对服务员说道：“就这个吧。”

林深瞥了一眼，眼底有些怀疑。

“你确定点这个？”

鹿可回望他，问道：“怎么，不可以吗？”

林深轻咳了一声，没再说话，只吩咐服务员早点上菜。

很快，服务员就端着两份精美的法国大餐来了，鹿可的那份是一块拳头大小不明品种的肉，鹿可握起叉子刚叉下去，血丝就从洞口溢了出来。

鹿可这才弄清楚这道菜的庐山真面目：法式鹅肝！

对内脏向来很排斥的鹿可顿时食欲全无。

林深将她“皱着眉叉起鹅肝又放下的，满脸嫌弃”的整个过程看在眼里，一边切着牛排，一边含笑问道：“鹿小姐怎么不吃？”

这家伙绝对是故意的！

鹿可瞥了一眼桌上的鹅肝，别开头，岔开话题：“那个……你找我有什么事？”她又不傻，才不会相信他只是单纯想赔罪那么简单——明明在会场的时候，他的态度还那么恶劣。

“我们公司开发了一款新产品，需要一名测评师。”摸不准鹿可的脾气，林深只能开门见山。

“不行！”鹿可拒绝得十分干脆，“我不接《最青春》之外的任何邀约。”

“薪酬双倍！”

“不行！”没有丝毫转圜的余地，鹿可毫不犹豫地说道。

“为什么？”

因为我不相信除高翔之外的任何生意人！即使你和我记忆中的那个林深长得一模一样也不行！鹿可在心里默默回答着，说出口的却只有六个字：“说不行就不行！”她的态度十分坚决，“如果林总想说的就是这个，那很抱歉，我帮不上你的忙。”

虽然早就知道他不会无缘无故地请自己吃饭，但是知道真相的鹿可还是有些烦闷，她抬头看了一眼对面那个脸色和她面前盘子里的鹅肝一个颜色的男人，想揍他的冲动越来越强烈了。

鹿可站起身，想出去透透气，没想到动作太大，一不小心扯到了桌布，桌上的酒杯就倒了下去。鹿可倒是干干净净地站在旁边躲过一劫，林深就惨了。

桌上高脚杯里的红酒尽数倾洒到了林深的衬衫上。

被红酒浸湿的衬衫紧紧地贴在林深的身上，显露出他精壮的身材。而他的胳膊更是重灾区，左手的袖子几乎已经全湿了，露出壮硕的肌肉和一块青紫色的胎记。

鹿可忙找出纸巾，弯腰凑过去准备帮林深擦掉红酒，一眼就看到了那块青紫色的胎记，顿时愣住了。

林深没有察觉到她的异样，顺手抽走她手里的纸巾，一边擦，一边嘟囔："我和你前世一定有仇！这都是今天的第二回了。"

没有听到回应，林深抬头，看到的就是一位双眼发直、神情恍惚的"痴汉"。

"喂！"林深怒吼，"你不会又在想什么变态的东西吧！"

对于一个能够随随便便闯进男厕所赖着不走的女人，林深才不会相信她直勾勾地望着自己的眼神里能有多少纯洁的东西！

他一刻都不想和这个女流氓多待！

林深正想掏出手机给乔繁打电话，一道银光突然从他的眼前一闪而过，一条银质项链从鹿可的衣领里掉了出来。

"这是？"林深伸手握住那条项链，难以置信地看着项链的心形吊坠，背后果然刻着一个"墨"字。

"我妈的遗物怎么会在你这里？"林深激动地站起身问道。

项链还挂在脖子上，林深扯着项链硌疼了鹿可，她只能踮起脚，仰视着他。

即使两人的身高不在同一个水平线上，鹿可的气势也没有丝毫减弱，她怒极反笑，瞪着林深，道："林深，你要演到什么时候？！这不是狗血偶像剧，你别告诉我你失忆了。"

"你怎么知道的？"

他五年前出了一场车祸，以前的事情，他的确记不清了。不过这件事除了几个亲近的人，没人知道。

而鹿可不仅知道这件事，居然还有他母亲的遗物！

但是很明显，鹿可和他的想法并不在一个次元。

鹿可还以为他承认了他在欺骗她，故意隐瞒他就是当年那个林深的事，气得两眼发昏，也顾不上这是什么场合，扬起手就是一巴掌。

“啪”的一声，在大厅里格外刺耳，不少人纷纷转头侧目，盯着他们这一桌。

“林深，我等了你五年可不是让你来耍我的！”鹿可怒吼，眼泪抑制不住地往外流，“对，是我太傻，五年前你不辞而别的时候，我就应该明白的！”

平白无故地挨了一巴掌的林深蒙了，他愣愣地看着鹿可冲出餐厅。直到服务员出于同情给他递来一张纸巾，他才回过神来。

“鹿……”林深想追上去，却被服务员拦住了。

“先生，你的饭钱还没付。”

林深翻出皮包，数也没数，抽出里面所有的钞票，塞在服务员的手上，说了句“不用找了”就跟着冲了出去。

鹿可早在那一巴掌打下去的时候就怂了。

她在宴会上听了不少关于林深的事：林氏企业总裁、24K纯金富二代，全城败家子弟的一把手！

她赏了他一巴掌，不会被他记恨吧？鹿可已经脑补出二三十万字的“霸道总裁爱上我”这类狗血言情小说了。

余光扫到冲出饭店的林深，鹿可忙钻进路边停着的一辆出租车。

“师傅，赶紧开车！”

林深冲过去的时候，出租车已经绝尘而去，满心的烦躁无处释放，他一脚踢到身边的树上。

一阵钻心的疼痛从脚底传来，林深下意识地就想去抱脚，意识到这样做很丢脸后又生生忍住了，佯装无事地朝远处观望。

这一眼就让他发现了那辆开了不到百米，又突然停下来的出租车。

哼，这下你跑不掉了吧！

林深一瘸一拐地赶过去，还未走近，就听到出租车师傅在抱怨鹿可。

“往前开？往前开是几个意思啊，让你说个地址你都说不清楚，姑娘，你逗我玩呢！”

鹿可被数落得满脸通红，眼看着林深越走越近，心里更慌了。

“鹿可！”林深已经走近了，说着就要来拉车门。

车门早已被上了锁，他自然拉不开，林深敲了敲鹿可的车窗，说道：“有话咱们出来再说！”

出租车师傅看着鹿可脸上还未干的泪水，再看车窗外林深一脸焦急的模样，顿时了然。

“我说你们小情侣吵架就吵架吧，干吗要耽误我的生意呢？”出租车大叔苦口婆心地劝道，“小姑娘啊，听你叔一句话，这年头遇到个对眼儿的人不容易，再大的矛盾说开了也就好了……”

大叔，你上辈子是唐僧吧！

鹿可忍住吐槽的冲动，催促他：“师傅你到底做不做生意了？”

林深很不给面子地来拆台。

“师傅，她没钱、没手机，还记不清家里的地址，你若拉了她，只会是一桩麻烦事。”

“喂！”鹿可正想反驳，可是……他说得好有道理，她竟然无言以对。

出租车师傅临走的时候还劝了他们“小两口少吵架，遇事多沟通”等一大堆废话，听得鹿可满头黑线，恨不得用针线把他的嘴缝起来。

和鹿可相反，林深满肚子的怒气都被这个插曲化解了，心情极好的他左手钳制着鹿可，右手朝出租车离去的方向挥了挥。

送走了出租车大叔，就到了要好好教训这个不知死活的女人的时候了。

林深刚准备开口，兜里的手机很不是时候地响了起来。

鹿可本想趁他打电话的时候悄悄溜走，没想到林深早就料到了她的心思，一只手接电话，一只手钳制着她。

林深跟电话那头的人匆匆交代了几句之后，就挂断了。

他回头，看了脸上还挂着泪痕、眼底却写满了倔强的鹿可一眼，眉头皱起。

“我没时间，你告诉我这项链是哪里来的，我马上就放了你。”

哼，继续编！

鹿可别过头去，道：“你不就是想甩掉我吗？我都已经如你的意放手了，你还紧追不舍是什么意思？”

林深没心思去猜她的“弦外之音”，见她不肯说出项链的来源，索性拖着她往停车场走。

“我现在还有事，等我处理完了咱们再慢慢聊！”

“慢慢聊”这三个字说得极重，每个字都像是从牙缝里挤出来的。

“我和你没什么好说的！”她要让他知道，她也是有骨气的！

林深本想打电话让乔繁联系高翔送她回家，在听到这句话之后索性挂断了电话。

他粗暴地将鹿可推进车内，用安全带将她绑好了之后，锁上了车门。

“喂！你这是绑架！”鹿可手忙脚乱地解安全带。

林深不理她，一副“我就是绑架你了你能怎样”的表情，一脚踩下油门，汽车像离弦之箭一样猛地冲了出去。

“敦皇娱乐在找死吗，居然敢在老子家门口办签售会！”

“猜到会是卫锦了，他们公司也就这么一个艺人拿得出手了！”

“等老子过去砸了他们的场子！”

……

鹿可目瞪口呆地看着林深施展“狮吼功”，连自己被人“绑架”的事都忘了。

快到目的地时，林深才挂断了电话，通过后视镜扫了鹿可一眼，见她一脸惊恐，忙调整自己的表情。

“那个……我对自己人还是很温柔的，所以只要你签约……”

他的话音未落，车窗玻璃就被人敲响了，一位西装革履、满头大汗的中年男人站在车外。

“BOSS，签售会已经开始了。”

被人打断了的林深很不爽，一开口就是大吼：“没看见老子正忙着呢！”

鹿可：“……”说好的对自己人很温柔呢！

男人被无缘无故地吼了一通，也不恼，甚至还彬彬有礼地和鹿可打招呼。

“您好，您就是BOSS在电话里提到的鹿小姐吧？很高兴认识您，鄙人姓刘，是BOSS的首席秘书，您可以叫我刘秘书。”

鹿可向刘秘书微笑着点了点头，道了声：“你好。”

林深自然是没那个耐心等他们互相认识的，他自顾自地下车，绕到后座刚把车门拉开，早就解开了安全带的鹿可终于逮到了逃跑的机会，猛地推开车门钻了出去。

只听“砰”的一声，重物倒地的声音从身后传来，林深看着块头蛮大的，怎么这么弱不禁风，一推就倒了？鹿可回头看了一眼，甩开心头的愧疚，继续往前跑，跑了没几步，就听到身后传来焦急的呼唤声。

“BOSS，BOSS，您没事儿吧。”

被车门撞一下能有什么事儿！鹿可如此安慰自己，又回头看了一眼，见刘秘书的神色不像是没事的样子，再看林深，发现他已经晕过去了。

天啊，不就是被车门撞了一下，怎么会这么严重？

鹿可跑回去，蹲在林深身边。

“你会开车吗？等救护车来太浪费时间了，我们先把他送到医院去吧。”

刘秘书收回正要拨号的手机，忙不迭地点头。

“那麻烦您帮我搭把手。”

他们一个抱头，一个抬脚，好不容易才把林深抬起来，他竟毫无预兆地睁开了眼睛。

鹿可吓得差点松了手。

“你是故意的！”什么昏倒，一定是这家伙的诡计！

林深睁着乌黑的大眼睛，一脸无辜地望着鹿可。

这时候，不远处的签售会已经开始了，“卫锦，卫锦”的声浪一波接一波地传过来。

林深的眼神一下子就亮了，他挣扎着让鹿可和刘秘书放他下来，脚落地后的第一件事就是对着车旁的反光镜拨了拨头发，一边弄，一边嘟囔："天啊，这里都留疤了，这让我怎么去见我家男神啊！啊啊，要死，签售会要开始了！哼，你这死丫头，等我回来再找你算账。"

鹿可被林深那销魂的尖细嗓音弄得鸡皮疙瘩几乎掉了一地，她打一个哆嗦的工夫，林深已经用娘娘腔专用的"兔子跳"一蹦一跳地朝着签售会现场飞奔而去。

"不好，快去拦住他！"

鹿可大脑还没反应过来，身体早已先一步行动，跟着刘秘书去追林深。

"我们为什么要追他啊？"

"此事说来话长，一定不能让萧时见到卫锦，不然就惨了。"

萧时？这又是哪里蹦出来的人物？

还没等鹿可把心中的疑问说出口，一抬头，刘秘书和林深的影子都找不着了。

唉，来自大长腿的深深的伤害啊！

等鹿可迈着小短腿赶到会场的时候，刘秘书已经控制住林深了。

或许还算不上控制住了，因为刘秘书虽然抱住了林深，想把他往后拖，可奈何两人不是一个力量级的，所以鹿可看到的就是林深拖着刘秘书，双手捧脸，一边尖叫着"卫锦，我爱你"，一边拨开黑压压的女粉丝往里面挤的一幕。

那一刻，鹿可的脑海里蹦出了一个词：金刚芭比！

眼看着刘秘书就要被拖进人群中了，就他现在这种被硬拖着的状况，进去了不被挤成肉泥也要被踩个半死。

说时迟那时快，鹿可连忙伸手去拉林深，奈何粉丝太多，她在人群里摸了半天也只摸到一把头发。

鹿可揪着那把头发，硬是把林深拽出了人群。

"啊，疼，你干什么？！"

林深那刻意拉长，甚至还做了一波三折处理的尾音，让鹿可再次忍不住打了一个寒战。

为什么她会觉得这个时候的林深，身边有很多粉红泡泡？

鹿可走神的时候，林深已经挣脱她的钳制一个劲儿地往里冲。刘秘书被拥挤的人群挤着脱不开身，只能在人群中朝鹿可摇臂大喊："鹿小姐，不管你用什么办法，请一定要拉住他，不然会出大事的。"

不管用什么办法吗？

她喜欢这句话！

鹿可瞬间像是打了鸡血一样，一把拉住林深的手，抬手，用力，回旋踢！

林深这个身高一米八的大汉，就这样被鹿可狠狠地踢倒在了水泥地上。

围观群众都震惊了，纷纷拿出手机拍照，刘秘书终于得空钻出来，忙用身体挡住摄像头。

"鹿小姐，您带着BOSS先走，我断后。"

在武力值上狠狠碾轧了林深一把的鹿可心情大好，一把拎起林深的衣服，硬是把他拖到了车内。

"喂，这么粗暴，你还是女人吗？真丢女人的脸！"

"娘娘腔？"她刚刚没听错吧，林深跟她说话的语气，简直能让人鸡皮疙瘩掉一地，问道，"你还是林深吗？"

"哼！我才不是那个自大狂呢！人家有名字来着，叫萧时！"

"萧……时？"

"是啊，我和林深一起住在这个身体里，不过林深那家伙好坏的，一直都不肯放我出来！"林深噘着嘴，满脸的不开心。

难不成是多重人格？

为了治疗失读症，鹿可近几年见过的心理医生比学校校花谈过的男朋友还多，因此也结识了不少"病友"，从自杀狂到抑郁症，形形色色的人见过不少。

多重人格算是其中比较罕见的一种。

难不成，林深就是因为患了多重人格障碍才会不认识自己？

不过，五年前她刚认识林深的时候，他还正常得很啊！而且据她所知，多重人格一般是遇到了强烈的精神刺激，患者承受不住就会衍生出其他人格来应对压力。

林深作为一个“五讲四美”好青年，根正苗红的富二代，别说压力了，他不给别人压力就不错了！

没等鹿可想清楚，萧时就已经换上了一副讨好卖萌的表情。

“姐姐，我好不容易才出来一回，你就让我去看看卫锦好不好？人家就这么一点点小小的心愿你都不能满足吗？”萧时眨着无辜的大眼睛，另一只手已经摸上了车门开锁键。

“给我乖乖地坐好！”鹿可站在门外，“砰”地将车门关紧。

“我不！我就要去见我家男神！”萧时长腿一跨，由副驾驶座跨到了主驾驶座上，鹿可从窗户里伸出手来去抓他，结果连衣袖都没抓到。

“你看，你们家男神已经走了！”鹿可随手指着一辆会场里开出来的黑色轿车诓他。

萧时果然不再闹腾，盯着那车牌号看了看，双眼就像探照灯一样，突然就亮了。

“啊，果然是我家男神的车！”

萧时把屁股挪回驾驶座上，拉手刹，换挡，踩油门。

鹿可心里“咯噔”一下，还没来得及拦住他，车就已经飞驰出去。

鹿可前半截身体在车里，腿还挂在车外，姿势很……有回头率。幸亏因为今天有明星的签售会，这条路上的车子很多，林深开不快。鹿可抓准机会像条滑溜溜的泥鳅一样滑进车内，等萧时注意到她的时候，她已经爬到副驾驶座上了。

“你什么时候进来的？”萧时偏过头瞟见她，差点吓出心脏病来，大惊失色道，“你这位阿姨还真是阴魂不散！”

鹿可揉着被硌疼的小肚子，瞪了他一眼，求人帮忙的时候是姐姐，一转眼就变阿姨了！

还真是个没良心的家伙。

萧时一个急刹车，险些撞上了前面的车，他朝旁边猛打了一下方向盘，直接逆向行驶，超过前面的车。眼看就要和对面的车撞上了，他又猛地往右打了一下方向盘，和那辆车“擦肩而过”。

鹿可已经吓得心脏都快从嗓子眼儿里蹦出来了。

“那个……林……萧时，你有驾照吗？”

萧时耸了耸肩，回答得十分干脆：“没有啊！”

“没有你还敢上路！”

“不过林深有，一样的！”和鹿可说话的时候，萧时的脚下也没松，汽车伴随着发动机“呜呜”的声音，飞驰出去。

鹿可这回总算是体验了一把什么叫生死时速。

“这能一样吗？萧时，你快停下来！”

“阿姨坐稳了，我要加速了！”

不理会鹿可的厉声制止，萧时脚踩油门，直接把车速提到了最高。

……

第二章

人格分裂的前男友

当萧时把车停到路边的时候，鹿可还惨白着脸，紧闭双眼，双手紧紧抓着安全带不肯松开。

萧时蹑手蹑脚地解开安全带，偷偷地打开车门，想趁她不注意的时候溜下车。

结果他的脚还没迈出去，一个冰冷的女声就喝住了他。

“萧时，我要杀了你！”

萧时不敢回头，跳下车后就开始拔足狂奔。

鹿可想起刘秘书的嘱托，心中不敢松懈，手忙脚乱地推开车门，跟了上去。

当来到露天停车场，看到里面停着的那辆熟悉的黑色轿车时，鹿总算明白萧时为什么舍得停下来了。

原来已经到了敦皇娱乐的总部。

卫锦身为影、视、歌三栖明星，靠刷脸愣是挤上了一线，前段时间还出了一本自传体小说，一时间风头无两。

敦皇娱乐大厦的楼下，聚集了一大批粉丝，其中多以十三四岁的少女为主，她们穿着印有卫锦头像的T恤，举着各式各样的荧光牌，或蹲或坐或站地守在大厦门口。

这时候，黑色轿车门打开，一位身穿卡其色休闲裤、白色衬衫，头戴鸭舌帽的男人，从车里走了下来。

粉丝们瞬间就疯狂了，蜂拥而至。幸亏经纪人早有准备，在卫锦的前后左右都配了保安。再加上又是在敦皇娱乐的大门口，保安很快就反应过来，拦着疯狂的女粉丝，为卫锦让出路来。

“锦宝，我爱你！”

在一片尖锐的女声中，林深这大嗓门就显得十分突兀，不只是女粉丝们纷纷回头，看向这个不管是从年龄还是性别都不太像她们中一员的男粉丝，就连原本只想安安静静地做个美男子，默默回公司的大明星卫锦也被他吸引了，摘下墨镜朝他这边望过来。

也没有传闻中的那么好看啊，不明白怎么会有这么多女粉丝为他要死要活的……鹿可撇撇嘴，余光不小心扫到了萧时，差点吓晕了。

这个双手捧脸，面带桃花，含情脉脉的“少女”，还是她认识的那个林深吗？

“你是我的粉丝吗？”卫锦迈开大长腿，没几步就走到了萧时面前。他这话一出口，周围就传来无数女粉丝的心碎声：我们都是你的粉丝啊，锦宝你为什么不看我们啊？！

“锦宝！我爱你！”萧时伸出双手就要朝卫锦扑去，幸亏鹿可手疾眼快先发制人抓往这家伙的衣领，再加上卫锦身边的保镖完美的配合，才算拦下了这个恨不得分分钟扑倒卫锦的疯狂粉丝。

卫锦显然也被吓到了，连退几步，只是这么多人看着他又不好意思直接走开，只得给自己找了一个台阶下。

“你是要签名吗？带了本子来我就给你……”

“签这里，签这里！”萧时伸长了脖子，把脸凑了过去。

这下不仅是卫锦，就连鹿可都要无语了，恨不得找个地洞钻进去。

萧时这货是从哪个异次元里蹦出来的奇怪生物啊！

最惨的是卫锦，自己点的粉丝，跪着也要签完。他从助理手里接过签字笔，强忍着呕吐的冲动，托着林深的脸，刚签完一个“吴”字，就听萧时发出了一声舒服的喟叹。

“锦宝的手又滑又嫩，好舒服啊！”

发嗲的语气、幸福的少女表情，配上一张阳刚到不能再阳刚的脸……这画面太美，围观群众表示不忍看。

卫锦再也忍不住了，丢下笔落荒而逃。鹿可默默地看着那位当红小生消失的方向，忍不住摇了摇头。

萧时在这位大明星的心里留下的心理阴影面积肯定不小。

大明星消失在玻璃门后，保安才散开，可狂热的女粉丝们没散，这次她们不是围着大明星卫锦，而是围着刚被大明星钦点，还要“脸签”的萧时。

“你是哪里跑来的臭不要脸的！都吓到我们锦宝了！”

“大叔，拜托你回去好好照照镜子行不行，长成这样就不要出来吓人了！”

“还签在脸上，要不要脸啊！”

……

然而这些人大部分都是活在象牙塔里的少女，战斗力和萧时这种跨越了性别的“撕神”自然不是一个级别的。

萧时脸一垮，兰花指一翘，经典的国骂脱口而出。

“一个个黄毛丫头也好意思对我指手画脚……”

一口气说了上千个骂人的词语，从头到尾不带换气的……这词汇量简直能去写一部“花样骂人百科全书”了！

鹿可全程看得目瞪口呆，连刘秘书的嘱咐都忘了。

直到某个被惹怒的女粉丝朝萧时泼了一杯奶茶，全世界才安静了下来。

乳白色的奶茶全招呼在了萧时的头发上，黑色的奶茶珍珠出现在他的脸上、肩上……萧时伸手一抹，一颗珍珠顺着他的脸滚了下来，顺着珍珠滴下来的，还有黑色的墨水——那是卫锦刚才签了一半的字。

萧时看着手上黑色的墨水印，周身寒气陡起，他猛地抬头，看着那个泼他奶茶的女生，眼神凌厉得恨不得将她碎尸万段。

自此，卫锦的粉丝与萧时展开了一场世纪骂战，由于太惨烈，双方“残暴”的程度惊呆了敦皇娱乐的保安，为了和谐社会的长久发展，他们十分明智地召唤出“救世主”——警察叔叔！

这也就是鹿可会出现在民警办公室里的原因。

无辜被牵连，成了“派出所一日游”游客的鹿可，此时内心是崩溃的。

闯祸的明明是萧时，凭什么她要陪他来听训啊！她脸上被那几个小姑娘用指甲划出来的口子，现在还疼着呢，毁容了谁负责？

眼看着身边的那些小粉丝都已经被父母拎着耳朵拖出警局了，鹿可忍不住抬起被打肿的半边脸，望着对面还在喋喋不休的警察大叔，问道：“大叔，我们可以走了吗？”

不说还好，此话一出，大叔更来劲儿了。

“我说小姑娘啊，这就是你的不对了，你男朋友有病，你不把他看好，放他出来为祸人间！怎么，现在叔叔我就说你们几句还不乐意了？”

鹿可满头冷汗，只能连连称是。

“得了，幸亏啊都没啥大事，你们签了字就出去吧。”

大叔递过来两张 A4 纸，鹿可一心想着赶紧离开这儿，看都没看就签上了自己的大名。她回头看萧时，这家伙居然还好意思双手环胸装高傲。

鹿可心里本来就憋了一肚子火，看到萧时这样，更是怒火攻心，一巴掌就招呼了过去。

她的力道不小，萧时被她打得往前一倒，像座大山一样，磕在了警察大叔的办公桌上。

萧时揉着被磕痛的额头，一双漂亮的眼睛死死地盯着鹿可，看那眼神像要吃了她一样。

萧时的这招能唬住小粉丝，可唬不住鹿可，她抬手对着他的后脑勺又是一巴掌。

“签字！”

萧时回头看了鹿可一眼，眼神里满是哀怨，活脱脱一个受尽欺负的小媳妇。

“那群女人先挑的事，我又没错，干吗要签认错书？谁爱签谁签，老子不干！”

这个时候了还敢称老子？！

鹿可的嘴角抽了抽，不管三七二十一，抓起萧时的手就把签字笔往他的手里塞，然后按着他的手在认错书上签了名。

萧时挣扎反抗都无果，只能眼睁睁地看着对面的警察大叔把认错书收了过去，那小眼神都要把他戳穿了。

一天相处下来，鹿可对他这种虚张声势的眼神已经完全免疫了，她拎着他起身，问道：“警官，那我们可以走了吗？”

“可以走了。”警察大叔看着他们鼻青脸肿的样子，还是有些不忍心，从抽屉里拿出一瓶碘酒递给他们，“回去好好上药，小姑娘家的，破相了就不好了。”

鹿可接过药，连连道谢，还没走出几步，就听到警察大叔又开始念叨：“唉，小姑娘啊，以后看好你男朋友，有病就要吃药，别放弃治疗。”

鹿可一个踉跄，差点跌倒在警局门口。

萧时挽起衣袖，那和女粉丝们大战三百回合的气势再次复苏。

这家伙难不成还想和警察叔叔“撕”？

鹿可被吓得腿都在打战，见刘秘书已经开车过来在不远处等着他们，赶紧一路拖着萧时把他塞进了车里，直到从后视镜里再也看不到警局了，才松了一口气，回头一看萧时，吓得只想跳车。

鬼啊！

这个脸色惨白，化着夸张的烟熏妆，活脱脱一个非主流的娘娘腔！

借着窗外的灯光，鹿可勉强看清了这个“鬼”的真面目。

这不是林深又是谁！

大半夜的，有必要涂这么厚的粉，化这么浓的妆吗？装鬼吗？

这家伙大晚上的化妆吓人真是有病！

对了……这家伙的化妆品是从哪里来的？

正在开车的刘秘书读懂了鹿可脸上的疑惑，略带无奈地解释道："BOSS每隔一段时间就会……所以车上有萧时藏的化妆包，是我的错，没有及时发现，吓到鹿小姐了，很抱歉。"

鹿可："……弱弱地问一句，你们BOSS现在……还是男的吧。"

不会人格分裂到性别都变了吧？

刘秘书忙拍胸脯保证："鹿小姐放心，BOSS绝对是男的，只是……喜欢追星，娘娘腔了一点点……"

这还叫一点点？！

鹿可头疼地抚额，这一天下来，她的三观已经被林深冲击了N回，现在只想早点回家好好休息一下。

不对啊，她没有家庭地址，压根儿就没办法回家！

该死的失读症，害死她了！

因为没有地址，刘秘书只能把鹿可和萧时一起送回了林深在市郊的别墅。据刘秘书说，这是每次林深发病的时候，为了不让别人发现他的不正常的暂避之所。

望着眼前这栋豪华大气的别墅，底层人民出身的鹿可无法避免地——仇富了。

一个"暂避之所"都这么豪华，这让他们这种每天拼命奋斗却只能租房的工薪阶层怎么活！

鹿可默默地在心里吐槽着万恶的资本家，一回头才发现萧时带着浓妆已经在沙发上睡着了。

白光映照在他的脸上，即使是厚厚的粉底也掩盖不了林深五官深邃、轮廓分明，帅得人神共愤的事实。

是啊，不帅又怎么当得了邵大的校草。

那时候的天还是青的，水还是蓝的，黄瓜是用来吃的，肥皂不是用来捡的……那时候的林深还没"精分"，温柔多才，帅倒一片少女。

鹿可也光荣地成了拜倒在林深大长腿下的一员。

她每天像个变态一样尾随着他，只要是他走过的地方，都会有她的足迹。当然，男厕所除外。

她当年怎么就那么喜欢他呢？喜欢到明知道自己有失读症，也不惜大半夜去翻字典编情书向他表白。

情书送出去的第二天，她就收到了他寄过来的挂号信。

当她满心欢喜地打开信的时候，才发现他把她的情书还回来了，只不过末尾好像还加了一行用红色签字笔批注的小字。

鹿可一个字都不认识，只能找室友翻译，念给自己听。

“这封情书里一共有五百零七个字，其中错误率百分之百，部分词语使用不当，建议多加练习。”

鹿可的少女心碎得稀里哗啦的，所有的幻想都被这比期末考试还要“精准”的评语打破了。

“没关系，他给你回信至少代表你还有希望。你想啊，你蠢得这么有特色，他一定会记住你的。”室友好心安慰她。

鹿可：“……你确定这是在安慰我？”

不过，室友的话提醒了她，自从发现林深会给她改情书之后，她就以每个月至少一篇的频率坚持给他送情书，当然，每篇都离不开《新华字典》的帮助。

林深也从一开始的惊讶到后来的轻车熟路，大部分时候都会当场看完现场点评，省了鹿可请室友翻译的麻烦。

“今天的情书比上次的有进步了，至少有几句话的意思到位了……”

“逻辑混乱，主谓宾搭配不当，下次注意……”

“……”

很快，全校都知道了艺术系的傻子鹿可“癞蛤蟆想吃天鹅肉”，倒追新闻系才子林深的事，就连食堂大妈都说：“这个女孩，真是太不矜持了。”

鹿可只想安安静静地喜欢一个人，从没想过自己的举动会带来这么大的影响。可是林深不以为然，照样云淡风轻地接过她的情书，认认真真地批改。

“你不担心吗？流言蜚语不会影响你的生活吗？”这才是她最在意的事。

“没什么可担心的。”他收好笔，抬起头来望着她，“你的这封情书虽然还有一点小瑕疵，不过语句通顺，主题鲜明，我收下了。”

“啥？”

“就是说从今天开始，你可以告诉所有人你成功追到我了。”

“可是……可是……为什么？”幸福来得太突然，鹿可反倒有些不敢相信。

“因为你的情书只有我能看得懂，这个理由够了吧？”

……

年轻真好啊，一切过错都可以归咎于太年轻，当然，那些已经违背的誓言同样可以归咎于太年轻。

鹿可洗漱完毕从浴室里走出来回到客厅，才发现林深不知道什么时候已经醒了，正对着镜子揉搓着自己脸上的粉底，一边擦，一边还不忘骂几句：“这个该死的萧时，每次她出现就会搞成这个鬼样子，老子一定……”

一回生，二回熟，知道林深到底有什么毛病的鹿可很快就接受了他“性格大变”的事实，照这个样子来看，应该是找回了那个霸道狂妄的性格。

“要用卸妆油才能洗掉。”看他都快把脸皮擦破了也没能擦掉脸上的粉底，鹿可忍不住好心提醒了一句。

林深忽地从沙发上弹跳而起，连着退了好几步，直到看清楚鹿可的面貌，才一脸震惊地质问：“你个女变态怎么会在我家里？”

鹿可顿时就不爽了。

就你这种和高中生吵架，还学人家小女生追星，动不动就暴走的男人也好意思说别人是变态？

鹿可翻了个白眼，径自走到沙发的另一端，正准备躺下，就被林深一手拎了起来。

灵魂终于归位的林深力气也回来了，揪起鹿可来毫不手软。

“老子问你话呢，你这是什么态度！”

鹿可抬起头，正想解释，就看到了他那张被擦得白一块红一块的脸，妈呀，简直惨不忍睹！

“你这里有橄榄油吗？”

“你别和老子扯开话题，我问你怎么会在我家！”

“我只知道如果你的脸再不洗，等粉底结成块就要用刀削了。”鹿可故意往重了说，没想到林深居然信以为真了。

听鹿可这么说，林深默默地缩回沙发上，小声问：“橄榄油是什么东西？”

鹿可认命地起身走进厨房，没找到橄榄油，只找到一瓶菜籽油。

算了，都是油，凑合着用吧。

她将油倒在卫生纸上，对林深招了招手：“把脸凑过来！”

林深十分听话地把脸凑了过去，就像是一只正在盼望主人抚摸的“二哈”。

看他一脸严肃认真的模样，鹿可强忍着笑，用菜籽油代替卸妆油替林深擦掉了脸上厚厚的粉底。

林深清清爽爽地从浴室里出来，看着客厅里正忙着收拾为了帮他卸妆用掉的卫生纸的鹿可，在走廊里来来回回走了无数遍，才终于下定决心，叫住了她。

“那个……”

鹿可抬头，一脸疑惑地望着林深。

“你今晚除了客厅和厕所，哪儿都不能去！”

虽然知道他是心软打算收留自己，但他这话说得还真不好听。

什么叫除了客厅和厕所哪儿都不能去？怎么，还怕她半夜跑到他房间里对他干什么不成？

能把好话说得这么不中听，也只有林深做得到了。

不过……鹿可突然想到了什么，抬起头，望着林深，没头没脑地问了一句："你还记得五年前发生的事吗？"

虽然不知道鹿可为什么会突然这么问，但林深还是如实回答了她："五年前？那时候我应该在英国读书，怎么了？"

英国？那就不可能会出现在邵大了。

难不成胎记也只是巧合？

鹿可甚至对自己的记忆产生了怀疑，五年前，那个在大学校园里，一字一句为她批改情书的男生，难不成只是她臆想出来的？

可是校草林深现在都还是整个邵大的热门话题，前两天她回母校办点事情，新闻系的教授还在问她有没有林深的消息。

总不可能所有人都出现幻觉了吧？

那到底是怎么回事？

沙发到底不如床舒服，再加上鹿可心里装着事，她这一夜翻来覆去，在心里默默地数了一千个"水饺"才迷迷糊糊地进入了梦乡。

心事重重，必会多梦。

鹿可一闭眼，就回到了大学校园里。

那棵拥有百年树龄的香樟树下，站着一个穿着白衬衫的少年。

那背影鹿可这辈子都不会忘记。

"林深。"

她喊了一声，那人却没有回头。

鹿可小跑上去，从背后牵住林深的手，又扯了扯他的袖子，叫了一声："林深。"

背对着她的男人这才有了反应，慢吞吞地回头，顶着的却是一张化着烟熏妆，都快看不出本来面目的脸。

"鬼啊！"

鹿可被吓醒了，猛地坐起来，一睁眼，一张还挂着白色泡沫的大脸，强势霸占了她的视线。

林深顶着一脸刮胡泡，像拎小鸡一样把鹿可从沙发上拎了起来，道："你说谁是鬼？"

鹿可："……"

一大早就得罪了林深，鹿可连衣服都来不及换，就被他打包送回了"最青春"大楼。

林深连看她一眼都嫌多余，把她丢在门口之后，油门一踩绝尘而去。

但是很显然，发生在她身上的奇葩事并没有因为林深的态度恶劣而减少半分。

在莫名其妙地被林深骂了一顿之后，她刚进公司就又收到了一大片来自同事或担忧或愤怒的眼神洗礼。

鹿可刚踏进玻璃门的脚又收了回去。

今天是世界愤怒日吗？怎么一个个都跟她欠了他们几百万一样？

前台是一个新来的漂亮妹子，见到她还算热情："鹿姐，主编在办公室里等你。刚刚他在早会上已经发了一通火，你小心点。"

鹿可"哦"了一声，心想：高翔又在抽哪门子风？

高翔是她的高中兼大学同学，和常年占据成绩排行榜上倒数第一的她不同，他一直是以全校第一名傲视群雄的存在。

上帝是公平的，在给了高翔聪明的大脑的同时，还赐给他另一种青春期必备烦恼——青春痘。

这是一种连全校第一的光环都无法弥补的痛。

但高翔的青春痘早在高中毕业那年就开始慢慢减少了，大一的时候脸上虽然还有一点，但是已经初现帅哥雏形，大学里生活好了，更是越养越水嫩，到如今也能帅得令一众女编辑春心荡漾。不过，这并不能改变他是一个"吐槽帝"的本质。

见她进来，高翔头都没抬一下，双眼直勾勾地盯着屏幕，开口问道："坦白从宽，昨天去哪儿了！"

"林深家里。"

高翔打字的手顿住了，抬起头望着她："睡……睡了？"

"当然要睡觉了，难不成我还坐一整夜啊！"鹿可大大咧咧地在沙发上坐下，好半天才想明白高翔话中的深意，骂道，"啊呸，你是总裁文看多了吧！什么叫睡了？"

听完她的回答，高翔的神情轻松了不少，他身子往后仰，双脚放在办公桌上，打量着她。

“啧啧，这么多年不见他竟然一点反应都没有，看来你的魅力锐减啊。”身为鹿可的“最佳损友”，她和林深那点破事，他最清楚不过了。

“喂，你一个二十五岁的‘单身狗’凭什么说我！”

对高翔了如指掌的鹿可，知道和他这个奋斗在微博吵架第一线的段子手拌嘴自己只有败北的份儿，所以她很聪明地选择了转移话题。

“我要接下林氏企业测评师的单。”

高翔挑了挑眉，问道：“即使要去林氏坐班一个月，要面对一个新环境你也不怕？”

鹿可拍了拍胸脯，信誓旦旦地道：“去了还不是画漫画，有什么好怕的。”

高翔望着她，过了很久才长“哦”了一声。

“原来是昨天晚上色诱不成，欲求不满，准备直攻敌方内部，发起第二轮攻势。”

鹿可：“去死！”

从高翔办公室里出来，憋了一肚子火的鹿可气呼呼地回到自己的工位上，文字助理编辑正在忙着帮她填漫画脚本，听到动静抬头，看见她头发凌乱、衣衫不整的样子不由得一愣。

“可可姐，他们不是说你去见BOSS了吗？所以……你们到底发生了什么？”没等鹿可开口，文字助理编辑又伸手制止了她，“别说，我知道你们一定没干正经事儿，别污染我纯洁的耳朵。珍爱生命，远离八卦，我还要给你纯纯的青春漫画《我和黑土》填脚本呢。”

鹿可在心里说道：一个个的不意淫会死啊！谁刚睡醒会衣冠楚楚，发型不乱啊！你一大早被人撵出门试试。

不过漫画为大，鹿可没和她就这个话题继续探讨下去。

鹿可打开手绘板，想下笔画新的连载，可是笔在手上就是不知道该怎么动，几条线来回删改，半天也没画出什么来。

画着画着，眼前的电脑屏幕就变成了林深那妖娆的身姿，鹿可仿佛能看到顶着烟熏妆、穿着夸张的非主流服装的林深回头，对她搔首弄姿的样子。

鹿可打了一个寒战，回过神来，一不留神碰到一个温热的物体，弹跳力满分的她瞬间跳出好几米远，在看到那物体是文字助理编辑之后，悬着的心才放下来。

“你吓死我了！”

“你刚刚是在思春吧？看你那样子就知道！我就说，肯定是和主编在办公室里发生了什么少儿不宜的事！”

“喂！”脑洞不要这么大行不，你哪只眼睛看到我和高翔有什么了！她要真对高翔有意思，高中的时候就把他扑倒了，还留在今天给你们“八卦”？

“你来找我不是来问八卦的吧？刚刚某人还说要‘珍爱生命，远离八卦’的。”

文字助理编辑的嘴噘得老高，一脸的不乐意。

“哼，你以为别人愿意知道你和主编的那点小九九啊！”文字助理编辑闷闷不乐地从背后拿出一份文件，说道，“这是你和林氏企业那边的合同，主编放你过去做一个月的测评师，期满回来。你的名字主编都已经帮你签好了，你把合同收好就成。”

高翔虽然毒舌了一点，不过办事效率一向不错，鹿可的心情因为这份光速搞定的合同好了一点，她收下合同，决定认真工作回报高翔。

文字助理编辑走出两步之后，还是忍不住回头，道：“那个……可可姐，你和主编在办公室里发生了什么？他之前明明一直反对你去林氏……”

对上鹿可凌厉的眼神，文字助理编辑吐了吐舌头，乖乖退下去了。

……

送走了鹿可，顿时觉得世界清静了许多的林深心情大好，特意给自己放了半天假，又绕着小区跑了几圈。等他运动回来，准备神清气爽去上班的时候，就接到了乔繁发过来的坏消息。

就在他出门去运动的时候，技术部已经和《最青春》签订了合约：《最青春》的签约漫画家黑土正式成为他们最新手绘数位板的评测员。

林氏出色的公关部将早就准备好的消息放了出去，二次元都沸腾了，微博热搜榜前三位都是关于黑土和林氏企业的消息。

林深头一次觉得公司员工的效率太高也是一种负担，这种情况他就是想毁约都来不及了。

林氏企业的员工的确不负他所望，当天上午就完成了与鹿可的接洽工作，不仅为鹿可收拾出了一间大而干净，紧挨着总裁办公室的工作室，还将自家BOSS从头到尾卖了个遍。

“我们总裁有洁癖，进出他的办公室最好要穿鞋套，备一套干净的衣服在见他的时候能随时更换最好。对了，他还有一点强迫症，如果可以，您要多注意一下您的办公桌……”

“林深是处女座吗？”鹿可十分不解，她以前怎么没发现林深是这么龟毛的人？

秘书伸出一根手指，在半空中左右摇摆。

“不不，BOSS是狮子座，所以他的脾气经常阴晴不定，你最好小心……BOSS！”当看到猛然出现在门口的那抹身影之时，秘书猛地从座位上站了起来，低着头绞着手指。

鹿可顺着她的目光望过去，正好看见从她的工作室经过的林深。

他只匆匆地朝她的工作室里扫了一眼，就别过脸去，昂首阔步地朝自己的办公室走去。

林深潇洒地甩了甩头发，推门准备进办公室，结果……吃了闭门羹。

“谁关了老子办公室的门？”

正在鹿可身边的秘书忙掏出钥匙，战战兢兢地上前去开门。她走出去的时候，鹿可还能听见她的嘟囔：“明明是你自己说要注意公司机密的保护，你不在公司时就锁好办公室的门的……”

鹿可：“……”

前男友变成了处女座和狮子座的综合体怎么办？在线等，很急！

换了一种作画的工具，而且林氏企业还很贴心地帮她准备了一间单独的工作室，硬件和软件都很给力，鹿可很快就上手了。

林深虽然从“闭门羹”事件之后就一直没再露面，但还是给她配了一个助理，就是一开始负责接待她、毫无底线“八卦”上司的那位女秘书。

在听她碎碎念了一上午之后，鹿可终于记住了她的名字——苏茉，小名茉茉。

茉茉简直就是办公室的八卦女王，上至林深谈过几个女朋友，下至扫地阿姨家里有几个娃，她都一清二楚。

托她的福，鹿可很快就掌握了林氏企业的内部情况。

林深自然是公司当之无愧的掌权人，其次就是总裁特助——乔繁。

据茉茉所说，这个乔繁和林深还是青梅竹马的关系，为了林深，从美国MBA毕业之后，放弃了很多名企的邀请带资入股进了林氏企业，帮林深开拓市场。在很多人眼中，她已经相当于林氏企业的半个老板娘了。

听完茉茉的话，鹿可就对这个乔繁上了心。

言情漫画里经常都会出现那种一直跟在男主角身边，美貌妖艳的女配角，她们不仅在事业上是男主角的得力助手，还要得一手好心机，挑拨男女主关系什么的，简直不要太容易。

乔繁会是这种人吗？

这些想法，在鹿可见过了传说中的情敌乔繁之后，都烟消云散。

如果说乔繁自称女汉子，那一般人都不敢说自己是爷们儿！

帅气的短发搭配剪裁得体的西装长裤，如果她不开口一定不会有人当她是女人。

当然，她开口了也只能更加完美地证明她女汉子的身份。

别人都说“雅蠛蝶”，她开口闭口“他大爷的”；别的女人连拧开一个矿泉水瓶盖都要求助场外男士，她一个人踩着十厘米的高跟鞋轻松换下饮水机的桶装水都不喘气。

心情郁闷的鹿可抬起头以四十五度角仰望着“进可女神，退可女汉子”的乔繁，心生挫败感.同样是“太平公主”，为啥差别就这么大呢！

鹿可的郁闷一直持续到了下班，因为她在林氏大楼的停车场里迷路了。

鹿可也不知道自己是怎么走到停车场里来的，停车场里很暗，她根本分不清出口在哪里。鹿可像只无头苍蝇一样在停车场里乱撞，终于让她找到了一片亮光。

出口！

鹿可忙朝着强光奔过去，走近了才发现那不过是汽车的前照灯。

鹿可有些失望，很快又振作起来，好歹能找人问问路。

林深刚打开灯，正准备发动车子的时候，眼前就晃过一个黑影，吓得心脏差点从喉咙里跳出来。

“喂，你没长眼睛是不是！”林深对着黑影破口大骂。

黑影绕过车头，走到车门旁边，敲了敲玻璃，两个人隔着一块薄薄的车窗玻璃看到彼此的脸时，都是一愣。

“林深！”鹿可攀着车门把手，高兴得只差欢呼了，“真的是你？我们真有缘分！”

“谁跟你有缘了，放手，出了事我可不负责！”

“我迷路了，麻烦你带我出去吧！”

“麻烦死了，不带！”林深想也没想就拒绝了。

“可是……这里好黑。”鹿可站在车门外，拉着车门，用小鹿斑比那样的眼神望着他。

林深心里一颤，这个眼神……好熟悉，就像是在记忆深处的某一刻，他曾遇到过一样。

他想自己一定是疯了，居然会觉得跟这个女流氓似曾相识！

一定是这个女流氓天天在他眼前晃荡，惹得他心烦气躁才会这样，一定是的！

第三章

傲娇总裁和女汉子的故事

林深面对鹿可楚楚可怜的眼神最后还是妥协了，放她上了车，然后……他又开始后悔了。

“喂，你还是个女人吗？看看你自己，身上的灰多得都要掉下来了！

“喂，别抖在我的车上，老子都叫你别抖了！

“你再抖一下试试，信不信老子现在就把你丢下车去！”

……

最后，在鹿可放弃了节操，将死缠烂打精神贯彻到底之后，终于成功让林深不得不咬牙答应送她回家。

有了前车之鉴，这次鹿可早就做好了准备，不仅让高翔帮她准备了详细的地址，还画了一幅迷你地图。

好不容易到了目的地，林深将车停在路边，副驾驶座上的人却毫无反应，丝毫没有下车的意思。

林深想提醒她，刚一偏头，就对上了她火辣辣的毫不避讳的目光。

“鹿可，我知道我长得很帅，魅力无法阻挡。”林深语重心长地说道，“但是你身为一个女人，还记得‘矜持’两个字是怎么写的吗？”

“矜持”这两个字怎么写的？

鹿可十分认真地摇头：“这个真不知道。”

林深：“……”原谅她是失读症患者吧。

经过蹭车事件，鹿可和林深的关系总算有了质的飞跃——鹿可已经被林深列在拒绝往来黑名单的首位，在没办法和她解除合约的情况下，他果断选择了……不上班！

惹不起，他还躲不起吗？

他的行为导致了以苏茉为首的一群八卦党的强烈鄙视。

苏茉一边“咔嚓咔嚓”地啃着薯片，一边对鹿可抱怨：“当老板就是好，想不上班就可以不来上班，真任性！”

鹿可正在忙着画新漫画的人设，头也没抬，含含糊糊回着：“嗯嗯，就是。”

“技术部那边已经在催你的测评报告了。”

“嗯嗯。”

“对了，这个周末我们公司会有一个素质拓展活动，你要来吗？”

“嗯嗯。”

“那好，我去帮你报名。”

“嗯？”

等鹿可回过神来，苏茉已经含着棒棒糖，以迅雷之势冲出办公室帮她报名去了。

而同一时间，乔繁正在电话里向翘班的林深报告素质拓展活动的安排。

“周六出发去郊区，房子都已经定好了。上午是普通的体能训练，下午是真人CS，晚上有一个篝火晚会。第二天上午是漂流，下午……事关公司士气，您不能再任性缺席了！”

林深正坐在花园里一边喝咖啡，一边翻看年度报表。在听完乔繁条理清晰的安排后，他想了想，说道："只要别让鹿可参加就行了。"

乔繁翻开花名册，参与名单里最后一栏鹿可的名字十分显眼。

"对不起，你说迟了。"

"什么意思？"林深有一种不祥的预感。

"已经通知她，而且她也报名了。"

林深："……"底下员工办事效率太高，真的是一种负担！

乔繁合上花名册，一向公事公办的她也忍不住八卦了一句："林深，你为什么这么讨厌鹿可？"

林深在电话这头翻了个白眼，"啪"的一声挂断了电话。

讨厌一个猥琐女流氓加间歇性精神病患者还需要理由吗？！

林深刚扔下电话没多久，就又有电话进来了，他还以为是乔繁，本没打算接，瞟了一眼来电号码后，立马坐正了身体。

"喂，外公。"接通电话后，那个玩世不恭的林深不见了，取而代之的是一个一本正经的严肃青年。

"你爸爸的病如何了？"电话里传来一个苍老却充满了威慑力的声音。

"他的病情已经得到控制，外公您不用担心。"想了想，林深补充道，"外公，我爸的身体越来越不好了，而我妈当年的事还没眉目，我想……"

最后一句话，林深鼓足了勇气才敢说出来，虽然这些年来，这件事他提了不下十次，可他的外公沈坚的反应还是一如既往的坚决。

"不行！"

"为什么？我母亲她也是……"您的女儿啊！

后面的话林深还没来得及说出口，对方就已经挂断了电话。单调的嘟嘟声，宣告着电话那头不容置疑的态度。

林深撇了撇嘴：哼，你不让我查，我就没办法了吗！

周末，鹿可很早就被苏茉几个连环 call 催出了门，乘着林氏企业的大巴一路赶往郊区。

一路上，苏茉全面开启话痨模式，鹿可只能对她那连说数个长句中途都不用换气的特异功能叹为观止，然后……选择性忽略她的大部分废话。

到了落脚的酒店，稍作休息之后，就要准备进行分组了。

参加此次素质拓展活动的一共有三十九人，毕竟是 IT 行业，男性占了多数，放眼望去，好一幅“万绿丛中不见红”的壮观景象！

按照报名顺序，一共分出了十组，每组四人，剩下鹿可、苏茉和乔繁在一组。

听到这样的安排，苏茉有些不乐意了，道：“你们都是男人，下午的真人 CS 我们肯定会输的！”

“BOSS 等下过来了就会加入你们组，你们不就有两个男人了？”正在检查攀岩绳的一位戴着黑色大眼镜的汉子答道。

“算上林深也只有一个男人啊，还有一个是谁啊？”鹿可有些疑惑地道。

苏茉摆了摆手，扳着手指头帮鹿可算。

“鹿可，你算得不对。BOSS 只能算半个，还有一个半是乔姐。”

乔繁闻言，收好了手中的花名册，对开着跑车姗姗来迟的林深投去鄙夷的目光。

“他也能算半个？”

鹿可：“……”

苏茉：“……”

真人 CS 在郊区的树林里举行，一行人刚吃饱喝足，正是干劲十足的时候，林深一声令下，几十号人就迫不及待地扛着彩弹枪，冲进了小树林。

鹿可扛着彩弹枪默默地跟在林深身后，冲着他的背影自言自语着一些琐碎的小事，怒刷存在感。

“喂！你那项链到底是怎么来的？”林深突然发声，把鹿可吓了一跳。

不怪林深问得突然，知道今天是来打 CS，为了方便，鹿可上身只穿了一件圆领运动衬衫，正好露出了她修长白净的脖子，以及……那条项链。

“项链？”鹿可愣了愣，“你确定现在要谈这个话题？”

“对，就在这里谈！”林深的智商终于正常了一回，说道，“每次提起项链你就不正常，你不会是说不出项链的来路，所以一直故意岔开话题吧。”

“不正常？”鹿可十分无语，“我每次说的都是事实，只是你不相信好吧？”

见林深额头青筋突起，隐隐有发怒的兆头，鹿可只好主动认输，叹了口气，道：“好了，我可以告诉你一切，但是……”鹿可指了指周围高地上举着枪对着他们的两个“敌人”，无奈地耸了耸肩，“我们貌似要死了！”

话音刚落，他们的头顶上就传来了一个挑衅的声音：“BOSS，对不起了！只能先请你去我们营地喝茶了！”

真人CS采用的是点人头的方式分胜负，在三个小时内，哪个队还有生还队员且“杀死”对方人员多，就算获胜。如果是新人，还有可能碍于林深的身份手下留情，不巧，围住他们的正是公司两位元老级的员工。

林深抿紧着唇，在他们正得意的时候，以迅雷之势牵着鹿可的手躲到了一棵大樟树后面，同时反手一枪正好射中对面人的胸口。

一阵彩烟从那人身上升起，他丢下枪，不满地冲林深嘟囔：“喂，你也太狠了吧！”

林深没空理他，单手揽住鹿可的肩膀吩咐了一句“你别乱动”，然后悄悄探出头去，想确定另一个人的方位。

鹿可被林深护在臂弯内，耳边尽是他急促的心跳声，一时间，她的脸忍不住红了。

虽然她很清楚现在抱着自己的人已经不是当年的那个会给她改情书的林深了，可是面对此情此景，她难免有些心动。

林深哪里有心思管鹿可在想什么，他还没露头，“啪啪”几枪彩弹就如密集的雨点般朝他们射了过来。

原来是敌人的外援到了。

刚“死”掉的那个人心情大好，盘腿坐在地上，一边啃着饼干，一边劝林深早点投降：“BOSS，你就别挣扎了，我连饼干都帮你准备好了。”

鹿可用手肘推了推林深，指着前方不远处的矮树丛。

林深自然明白她的意思，钻进树丛里，的确是目前躲开枪林弹雨的唯一方法了。

可是……林深刚皱起眉，鹿可就开始在心里鄙视他了。

这都什么时候了，他居然还要犯洁癖！

鹿可没多想，蹲下身子，扯着林深就往矮树丛里钻。也不知道她哪里来的力气，林深这么个大男人被她拖着居然毫无反抗能力。

然后……鹿可就一脚踩空了！

矮树丛后是一个陡坡，坡下就是供游人玩漂流的急流，这要是掉下去了还得了！

林深见事态危急，伸长了手准备将鹿可拉上来。

可是他低估了鹿可的体重。

结果，他非但没有将鹿可拉起来，还被她连累着滚下山坡，两人合抱成团，一路向下滚，直至“扑通”一声落入水中。

河水迅速涌入口鼻，鹿可也不知道被冲了多久，好不容易遇到一块大岩石卡住了她，她忙顶着水流的冲力，使劲儿抓住身边的石头。

攀上石头有了着力点，她终于露出水面，有时间换口气。

她冒出水面的第一件事就是找林深，然后她惊恐地发现，林深不见了！

各种让鹿可心神大乱的想法浮现在她的脑海中，她顾不上休息，深吸了一口气就要往水里钻，还没入水就被一只大手抓住了。

“啊！水鬼啊！”

鹿可扑腾着小短腿，想挣脱“水鬼”大手的钳制，结果自然是徒劳无功。

“鬼你个头，有老子这么帅的鬼吗？！”

林深手一松，鹿可就又落入了水中，不过她也总算找回了理智，再次钻出水面，一眼就看到了躺在她身后的大岩石上气喘吁吁的林深。

他浑身上下都已湿透，迷彩服裹着他精壮的身体，露出了肌肉的轮廓。如果不是看到他左手上的伤口，鹿可十分乐意欣赏这幅百年难得一遇的美男出浴图。

“你受伤了！”鹿可大惊失色，忙朝他游过来，抓起他左手臂一看，一道长长的伤口正往外冒血，而胳膊上其他裸露在外的地方，也遍布着大小不一的数十道伤口。

鹿可的眼睛酸涩不已，刚才一脚踩空之后，她虽然慌，却没忘记一路上护着她那只画画的手。如果不是林深用手护着她的头，他手上的伤口，就该出现在她的额头上了。

“你……”鹿可哽咽道，“你不是讨厌我的吗，为什么要救我？”

“你以为老子愿意救你啊！”林深一掌拍上鹿可的后脑勺，“早知道你比猪还重，老子就不该管你的！”

“喂！”鹿可所有的感动都被林深的这一句怒吼弄得烟消云散。

鹿可费了好半天的劲儿才从水里爬出来，怒视着他：“我这是标准体重！”

“猪的标准吧！”林深翻了个白眼，对鹿可伸出手说道，“还不赶紧扶老子起来，老子腰都快断了。”

看在他好歹救过自己一命的分上，鹿可忍着暴揍他一顿的冲动，扯着他那只没有受伤的手想将他从岩石上拉起来，结果脚下一滑，她一下没站稳，整个人朝下砸去。

眼看着两人就要在这荒天野地里上演一场真人湿身拥抱戏的时候，说时迟那时快，林深用没有受伤的那只手一推，鹿可再次落水。

鹿可在水里挣扎的时候，还能听到头顶上传来的林深的大吼：“你个死变态，别以为老子受伤了你就可以占老子的便宜！”

去他的救命恩人，她现在只想一刀宰了林深！

鹿可费了九牛二虎之力才将林深拖到岸边。

“给他们打电话，让他们来接我们。”林深一边说，一边掏出手机，正在不断滴水的智能手机表明了它的态度：进水太多，已经死机。

鹿可瞪了他手里的智能手机一眼，才从容不迫地从兜里掏出一部老式直板手机，刚按下去，就见“嘟”的一声，屏幕亮了。

林深：“……你这是什么牌子的手机啊？”

鹿可摇摇头，直言：“我也不知道，广告上说是菲尔普斯专用的防水小潜艇，我看着不错就买了。山寨机，就是牛！”

林深：“……”

鹿可拧干衣袖，擦掉屏幕上的水，找了一个信号相对比较好的地方，回过头来问道：“打给谁啊？”

智能手机被一款山寨机秒杀了的事实让林深心情很不好，他将头埋在双膝之间，闷闷不乐地报出了一个名字：“乔繁。”

鹿可“哦”了一声，正准备拨号的时候却突然停了下来。

“电话号码是多少啊？”

林深：“……”这年头谁还记得住电话号码啊！

最后，因为不知道电话号码，两人只能放弃电话求助，鹿可找了一根还算结实的木棍当拐杖，扶着林深沿着河流的方向往上走。

疯，还是不疯，这是个问题。是漠然地忍受林深暴虐的毒舌，还是奋起反抗人生无涯的痛苦？这两者，哪一种更高贵？

扶着林深找出路的时候，鹿可一直在思考这个严肃的问题。

林深压根儿没注意到鹿可已经濒临崩溃的精神状态，自顾自地吐槽。

“你说你一个女人家，没品位不懂矜持也就算了，连脑子也没有真是无药可救了。

“你做决定之前不会先勘察一下地形啊！那么高的陡坡你也敢往下跳！

“就你这智商，还敢学人做女流氓？别侮辱了流氓这个职业！”

……

“啊！”林深的喋喋不休终止于一阵痛苦的呻吟。鹿可拍了拍手，双手叉腰站在高处，冷眼看着林深捂着小林深在地上打滚。

鹿氏防“狼”第一招也是唯一的一招：攻其要害！

世界安静的感觉，真好！

被修理了一顿的林深虽然一路上还是哼唧声不断，不过到底收敛了许多，至少每次在指责鹿可的时候，都会下意识地朝她瞥一眼，然后夹紧裆部。

鹿可对他有这样的反应很满意。

安静了没多久，林深就走不动了，如一团烂泥般躺在地上，死活不肯再挪一步。

“累死我了！”

“再累也得走啊。”鹿可焦急地看着天色，太阳都快落山了。

他们浑身都已湿透，如果不赶紧回去，等到了晚上路更难走了不说，穿着湿衣服吹一夜冷风，非得感冒不可。

大少爷才不会想那么多，他伸手扯下一片芭蕉叶，舒舒服服地躺在上面，看着山那头的夕阳。

鹿可见劝不动他，只能无奈地放下拐杖，盘膝坐起，陪着他看夕阳。

“你没受什么伤，其实要是你一个人先走的话，肯定早就摸回去了。”林深的目光仍落在夕阳上，但是他的话鹿可听了个真切。

鹿可撇了撇嘴，一边翻着背包企图找出一些能够填饱肚子的东西，一边回道：“你救了我，我肯定不能恩将仇报。再说你会出事都是因为我，我肯定要对你负责。”

“别！”林深伸出没受伤的右手，拼命摇着，“女流氓的‘负责’我承受不起，要是我救了你，你就要以身相许，那我岂不是亏大发了？所以你还是对我‘恩将仇报’吧！”

鹿可：“……”

夜风微凉，一弯残阳挂在天上，些许微光映照下的森林显得格外幽静。

“阿嚏！”看了半天风景装足了文艺青年样子的林深，终于扛不住打了一个喷嚏。其声响彻天际，惊起飞鸟无数。

林深揉了揉鼻子，忍不住朝不远处那团光亮望过去。

鹿可已经生起了火，正在烧热水驱寒。

身上的衣服像铁一样紧紧贴在身上，加深了林深对温暖的渴望，他缩着身子，朝鹿可那边望了望，最后还是别过头去。

哼，做人要有尊严，不就是会生火嘛，别指望这样他就会低头！

不过那个家伙，还是女人吗？

就在三十分钟前，他和她因为一言不合闹翻了之后，鹿可像是故意要气他一样，变戏法似的从背包里掏出了瑞士军刀、打火机，甚至连杯子都有……

装备齐全得令他这个生活“战五渣”叹为观止。

然而更让林深吃惊的还在后面。

鹿可在他诧异的目光中，娴熟地砍树枝，生火，下河摸螃蟹……

这一切对于林深这个连柴火都不知为何物的人来说，简直是一件不可思议的事。

鹿可将他的小动作看在眼里，决心不理他，将用芭蕉叶包好的已经清理好了的新鲜螃蟹丢进铁杯中。

没多久，螃蟹的香味就溢了出来，鹿可揭开杯盖正准备去拿，一双手已经抢先一步伸了过来。

“啊！好烫！”林深伸手就要去拿已经煮好的螃蟹，结果螃蟹还没拿到，手先被热水烫红了。

说好的冷战呢！

鹿可正想调侃他，以报他“毒舌”之仇，一回头却发现林深正蹲在她身边，两只手因为烫着了正捏着耳朵，在温暖的火光的映照下，一张俊脸上少了几分冷厉，而眼神看起来有些迷惘……

她莫名觉得他有点萌是怎么回事？

鹿可瞬间就被这样的林深治愈了，所有难听的话都咽回肚中，她隔着芭蕉叶捏着杯柄，将一整杯螃蟹递给他。

“烫，你慢点吃。”

林深的肚子饿得早就在抗议了，他正准备伸手去拿，突然想到了什么，望着鹿可，问道：“你自己不吃吗？”虽然他对鹿可这个女流氓没啥好感，但是面对眼下这种情况，他没办法做到一个人吃独食。

鹿可一脸淡定地指了指火堆旁还没烧完的饼干包装袋，道：“我下河摸螃蟹的时候就已经吃过饼干了，不饿。”

林深：“……”

亏他还想着和她一起分享螃蟹呢，原来吃独食的人是她！吃东西也不叫他，她太卑鄙了！

虽然没有放任何调味料，但现抓现煮的螃蟹胜在味道鲜，再加上林深已经饿坏了，哪里顾得上好不好吃，很快，一杯螃蟹就见了底。吃饱喝足了的林深凑近火堆，坐到鹿可身边，将杯子还了回去。

“别以为一杯螃蟹就可以收买我，会做饭、会生火也改变不了你是女流氓的事实！”

说句“谢谢”就这么难吗？

鹿可已经无心和这个毒舌狂讨论人与人之间最基本的尊重了，她收好杯子的同时，拿根棍子将火堆拨了拨，火苗蹿起，更加旺盛了。

林深把手放在火堆上方取暖，随口问道：“你们公司还有野外生存训练吗？技能挺熟的啊！”

鹿可又往火堆里加了两把柴，待火烧旺了才回他：“以前因为太笨，被人丢过好几回，饿狠了生螃蟹都吃过。后来怕再被丢掉，打火机、军刀这些东西就成了出门必备的东西了。”

鹿可说得很平静，平静得就像是在说别人的故事一样。

林深却听得胆战心惊，他望着鹿可的侧脸，头一次对她产生了几分怜悯。

鹿可吸了吸鼻子，回头望向林深，这才发现他全身都在冒热气——那是水汽在蒸发。

这样很容易感冒的！

鹿可友情提醒道：“把衣服脱下来烤一烤吧。”

一听到这话，林深刚刚对她生出的那几分怜悯瞬间就烟消云散了。他捂着胸口，连退了好几步，惊慌失措地望着鹿可，道："你……你想干什么？"女流氓太可怕，野外生存技能满点，会做饭，身上还有刀的女流氓最可怕了！

"你这样会感冒的。"鹿可不明白林深又在抽什么风，她不过是提醒他把衣服烤干，他这是什么反应啊。

林深捂着衣服，连连后退："女流氓，离我远点！"

鹿可总算明白过来，顿时满头黑线。

所以现在的社会都流行男人冰清玉洁吗？

别说她没想对他干什么，就算她真的有那种想法，他这个反应也太夸张了吧！

不过……鹿可看着已经退到了三尺之外的林深，玩心大起，干脆站起身来，一步步向他靠近。

"你别想逃了，你逃不出我的手掌心的！"

"你……你想干什么？"

"干什么？"鹿可搓着手，一副猥琐样，说道，"你不知道你刚刚吃的那杯螃蟹被我下了春药吗？"

"春药？"林深吓得都忘了后退，望着鹿可怒吼，"你居然会有这种东西！不对！你居然敢把这种东西给我吃！你恶不恶心啊！"

鹿可无辜地眨了眨眼睛，朝他伸出魔爪："反正你现在也记不起我了，还不如……喂，你在干什么？"

鹿可愣愣地看着正在努力催吐的林深，直到见他催出一口苦水才意识到自己玩大了，忙将他拉住，解释道："骗你的，我怎么会随身携带那种东西？"这种拙劣的谎言他都相信？在这样"单蠢"的总裁的领导下，林氏企业不仅没倒闭还越做越大，也算是一个奇迹了。

林深听完这话，才算放心了，喝了几口凉水漱口，冲掉了嘴里的酸味。末了，他还不忘惩罚罪魁祸首，一掌拍上鹿可的后脑勺："谁给你的胆子骗老子的！"

"喂！"鹿可挨了一下，有些郁闷，"谁想到你会反应那么大啊，我都不担心你一个大男人对我做什么，你这么紧张干什么？”

林深从上到下扫视了鹿可一番，又恢复了毒舌模式：“不管从哪方面看，我对你做了什么吃亏的都是我。而且，对你这个前科累累的女流氓，我不得不防！”

“既然我在你心里这么不堪，那你为什么还来找我做测评师啊！”鹿可颇有些无语。

“那是因为找你之前我不知道你是这样的人，所以你测评完了就赶紧走吧。”想了想，林深又补充道，“对了，走之前记得把项链的来源交代清楚，我可不想以后因为这件事，还要再跟你见面。”

“林深！”鹿可大跨两步上前，正准备提起他的衣领大干一场，林深下意识地想躲，一不小心踩到了河边的石头，两人双双被绊倒在地上。

腿压腿，胸压胸，脸压脸……孤男寡女，干柴烈火，此情此景怎一个暧昧了得！

猛烈的强光突然亮起，两人呆若木鸡的脸就这样被暴露在了强光之下。

林深和鹿可双双抬起头，才发现不知道什么时候，身边站了两个背着背包，穿着一身登山装的年轻人。此刻他们举着灯，都是一脸诧异。

八目相对，尴尬的气氛在四周蔓延。

举着手电筒的是一名女生，她“啪”地一下关掉了手电筒。

灯光消失，四周又陷入了黑暗。

“那个……不好意思，我们不是故意打扰你们的。”

“打扰？”林深觉得自己的智商要不够用了，不然怎么会觉得自己有点听不懂这个人的话？

“那个……那个……你们不是在……野合？”

鹿可：“……”

林深：“……”

林深：“野合？去……”

他的那句骂人的话还没说出口，鹿可就手疾眼快地捂住了他那张惹事的嘴。

“确实只是个误会！”鹿可讪讪地笑着，指着火堆旁边的石头招呼道，“相逢就是缘分，来，坐会儿？”

来人看了林深一眼，又把视线移到他身下一脸怪异的鹿可的身上，最后还是摇摇头，残忍地拒绝了鹿可的邀约。

“那个……天色已晚，下次有机会再约，我们先回旅馆了……”

一听到旅馆，林深就来了精神，一把推开鹿可，“噌”地站起来，把两个不明所以的登山爱好者吓得一连退了好几步。

“你……你想干啥？我告诉你，我可是会跆拳道的！”

刚才那个说他们“野合”的女生张开双臂，如保护自己小鸡的老母鸡一样，将同伴护在自己身后。林深和鹿可这才发现那个冷着脸一直不说话的人，竟然是一个长得还算不错的男生，虽然篝火微弱的火光只能映出他半边脸庞，刀削一般的侧脸，深邃的五官。

但只需半边脸，就足以让所有少女怦然心动了。

看林深和鹿可一动不动地盯着她身后的男生看，女生急了，举着手里的手电筒当武器，指着鹿可吼道：“别想动我家阿南。”话锋一转，她把矛头指向林深，“还有你也是，别以为你长得帅，我就会对你网开一面。”

林深：“……”

鹿可：“……”

“叶锦，别闹！”一直冷着脸的男人终于舍得开尊口了，他伸出手，像拎小鸡一样，把女生拎到自己的身后，不动声色地护着她，然后才向前走了两步，跟林深和鹿可道歉，“对不起……我同学她说话从不经过大脑，两位不要放在心上。”

叶锦：“喂！”

鹿可也不好意思地回了一句：“彼此彼此，我BOSS也这样，习惯了，习惯了。”

林深：“喂！”

……

两边的人互相寒暄了几句，总算打破了由“野合”带来的尴尬。

叶锦也是个话多的女生，一路上扯着鹿可叽叽喳喳说个不停。

“我们都是技院的学生。”

“妓院？”

“科技研大啦！一看你就是个思想不单纯的人！”

思想不单纯？鹿可无语，她这个罪名还真是背得冤枉，谁让她介绍自己的母校不说全称的！

不过身为本地一直没能毕业的“大四狗”，鹿可对本市的几所著名大学自然略有耳闻。

本市常被人称为“教育大市”，能有此殊荣全靠市里鼎鼎有名的三所大学。

鹿可在读的邵大以艺术系闻名全国，由著名慈善家邵某捐资修建的管大则以经管系闻名，至于叶锦口中的“技院”，就跟它的名字一样，是一个奇葩的存在。

“技院”全称中国科学技术研究大学，明明是历史悠久的名牌大学，却非要把自己往三流技术学院方向折腾。他们的秦校长在五年前就宣布“轻学术重技术”。也幸亏他们学校都是一些经得起大风大浪的“怪咖”，近些年在各个领域都出了不少叱咤各大颁奖典礼的风云人物，所以渐渐以黑马之势成了大学圈里最特别的存在。

“技院”大名鼎鼎，所以当叶锦一提到科技研大，鹿可就反应了过来。

“你们学校有很多牛人。”鹿可点头，随口赞了一句。

“他们哪有我们家阿南厉害，他……”

“叶锦！”走在前面的冷面男人突然发言，一声不算重的警告成功地堵住了叶锦的嘴。

只见叶锦满脸不开心地挪到他身边，一路上踢踢石子，揪揪树叶。

鹿可眼尖，发现那位名叫“阿南”的男人在叶锦快要滑倒的时候，顺势扶了她一把，之后就再没松开手，这一举动成功地让刚才还一脸不开心的叶锦瞬间恢复了元气。

鹿可偏头，瞪着同样走在身边，正一脸嫌弃地推开挡在他面前的树枝，一边走还一边抱怨“这是什么鬼地方”的林深。

唉，果然是没有对比就没有伤害啊。

一行四人很快就到了位于山中的青年旅馆，据叶锦说，这家青年旅馆才开不久，前身是一个为了帮助在登山过程中迷路的登山爱好者而准备的救助站，后来登山爱好者渐渐多了，有人看中了这里的商机，投资建了这家旅馆。

叶锦显然是这里的熟客，自打进门起就熟稔地跟大家打招呼，不管是旅客还是店老板，她都叫得出名字来。

有了叶锦的帮助，店老板在房间住客爆满的情况下，还是想方设法为林深和鹿可腾出了一间客房。

一听只有一间客房，林深不乐意了，指着鹿可不满地道：“这个女人对我意图不轨很久了，我才不要和她同房！”

鹿可：“……”

不管林深如何不愿意，他还是被鹿可拖回了房间，丢到……浴室去洗澡。

她可不希望明天还要带个病号下山。

搞定了林深，鹿可这才觉得难受——一身衣服都湿透了，紧紧贴在身上，能不难受吗！

想起他们都没有干衣服，鹿可只能厚着脸皮敲开了叶锦的房门。

叶锦正在打电话，见她进来了，和电话那头说了句：“伯父，我们下次再聊，挂了哦。”说完，就挂断了电话。

“那个……我是不是打扰你了？”毕竟是开口求人，鹿可的态度还是摆得蛮端正的。

“没事！我们在外面玩，老人不放心，就喜欢唠叨几句，都习惯了。”

说者无心，听者有意，鹿可心里泛起一阵伤感，以前她在外面读书，婆婆还会给她打电话，自从婆婆死后，能听人唠叨都算是奢侈了。

唉，没事想这些干什么！鹿可摇摇头，赶走心里的负面情绪，开口说明来意。

叶锦十分爽快，一边翻箱倒柜地帮她找衣服，一边拉起家常来。

“你和林先生不是情侣吗？为什么有时候你会叫他老板啊？”叶锦从一堆衣服中抬起头来，像是突然想到了什么，望着鹿可的眼神亮晶晶的，不停地闪光——对这样的目光鹿可并不陌生，每当苏茉和她聊八卦时就露出这样的眼神。

而根据鹿可的经验：一般喜欢聊八卦的人，意淫功力都不是一般的强大。

果然，只见叶锦歪着脑袋，已经有了判断。

“难不成你是他的秘书？他看上了你的……”叶锦目光从她的脸上扫过，发现看脸应该不可能，又从她的胸前扫过，一马平川，应该也不会是看胸……憋了半天，她好不容易憋出一句，“难不成他是个抖S，看中了你的彪悍，所以才‘潜规则’你？”

鹿可满头黑线，林深是不是抖S她不知道，不过这个女人的脑洞真大绝对是事实。

“你‘霸道总裁爱上我’系列文看多了吧？”

“你怎么知道？！那可是我的成神必备手册，我要想从小透明变成大神，就全靠它了！”没注意到鹿可难看的脸色，叶锦自顾自地说道，“傲娇总裁和彪悍女汉子的故事，哎呀呀，这人设还真不错！”

叶锦跟打了鸡血一样兴奋，二话不说就奔到床头，拿出平板电脑，开机，打开文档，很快就沉浸于艺术创作的过程中去了。

鹿可：说好的借衣服呢，就不能先给她找好衣服再创作吗？

叶锦一看就是资深码字党，三两下就敲出了一个大纲。写完之后，她将平板递给她新文的女主角原型——鹿可。

“我绝对是亲妈，看我对你多好！”

鹿可看不懂文字，不过好在平板电脑是有语音读取功能的，她用语音读取功能听完了全文，整个人都不好了。

“从小被人抛弃？唯一的亲人还在地震中丧生了？”

“女主角的背景越凄惨，越能引起人的同情，为了点击率，委屈你了。”

“男主角始乱终弃，还失忆？”

“洒狗血才是唯一的王道啊，车祸失忆梗屡试不爽……”看鹿可的脸色越来越黑，叶锦讪笑着摸了摸后脑勺，“那个……我成神之后一定请你吃饭，为了我的理想，委屈你了。”

“女配角的颜值和能力都能甩女主角好几条街？”

“不然怎么突出男主角的脑残……啊呸，是真爱呢！”

鹿可：叶锦不去帮人算命简直是太埋没才华了！

这简直就是她的真实写照！

鹿可刚想放下平板电脑，那机械的女声又响起来了，原来是因为她忘记关语音功能了，在读完第一篇文章之后，自动跳到第二篇去了。

于是鹿可就听到了如下内容：“书名‘总裁的女人’，作者七七，人设：精分蛇精病，多重人格障碍，时而逗比时而冷漠的霸道总裁和傻白甜女主角的故事……”

人设之后就是一堆关于多重人格障碍的介绍，看来叶锦这个网络小说家写的内容虽然不靠谱，但功课还是做了的。

不过鹿可越往下听，越觉得不对劲儿。

“多重人格障碍是心理疾病的一种，多重人格具有超过一个的人格存在，犹如‘在一个身体里住着好几个灵魂’。多重人格的产生与心理创伤密切相关。当受到难以应付的冲击时，患者凭借‘放空’的方式，以求得‘这件事不是发生在我身上’的感觉。多重人格的各个亚人格都是各自独立、彼此分开的，一种人格出现，其他人格就自动散场。究竟由哪种人格来支配，则完全遵循‘哪种环境需要哪种人格’的原则……”

在听完这篇都快赶上专业医学论文的写作资料后，鹿可在感叹叶锦功夫下得深的同时，也发现了一些不正常。

自从那次见识过萧时之后，鹿可还特意托人去查过相关的心理学资料，不说入门，对心理学知识还是有点了解的。

她敢肯定，叶锦这篇写作素材，如果不是有专业人士的协助，一定完成不了。

鹿可将自己心头的疑惑说了出来，叶锦为人豪爽，大大方方地承认了自己当时的确去请教过在这方面十分有名的心理学家。

“能告诉我这位心理学家的名字吗？”鹿可整个人都压抑不住地兴奋起来。她以前怎么就没想过去请教专家，这绝对比她一个人面对林深突然切换出来的人格不知所措要好很多！

“那位医生是法国人，名字还真不好记，你等等，我去找找他的名片。”叶锦说着又去翻自己的背包，在她成功地把房间毁成台风过境的灾难现场之后，终于在钱包的夹层中找到了名片。

“喏，就是这个人。他是在国际上都十分有名的心理医生，听说不少人排队等他看病。”叶锦向她眨了眨眼睛，“这人也是个情圣呢，我之前还专门写过他和他妻子的故事。只可惜他妻子在五年前因为癌症过世了，他一个人带着儿子在法国生活……”

比起这位心理医生的情史，鹿可更关心的是他的专业水平，她接过名片，一面对密密麻麻如蝌蚪般的法文就皱起了眉头。

叶锦还以为她是看不懂法文，好心解释道：“他的中文名是直接音译过来的，就叫费力，我们一般都会称他一声费先生。”

费力？虽然这个名字有点奇怪，但是提起他，鹿可就有点印象了。

记得当初她托在《最青春》的文字助理编辑帮她查关于多重人格障碍的时候，助理就提起过这个人，说他是数一数二的专家，还说他架子大，一两年都不一定能排得上预约的号。

鹿可心里刚燃起来的那点希望之火，一下子又灭了。

且不说这位心理医生的架子非常大，单说林深肯不肯配合她去见这心理医生就是个问题。

第四章

一秒变人母

谢过叶锦，鹿可捧着衣服和名片回了自己的房间，一推开门就发现一地的湿衣服。

鹿可叹了口气，一路捡着衣服往里走，终于在房间的一角找到了正优哉游哉地跷着腿，披着……被单的罪魁祸首。

林深喝完一杯热茶，发出一声舒服的喟叹，一抬头就看到了提着一堆湿衣服的鹿可。

“你进来不知道敲门的啊！”

喟叹变成尖叫，林深连忙跳到椅子上，可他不动还好，这一动，那丝质的本来就很轻薄的床单就听从地心引力的号召，回到了大地妈妈的怀抱。

鹿可所有的话都被堵在了嗓子眼儿里，整个人被眼前的美景惊呆了。

林深作为“四肢发达，头脑简单”的代表，还真对得起这个称号。虽然智商低到了负值，不过这身材还真是好得没话说，窄腰宽背，该瘦的地方瘦，该有肉的地方有肉，别说普通人了，就算是那些靠身材吃饭的男模都不一定有他这样的身材。

好歹是自己曾经暗恋过的男神，鹿可下意识地咽了一口口水。

按照正常总裁文的套路，这个时候林深应该顶着男主角的光环对她来个“壁咚”，然后酷霸狂跩地问一句：“还满意你所看到的吗？”

但林深显然不是正常的霸道总裁。

他用双手捂着下身，夹着腿，脸羞得通红，气急败坏地赶她：“你这个女流氓，看什么呢！还不给老子滚！”

鹿可：他以为她爱看啊！她还怕看了长针眼好吗！不过林深的身材……咳咳，她不能再胡思乱想下去了，再待在这里，她也不敢保证自己会不会做出什么霸王硬上弓、欺占良男的事来。

鹿可难得听话了一回，捧着一堆衣服往回走，不过还没走几步就又被林深叫了回来。

“你站住！”

鹿可内心有隐隐的期待，难不成……

“给老子买一套衣服回来！要纯棉的，最好是拉格斐的……喂，你别走啊，老子在跟你说话呢！你这个死女人，知不知道什么叫作礼貌啊！”

鹿可拉开房门，将林深的喋喋不休都关在门内。

整个世界都清静了的感觉，真好！

这深山老林的，鹿可自然没有办法给林深去找拉格斐专卖店，她找店老板借了一套男装正准备往回走，就遇上了正好下来买饭的苏南。

出于礼貌，鹿可笑着打了一声招呼：“苏先生，你好。”

苏南冷着脸朝她低头颔首，算是回应了。

真是高冷啊。

突然，一个尖叫声从二楼传来，鹿可还没反应过来，眼前一阵疾风刮过，再抬头的时候，哪里还有苏南的影子。

这还真是“静若处子，动若脱兔”啊！

鹿可感叹完了才后知后觉地想到了什么。

刚才那尖叫声好像是从林深的房间里传出来的？！

不好！

等反应慢半拍的鹿可赶到二楼，才发现他们的房间门口已经挤满了人，鹿可扒开拥挤的人群挤了进去，刚走到门口就听到一阵乒乒乓乓的打斗声。

店老板站在玄关门口，正费力地拦下一群好奇心爆棚的人。

他见到鹿可就跟见到了救命稻草一样，忙把她往房里推："你快去劝劝他们吧，这都打起来了。"

"打起来了？"鹿可探头朝房里望了一眼，瞬间就不淡定了。

"飞人"苏南不知道什么时候已经冲进了房间，他一手揽着叶锦，用另一只空着的手还有脚对林深展开攻势。

按理说林深不像苏南这样有负累，真要打起来，苏南肯定是要占下风的。

可是光着身子的林深只知道缩在床头角落里，抱头瑟瑟地蹲着，任打任骂不敢还手。

这还是那个开口闭口就把"老子"挂在嘴边、霸气侧漏的陆大BOSS吗？

"住手！"鹿可这一声没能阻止苏南的攻势，倒让林深猛地抬起头来。

鹿可心里一颤，被林深那双眼睛看得心都空了大半。

那是一双漂亮得令人心碎的眼睛，那眼神如稚子般单纯，就像是一个受到了欺负渴望被拯救的孩子。

鹿可内心一痛，不管眼前这个男人变成了什么样，到底是她心心念念了好几年的男神，让她就这么看着他受欺负，她做不到。

然而还没等鹿可出手，林深就像是已经看穿了她的心思一样，尽管苏南的攻势猛烈，还是对鹿可张开了怀抱："妈咪，良辰疼。"

世界瞬间安静了，就连正在气头上的苏南都一个踉跄，猛地收回了手。

而从待字闺中的少女一秒钟变成了人母的鹿可整个人都呆滞了。

如果她从现在装作不认识林深，会不会太迟了？

……

“妈咪，良辰这里疼，帮良辰吹吹。”

鹿可强忍着一拳揍飞林深的冲动，拿着店老板友情提供的药酒帮他涂抹，哦不，按照他自己的说法，现在的他应该叫叶良辰。

不管他是林深还是叶良辰，这顿胖揍他挨得还真是冤枉。

鹿可出门之前想着不过是去借套衣服，要不了多久，再加上林深还在房里，虚掩着门就出去了。后来她在大厅遇到了苏南，倒把这回事忘了。

可是她怎么也没想到叶锦会在这个时候去他们房间里找她，更没想到她会不敲门就冲进去。

至于叶锦在房间里看到一个裹着被单的裸男后是什么反应……事实已经告诉他们答案了。

苏南冷着一张脸站在他们面前，憋了半天总算憋出一句道歉来：“对不起，我不该没弄清楚真相就动手。”

这一出闹剧的起源，那个打破青旅平静的罪魁祸首——叶锦，连忙站出来揽罪。

“不不，不关阿南的事，是我的错，我不该不敲门就进来的……”

鹿可深感头疼地望了林深一眼，以她对他的了解，被人揍一顿是小事，被人看光才是大事吧。

也不知道旅馆里有多少人看过他裸奔了，也幸亏林深身体内这个名叫“叶良辰”的只是个单纯的吃货，给他一点零食就能摆平一切。这要是换作其他性格暴躁的，非得闹得天翻地覆不可。

“林先生这是？多重人格？”苏南试探地问了一句。

都闹成这样了，鹿可自知瞒不住了，只能点点头。

她和林深这两个当事人还没反应，倒是叶锦先激动了起来，扯着苏南的袖子，眼神里满是期待：“你怎么会对多重人格这么了解，难不成你偷偷看过我的文章？”

苏南轻咳了两声，借以掩饰脸上的尴尬，还十分不自然地转移了话题：“林先生是从什么时候变成这样的？”

鹿可摇了摇头，如实相告：“我也不知道，我们也有好几年没见了，再见……就这样了。”

苏南点了点头，右手托着下巴若有所思。

叶锦不服，在他耳边嚷嚷道：“你别想蒙混过去，你怎么可以随便偷看别人的文章呢！”

苏南向鹿可道过别之后，迈开大长腿就往外走去，叶锦哪里肯放过他，跟上去喋喋不休地抱怨：“是不是我以前的文章你都偷看过了！”

“我是 VIP 订阅用户，简而言之，我看你的文合情合法合理，不存在偷看一说。”

“你……”

“身为你的读者，我有权对你的文章提出意见，以后请不要再用那种傻白甜女主角来侮辱男主角的眼光了。”

“……”

鹿可听着他们越来越远的争吵声，看着眼前正像只小狗一样蹲在床上，眼巴巴地望着自己的林深，她此刻内心是崩溃的。

好羡慕苏南和叶锦啊，想当年她也有过如此幸福……好吧，是被吐槽的时光。

估计当年的自己也想不到有朝一日自己的男神，会变成自己的儿子吧。

果真是奇葩人生故事多啊。

……

让老板帮忙连上了房间里的免费无线网，鹿可总算和苏茉一行人联系上了。

这不问还好，一问她都想为林深叫屈了。

大部队早就抛弃了他们 BOSS 回公司去了，接到鹿可的电话之后，苏茉很淡定地表示既然他们没事，就再在青旅待两天，等他们有空再来接。

这个BOSS当得这么没有存在感，也是蛮让人心酸的。

鹿可对林深的痛苦遭遇默哀了三分钟，然后一脚把他踢下了床。

不趁着他现在打不能还手，骂不能还口的时候奴役他，更待何时！

地铺什么的，还是让给他这个大男人去睡吧。

忽略掉林深那小鹿斑比一般可怜的眼神，鹿可一个人躺在床上，好不自在。

饱暖思淫欲，大床的确舒服，可她怎么也睡不着。

鹿可躺在床上玩手机，翻看起了她好久没有登录的微博。

想当初她在室友的帮助下在网上发了第一篇漫画，没想到就此一炮而红了，渐渐地有了忠实粉丝。在粉丝的强烈要求下，她托室友帮她申请了一个名为“黑土”的微博，甚至还没日没夜地缠着室友帮她的手机装语音软件，然后一遍遍地认真听完读者的评论，再一条条地进行语音回复。

后来，她应高翔之邀，成为《最青春》的签约画手，也有了一位文字助理编辑，替她打理一切对外账号。

她的确省事了不少，可是当年那份守在微博后台等读者消息的激情也没有了……

不得不说，鹿可的文字助理编辑还是十分尽心的，她都在外“不务正业”这么多天了，她的私信信箱里还是干干净净的——那位文字助理编辑早就一条条彬彬有礼地回复完了。

唉，助理太给力了也是一种负担啊。

鹿可叹了一口气，刚想着退出微博关机睡觉，提示音忽然响起，有新消息进来了。

“红烧肉”：“你现在在哪儿啊？”

“红烧肉”是她的大学同学，是个身高一米八、体重两百八的大胖子。除了外形长得像红烧肉，他的最爱也是红烧肉，如遇同学聚餐，这家伙每次都必点红烧肉，还一点就是三盘。

不过自从他大一转学之后，她也有好几年没见到他了。

他怎么会突然想起来联系她？

鹿可想了想，发了一条语音过去："无业游民求收留。"

"红烧肉"："……"

省略号语音软件读不出来，于是鹿可这边听到的翻译就是这样的："点，点，点，点，点，点。"

鹿可：语音软件你这么萌，你们家程序员哥哥知道吗？

"红烧肉"："听说你当年搞定了我们学校的校草？"

想起辉煌的过去，鹿可脸上扬起了骄傲的微笑，然而她的微笑还没持续几秒钟，就被"红烧肉"接下来的话粉碎性地毁灭了。

"虽然你最后还是被抛弃了……"

"喂，那只是失踪，不是抛弃！"鹿可差点憋出了内伤。

"这些都不重要，那个……你能教我几招吗？"

"啥？"

"那个，怎么追人，你癞蛤蟆都能吃上校草肉，经验肯定很丰富。"

"滚！"鹿可愣了三秒钟才反应过来。

哼哼，报仇的机会到了！

"想要追女孩子还不简单，减掉一百八十斤，保你成为人生赢家！"

要一个胖子减肥绝对比杀了他还要让他觉得痛苦，鹿可已经能够预想到"红烧肉"在爱情和美食之间纠结的样子了。

大仇得报的鹿可内心暗爽，将手机丢到一边，拍拍手很快就进入了梦乡。

而同一座城市的某豪华公寓里的电脑前，一位清俊少年在看完黑土的留言之后，皱起了眉头。

"减掉一百八十斤？"

他的体重只有一百一十斤怎么办？

夜色渐深，隐在深山老林中的青旅也进入了休眠状态，在一片葱郁中静静呼吸。

鹿可梦见自己正在吃红烧肉，一盘盘红烧肉香软可口，她刚下筷子，红烧肉就突然变成了林深的脸，说着："可可，别吃我，别吃我。"

“你这个死女人，竟然敢吃我，我要和你撕！”

“老虎不发威，真当老子是病猫啊，还不放老子下来！”

“妈咪……”

……

鹿可猛地从床上坐起来，天哪，这个梦也太凶险了。

鹿可没法和梦里的红烧肉——林深，淡定地同处一室，拿着水壶披了件外衣，轻手轻脚地穿过走廊，准备找到客厅的饮水机接点水，压压惊。

厨房里照进的一抹昏黄色的光吸引了她的注意。

这时候还有谁在厨房？厨师吗？

青旅有顾客帮助老板做事抵房租的例子，鹿可想着反正睡不着，不如问问要不要帮忙，于是推开了厨房的门。

可是谁来告诉她这是怎么回事？

为什么在厨房里的不是厨师而是林深？他不是正在楼上睡大觉吗？

此时，冰箱门大开着，穿着睡衣的林深正盘腿对着冰箱席地而坐，他的身边还丢着许多吃剩下的零食包装袋。

鹿可皱着眉上前，就见林深一只手拿着一个蛋挞，另一只手里握着一大瓶牛奶。就在他把蛋挞一口塞进嘴里，正准备仰头喝牛奶的时候，正好和鹿可的视线对了一个正着。

林深被吓了一跳，刚灌进嘴里的牛奶也在这冲击下堵在了喉咙里，刺激得他咳嗽不止。

鹿可忙从桌上拿下一包纸巾，递给林深。

林深伸手去接纸巾，不想绊倒了手边的牛奶瓶，眼见着牛奶瓶就要翻了，鹿可手疾眼快，忙伸手扶住它，这才避免了一场事故的发生。不过，她的手背上也因此溅了不少牛奶。

“啊，好浪费。”林深望着她的手背惊呼。

鹿可白了他一眼，你富得流油还会心疼这点牛奶？

鹿可抽出一张抽纸，正准备擦掉手背上的牛奶，不过有一个人比她更快，只见林深已经低下头去，捧着她的手细细地舔起来。

一股酥麻的感觉从手背上传来，林深的电力太强，鹿可觉得自己这只手都要报废了。

不对，这家伙是在干什么啊？恶不恶心啊！

鹿可迅速地抽回手一看，好家伙，手背上的牛奶早已经被林深舔干净了。

林深舔完了，还意犹未尽，舔了舔唇，说了一句颇为魅惑的话："妈咪，真好吃。"

好吧……鹿可这下算是明白了，敢情叶良辰这家伙还没走，仍在林深的身体里呢。

也难怪他会大半夜跑出来翻厨房的冰箱了，正常人绝对干不出这种事。

仅仅是鹿可出神的工夫，叶良辰已经解决掉三个蛋挞外加一大瓶牛奶，他捂着肚子坐在地上打饱嗝，丝毫没有身为帅哥的负担。

鹿可满头黑线，正想起身默默地离开，叶良辰打着嗝叫住了她："妈咪……良辰肚子胀，站不起来了。"

鹿可：肚子胀还吃那么多，不怕撑死啊！

鹿可费了九牛二虎之力，才将叶良辰扶起来，叶良辰吃得太撑了，这才动了一会儿就捂着肚子直哼哼。

"看你吃了那么多，我还以为你的肚子是无底洞呢。"鹿可一边扶着他，一边嘟囔着，"来，别坐着了，走一走助消化。"

于是，深夜的青旅厨房里就出现了这样一幅诡异的画面：一个披头散发、穿着白色睡裙的女人，扶着一个表情呆滞、时不时还发出两声痛苦呻吟的青年男子围着餐桌转圈。

第二天一早，叶锦就来鹿可房里串门。有了前车之鉴，这次她在进门前就戴好了眼罩，直到鹿可再三向她保证叶良辰没有裸奔，她才放心拿下眼罩。

"喂，你听说了吗？昨天夜里厨房闹鬼了。"叶锦神神道道的，说得仿佛自己亲眼见过一样。

“是吗？”

“是啊，听说有个女鬼抓了一个男人在厨房的圆桌前进行某种诡异的秘术，那男人被那女鬼挟持，动弹不得。”

“女鬼”鹿可还没有意识到自己就是这个传说中的女主角，被吓得不轻：“真的？天啊，怎么会有这种事。”

“当然是真的了，好多人都说看见了。而且……”叶锦凑在鹿可的耳边低声嘀咕，“听说这山里最容易出这些不干净的东西了，你可得好好照顾你儿子。”

叶锦说着，伸手指了指盘腿坐在地板上，饿极了只能咬被单的叶良辰。

鹿可抚额道：“他不是我儿子。”

叶良辰不满地噘起嘴：“你不是我妈咪，那干吗从我的小包包里拿早餐钱。”

鹿可的嘴角抽了抽，如果他那个装满了现金和金卡，意大利知名设计师设计的钱包是“小包包”，那么这个世界上就没有包包不是小包包了。

不过她没想到的是，她不过是恰好丢了钱包，又恰好在无计可施的情况下看到了他的“小包包”，于是邪恶了这么一回，居然就被他记住了！况且她才喝了一杯豆浆，剩下的十个包子、两碗粥、三杯豆浆，都被叶良辰一个人迅速消灭掉了，吃的时候不见他心疼，现在倒好意思和她算钱了！

叶良辰见她没反应，又不满地叫了一声：“妈咪。”

“我不是你妈。”

“早餐钱。”

“唉，儿子你有什么吩咐！”

……

不幸围观了全程的叶锦丢给鹿可一个大大的白眼，道：“世界如此美好，你却如此不要脸，这样不好。”

……

“路痴一号”鹿可带着“路痴二号”叶良辰，想走出这深山老林自然不可能，于是他们和叶锦约好一起下山，可是临出门的时候，原本还晴朗无云的天刹那间电闪雷鸣，不一会儿就下起了瓢泼大雨。

鹿可看着雨帘深深叹气，老天爷果然爱捉弄人啊，她感慨万千地回头一看，整个人都不好了。

叶锦、苏南和叶良辰三个人早已经淡定地放下背包，凑了一桌……斗地主。

“你们……”叶良辰现在就是一个小孩子，他不着急可以理解，但是苏南和叶锦……

“你们不是要赶回去上课吗？”

叶锦一边兴致高昂地往唯一的输家叶良辰的脸上贴白条，一边淡定地回道：“反正已经逃了三天的课了，不在乎再多一天，你说是不是啊？阿南。”

被点名的苏南头也没抬，默默地出牌：“双王四个二，抢庄。”

“你作弊！”叶锦不服气地抓起自己的牌，迅速投入战斗中。

只有叶良辰抬起头，用无辜的眼神望着被冷落的鹿可问道：“妈咪，什么是抢庄啊？”

“抢庄都不会，还敢说自己是我‘赌城十三妹’的儿子，起开，让老娘来。”可是真等鹿可抓到那一手纸牌时整个人都不好了。

她刚刚忘了自己以前玩的都是可以自动读牌的电脑游戏。

这一副纸牌她一个字都不认识啊！

鹿可瞥了一脸期待地望着她的林深一眼，清了清嗓子，看似淡定地数起牌面上的花色来：“一个，两个，三个！三个小三还没凑成炸的！”

“一堆数字牌是要闹哪样！这是要‘数’死我的节奏吗！”

“……”

十分钟后，陷入“数牌纠结症”中的鹿可终于把牌数完了。

本着自己约的牌跪着也要打完的精神，一脸崩溃的苏南和叶锦默默地开始出牌。

“方块三。”
“大你，我梅花四。”
“慢着慢着，我有一个红桃五来着，你让我找找……”
“……”
“三个J带一张。”
“三个二大你！”
“哈哈，我有炸！”
“……三个四带一个三，你要炸谁啊！”
“啊，我数错了！”
“……”

一个小时后，这艰难的一局总算结束了，叶锦实在是玩不下去了，弱弱地提议道：“要不，咱们还是别玩牌了，去玩麻将吧，麻将可以。”

苏南和林深的动作出奇地一致，扭头，眼帘下垂，目露凶光。

他们眼神里表达的意思也是一模一样的：鹿可数扑克都能把人逼疯了，还敢让她去玩更难数的麻将？！

叶锦默默地把脖子缩了回去。

鹿可没有察觉到牌友的异样，兴冲冲地洗牌招呼他们再来一盘。

“我已经摸到门道了，再来一盘我肯定能更快。”

“那个，我们还是别玩了吧。”叶良辰说着就要去抢鹿可手上的牌。

鹿可自然不干，一把就推开了他，吼道：“一边去，大人说话小孩子插什么嘴！”

鹿可太过兴奋了，一下没控制好力道，只听“哐当”一声传来，叶良辰的头撞到了旁边的桌角上。

鹿可丢下牌，忙扶住一脸痛苦捂着头的叶良辰哄道：“良辰你没事吧，疼吗？妈咪帮你呼呼。”

“呼你个头！老子……”好不容易才夺回身体控制权的林深，一听到这么恶心的话就恨不得一掌拍飞鹿可。可是当他抬起头，看到鹿可微眯着眼，噘着嘴，伸出手轻轻地抱着他的头，柔柔呼气的时候，他脸一红，低下头去脸红心跳地撒谎，“这里疼。”他指了指自己的头顶。

鹿可：“我吹！”

“还有这里。”他又指了指自己的脸。

鹿可：“……我吹！”

“还有这里。”他又指了指自己的嘴。

鹿可：“……我吹，我吹不死你！”

鹿可抬手就要去拎林深的衣领，却被一个声音呵斥住了。

“鹿可！”

鹿可抬头，就见乔繁和苏茉不知何时出现在他们的面前，在他们的身后，还站着一位穿着西装，拄着拐杖，虽然满头白发却威严不减的老人。

鹿可曾在电视上见过这位老人：沈氏企业的老总裁，A 市乃至全国著名的地产大亨，商界的传奇人物。

不知道是不是受到了电视上老人一脸严肃的形象的影响，鹿可看着老人的脸，下意识地有些害怕。沈老并不算健硕的身形，就像是一座大山朝她压过来。

这个鼎鼎有名，从来只在电视上和报纸上露面的大人物，怎么会活生生地出现在这荒郊野岭的小旅馆中？

被她压着的林深先一步反应过来，推开了她，鲤鱼打挺一般翻身而起，恭恭敬敬地站在老人面前，垂首认错，一副犯错的小学生见家长的模样。

“外公。”林深开口，语气中还带着几分忐忑。

这是鹿可自和他重逢以来，从不曾见过的一面。

在鹿可的印象里，现在的林深就像个被宠坏了的小孩，有钱任性，洁癖毒舌，一副玩世不恭的模样。

是的，在林深鲤鱼打挺、翻身而起叫老总裁“外公”的那一刻，鹿可就知道那个霸道不讲理的他又回来了。不然以叶良辰有奶就是娘的脾气，会认得老总裁才怪呢。

老人扫了两人一眼，冷哼一声，由秘书搀扶着背过身朝楼上走去，拐杖杵在石头地板上咚咚作响，一下一下敲进了人的心里。

林深忙跟了上去。苏南和叶锦见情况不对，也溜之大吉，屋子里很快就空了下来。

苏茉将蹲在地上的鹿可扶起来，拉她在一边落座。

鹿可望着像变了个人一样的林深，疑惑地问道：“茉茉，林深很怕他的外公吗？”

苏茉忙对她比了一个“嘘”的手势，确定前面的人走远了，听不到她们的话了，她才敢偷偷回她：“听说BOSS就是沈老一手带大的，再加上沈老那个人比较严厉，BOSS多多少少还是有些怕他的，反正沈老每次来公司，BOSS都会跟变了一个人一样……”苏茉对着林深的背影努了努嘴，“喏，就像这样，沉默冷酷。”

经苏茉提醒，鹿可也恍惚想起以前似乎听林深提过他的外公。只是当年的林深提起他外公都是满脸自豪，还说以后一定要成为他那样的人。

那时候，她没觉得他很怕他外公啊。

苏茉自然不知道鹿可心里的这些小九九，仍自顾自地提醒道：“沈老最不喜欢BOSS乱搞男女关系，所以刚才的事……如果你和BOSS是清白的，最好去解释一下，不然BOSS会很难堪。”苏茉看了鹿可一眼，眼神里带着几丝怀疑，“所以你和BOSS……”

鹿可忙举手发誓：“绝对清白！”虽然林深是她等了那么多年的人，但是在他没有想起她，没有变回那个温暖可亲的少年之前，她是绝对不会对他有任何非分之想的。

试问谁会对一个傲娇霸道，动不动还人格分裂的人感兴趣啊！

苏茉将信将疑地点了点头。

“没事最好，如果你们真有什么那就惨了。”苏茉凑在鹿可耳旁，小声嘀咕，“沈老是信基督的，认为婚前那啥是犯罪，所以……”

鹿可这次倒反应很快，苏茉话未说透，就已经明白过来了。

所以……如果她真和林深有啥了，那就是在引诱他犯罪！

想起那个老人阴冷的眼神，鹿可缩了缩脖子，连打了几个寒战。

她突然能够理解林深为什么会如此“守身如玉”，动不动就叫她女流氓，生怕她侵犯自己。

她虽然弄不懂他的行为，却能理解他的心境。

就像自从林深失踪了之后，她从未放弃找他一样，记忆里那个带她走出阴霾的温暖少年，就是她的信仰。

而现在的林深，他的信仰就是那位不怒而威的老先生吗？

第五章

水性杨花的女人

林深被沈老的人带到楼上去了，苏南和叶锦也不知所踪，剩下鹿可和苏茉两人百无聊赖地坐着聊天。

通过苏茉的解释，鹿可才知道大部队没有放弃过她和林深，出事后他们还是认认真真地找过一天的，只是眼看着搜救队没有任何结果，乔繁也急了，连忙让人通知了沈老。在鹿可发语音消息联系苏茉的时候，她和乔繁正在市飞机场接沈老。

听完这话，鹿可开始纳闷了：“可是，找不到我们为什么不打电话给我呢？”她的手机明明一直处于开机状态啊。

苏茉不好意思地摸了摸后脑勺，道：“乔繁姐打 BOSS 的手机提示关机了，我们以为你的手机也坏了……所以……”

鹿可给苏茉投去一个鄙视的眼神，道：“得了吧，没存我的号码就直说！”看苏茉那一脸歉疚的样子，就知道她在说谎。

苏茉不好意思地笑了笑，为了表示歉意，殷勤地替她端茶倒水：“这一路受惊了，我以茶代酒，敬你一杯。”

“先别聊了！”楼梯口突然出现一个突兀的女声，将鹿可和苏茉都吓得不轻，两人齐齐回头，一眼就看到了站在楼梯口的乔繁。

乔繁狐狸般修长的丹凤眼扫过二人，最后将目光落在鹿可身上，道：“鹿可，沈老想见你。”

不知为何，从刚开始鹿可就觉得乔繁的语气有些生硬，似乎很不喜欢她。

虽然心里有些不舒服，鹿可想了想还是点了头。

鹿可跟着乔繁，一路来到走廊的尽头。房门被乔繁推开，她就看见沈老拄着拐杖，坐在上座，正对着大门，而林深已经换上了一套干净的休闲服，此刻正站在沈老的对面。

听到动静，林深回头，一眼就看到了正推门而入的鹿可。

林深皱着眉道：“你怎么过来了？”

鹿可偷偷丢给他一个白眼，默默地走上前去，站在林深身边。而乔繁则识趣地退了下去，还替他们掩好了房门。

“你叫鹿可？”沈老抬头望着她，一双眼睛似乎能看透人心。

鹿可心里有些发慌，下意识地往林深身边挪了挪，试图找到一些安全感。

“你叫鹿可？”沈老又问了一遍。

鹿可愣愣地抬头“啊”了一声才反应过来，忙回道：“是……是的。”

“你和我外孙是什么关系？”

“啊？”鹿可呆住了。

“外公！”林深见状，主动开口帮鹿可解围，“今天的事只是意外。”

“鹿小姐，女孩子家的，言行还需端正些好。”

对沈老的话，鹿可一下子没有反应过来，老老实实地开口道：“老人家，您误会了，我和林深真没什么的。”我只想和您失忆之前的外孙有什么，至于现在这个“傲娇狂”，谁爱要谁要吧！

“是吗？”老人的语气淡淡的，像是一张无形的网朝鹿可罩来，让她有些无力招架。

鹿可站直身体，握紧拳头，努力使自己的回答有底气些。

“是的！”

沈老笑了，拄着拐杖站起身来：“可是刚才林深说……”

“外公！”

……

从房间里出来往回走，鹿可一路都在想沈老被林深打断的后文到底是什么。想着想着她就想到了沈老的那句：“鹿小姐，女孩子家的，言行还需端正些好。”

后知后觉的鹿可这才反应过来，沈老这是在贬她！

她居然还傻乎乎地任人贬损！

鹿可感到挫败，这种每次被人骂完，事后才想起该怎么还嘴的感觉，真是太让人不爽了！

鹿可退出去后，房间里陷入了长时间的沉默，最后还是沈老先开口，将一沓资料丢在茶几上：“你不想解释一下这些资料吗？”

林深扫了一眼，心下了然，挺着胸一句话也不说，既不示弱也不顶撞。

“我记得我很早以前就跟你说过，让你不要再调查了！”沈老的语气波澜不惊，让人听不出喜怒。

林深仍是一脸的倨傲：“那是我妈！我不能让她死得不明不白，我不会放弃的。”

“我说过她是出车祸死的！你还想查什么？”老人连声音都高了好几度。

“为什么？！”林深据理反驳，“肇事司机是谁？为什么警察局一点记录都没有！她是我的妈妈，也是您的女儿啊！”

林深望着外公的眼神里掺杂着悲痛：“外公，您为什么……为什么要拦着我去查真相呢？”

沈老一怔，望着林深。

林深意识到自己的话有些重了，连忙放缓了态度：“外公，我身边的亲人只剩下您和我父亲了，所以我一直都很敬重您，从来没有要忤逆您的意思。但是我妈当年出事的真相，我必须查个清楚！”

丢下这句话，林深头也不回地夺门而出，留下沈老一个人站在房间里，好半天才回过神来，从怀里掏出一块怀表，表壳的背面，贴着一张照片。照片上的女人，妆容精致，笑意盈盈。

“梅儿啊，这孩子这股执拗劲儿像你，也不知道他这性格对他来说是好事还是坏事……我做这一切都是为了他好，你在泉下有知，不要怪我……”

照片上的女人笑容温婉，早已无法回答他的问题。

……

林深刚拉开门，就看到了正站在走廊另一端，像个木头人一样的鹿可。

“喂！”林深打断了她的喃喃自语，“你一个人在那边嘀咕什么呢？”

鹿可回头，看到正朝自己大步走过来的林深，心里咯噔了一下。

刚才她抱怨他外公的话，他应该没听到吧！

林深可是公认的“外公控”，一想到他为了他外公的信仰宁死守节的事，她就连打了几个寒战，抬脚就准备开溜，结果被手长脚长的林深一下子捉住了。

“喂，你为什么见到我就跑？”

“没……没有啊！”鹿可头上冷汗直流。

“还说没有！”林深大手揽上她的肩，“走，爷心情不好，陪爷喝一杯去！”

鹿可忙从他的怀里钻出来，连退了好几步才说道：“我卖艺不卖身的。”

“谁要你的身了，女流氓，你脑子里整天都在想些什么呢！”

鹿可见他还能骂人，这才稍稍放心了些，又补充了一句：“陪酒我也不干！”

“呸，你要陪老子也不会答应！是老板说最近天气转凉，他们免费提供姜茶，我让你下去和我一起喝一杯。”

鹿可："你什么时候对免费的东西感兴趣了？"

林深："在我发现我的钱包里少了二十五块八的时候。"

鹿可："……"果然是越有钱的人越小气！

鹿可去房间拿了些东西，再走进客厅的时候，发现林深早已经在那里等着了。

只见他捧着一碗黑得看不见底的生姜红糖茶，眉头皱得都能夹死一只苍蝇了。

这家伙的洁癖又犯了。

"怎么，还怕有毒啊？"

鹿可本着"我是女汉子我怕谁"的信念，一把抢过林深手里的碗："不就是一碗姜茶吗，至于吗！"

不等林深伸手阻止，鹿可已经豪气地将一整碗姜茶一饮而尽，末了还将碗翻过来给林深看。

林深的眉皱得更深了："碗里有苍蝇你没看到吗？"

鹿可的脸色瞬间就变得铁青了，活脱脱一副吞了苍蝇的现场版。

"你……你怎么不早说！"

"刚刚是谁一上来就抢我的碗的，你压根儿没给我机会说啊！"林深一脸无辜地道。

"那……那……"鹿可一急，到了嗓子眼儿里的话更说不出来了。

"那怎样？"

"那……"鹿可深吸了一口气，将空碗往桌上一摔。

"那你干吗不倒掉啊！浑蛋！"

被她骂作浑蛋的林深不仅没生气，还心情大好地拉着她落座："话说，你还真挺有安慰人的天赋呢。"

"你这是夸我还是损我呢！"鹿可翻了一个白眼，猛灌了几口凉茶才算压住心里涌起的那股恶心。

就在这时候，忽然响起几声雷鸣，没过多久就见狂风大作，哗啦啦的雨水冲刷着地面，溅起不少水花。

雨声越大，越衬得大厅里格外安静。

林深盯着鹿可，这还是他第一次正眼看她。

忽略她那些略为重口的表现，其实这个女人长得还是蛮顺眼的。

鹿可被盯得头皮发麻，猛地回头，正好对上林深如黑曜石一般的眼睛。

“林深……”鹿可有些难以置信地问，“你是不是想起我了？”

出乎她意料的是，这次林深很淡定地点了点头。

“真的？”鹿可双眼放光，整个人的气场都变得不一样了。

“是啊，我想起你是个变态女流氓了。所以……”林深将她往桌子那边推了推，“离我远点，赶紧老实交代你那项链到底是怎么回事吧。”

鹿可就像是被人放空了气体的气球一样，顿时什么力气都没有了，软绵绵地趴在桌上，有气无力地回：“你到底想知道什么啊？”

“关于这条项链的一切，我都要知道！”

鹿可托着腮看向林深，接触慢慢多了，她心里的肯定就会多一分。

现在的他皱着眉，一脸不悦的样子，和记忆里的那个少年看到她的成绩单时的表情简直一模一样。

身为全校有名的挂科王，鹿可的成绩连林深这个学霸都拯救不了。

在林深为她狂补了三个月之后，她还是考了一个零蛋。

成绩单发下来的时候，她捂着不许林深看。

那天的林深一本正经，语气十分严肃：“真相并不会因为你的刻意隐藏而消失，不管你喜欢还是厌恶，它总有一天会赤裸裸地展现在你眼前。你现在不给我看，你被学校亮红牌的时候我总会知道的。”

“万一你觉得我太笨，不喜欢我了怎么办？”

“你挂科了就不是鹿可了吗？”

她摇了摇头。

“所以我喜不喜欢你，和你挂不挂科有什么关系？我喜欢的是鹿可，你就算挂科了也还是鹿可。”

她被他的态度唬住了，乖乖地交上了自己的成绩单，然后她就见证了有史以来他脸色变化最丰富的一次，由红变青变紫最后变白……

都快凑齐一道彩虹了。

他捏着她的成绩单，步步逼近。

“全部是零分？”

“那个……”她一边小心翼翼地往后挪，一边搜肠刮肚地找理由。可是还没等她想到合适的理由，林深已经把手抬起来了。

她心里咯噔一下，他不会打她吧？

鹿可紧闭着眼睛，都已经做好了受罚的准备，可是林深只是轻轻地将手放在她的头顶，将她一头碎发揉得更乱了。

“数学考了三分，总算是有进步了。”

哎，这是什么情况？鹿可睁开眼睛的刹那，只见一道银光在眼前闪过，等她反应过来，一条做工精致，一看就价格不菲的银质项链就落在了她的脖子上。

鹿可红着眼眶收下了他们的第一份定情信物，解释道：“那个……这三分也是我蒙的。”

……

最后她还是免不了被林深逼着天天去图书馆补习的宿命，不过比起那些枯燥的知识，她记得最清楚的还是林深那天对她说的话：“真相并不会因为你的刻意隐藏而消失，不管你喜欢还是厌恶，它总有一天会赤裸裸地展现在你眼前。”

她从没有想过隐瞒，只是大家都不相信她。

特别是林深，更是没有给过她解释的机会。

这要换成五年前，是绝对不可能发生的事！

可是他怎么就不记得她了呢？

在公司的时候，她曾向苏茉打听过，林深一直无病无灾，更不用说像狗血电视剧里演的那样，因遭受什么巨大的打击而失忆。

不是失忆，难不成真的把她忘了？

鹿可心里一沉，下意识地去摸脖子上的项链，结果扑了空。

鹿可眼前一黑，顿时就慌了。

项链不见了！

那是林深五年前送给她的项链，是他们的定情信物！

前几天，林深看到她的项链，还和她大吵了一架，认为那是她偷了他母亲的。即便是受了这么大的委屈，鹿可也没说什么，后来见林深追问得多了，就默默地取下项链保存着，在林深看不见的时候戴上。

只是没想到刚戴上，项链就不见了。

鹿可站起来，在身上摸了个遍，也没有找到项链。她想起自己刚才换了衣服，忙推开椅子准备往回走的时候，被人拦住了去路。

林深伸手拦在她的面前，探出头望着惊慌失措的鹿可，逼问道：“别想靠演戏转移话题，今天你不给老子说出个……”

鹿可哪里还有时间和他纠缠，只道：“让开！”

林深笃定了她这是恼羞成怒，不肯放手。

“那项链该不会是你偷来的吧？所以你才一直不肯说出那条项链的事？”鹿可反常的态度，让林深起了疑心。

鹿可已经急红了眼，一把推开了林深。

林深哪里料到她会突然发难，连人带凳子被鹿可推倒在地上。桌上的碗也掉落在地上，发出“啪”的一声脆响，吸引了不少人前来围观。

“喂！你又在发什么疯！”

鹿可没有理他，头也不回地朝楼上跑去。被人当猴子围观的林深终于察觉出了鹿可的不正常，吼道：“看什么看！一个个都这么闲，回去都给老子加班！”

一提到加班，所有人都瞬间消失得无影无踪，其速度之快，连专业运动员都要自愧不如。

人群散去了，林深才迈开步子跟着鹿可的脚步朝二楼奔去。他一边跑还一边给自己做心理建设：这只是关心员工，为了弄清真相。鹿可最好是有什么紧急的事，不然他绝对饶不了她！

林深刚赶到房门口，就见鹿可正抱着换下来的一堆脏衣服翻找着。

“你到底在找什么？”见她的模样不像是装出来的，林深忍不住问道。

“项链，我的项链不见了！肯定是刚才丢到外面了，不行，我要去找。”鹿可丢下湿衣服就要往外冲。

林深一手撑在门框上，挡住了她。

“外面下这么大的雨，你怎么去找！”这个女人是不要命了吗？

“可是我的项链不见了！那可是……”

鹿可抬头看向林深，眼神里有几分痛楚，最后千言万语也只化作弱弱的一句：“那可是……”

“慢着，你说的那项链不会是……我妈的项链吧？”

鹿可沉默不语，算是默认了。

“我……你这女人是怎么回事，这么重要的东西也能丢？！”

林深的语气重了些，听在原本就心有负压的鹿可耳里像是带了刺，她隐忍已久的眼泪“唰”地一下流了出来。

鹿可抬手抹了一把眼泪，推开林深就要往外走：“让开！”

“你这个时候要去哪儿找？”林深烦躁地扒了一把头发，“今天晚上先去休息吧，我明天陪你去找！”

鹿可哪里还听得进他的话，自顾自地往外冲，外面正在下大雨，山区不比市区，路又滑，林深自然不会让她出去。

他伸手，拦腰抱住像发狂了的猫的鹿可，没想到一个不察，脸上就被连抓了几道口子。

“要是老子毁了容，我一定……”

“呜呜！”鹿可环上林深的腰，躲在他怀里放声大哭。

林深有些手足无措，想推开她又不知如何下手。

“喂，你这个……女流氓……你……你别想占老子……便宜！赶紧给老子滚开！”

林深的声音越来越弱，最后淹没在鹿可的哭声中。

他无奈地叹了口气，僵硬地在鹿可背上拍了拍。

这一幕正好落到了觅食归来的苏茉眼里。

“啊！”苏茉捂着嘴，一脸坏笑道，“BOSS你们藏得蛮深的嘛！”

林深顿时急了，伸手就要推开鹿可：“没有，我和她没关系！”

岂料鹿可就像是块牛皮糖一样，黏住了就扯不开，她死死地抱着林深的腰，林深觉得自己的腰都快被她箍断了。

而此时，苏茉已经带着一脸“我懂的，你们继续，我不打扰你们了”的表情跑开了，林深郁闷不已。

为什么偏偏让苏茉看到了啊！

林深有预感，没把苏茉这个长舌妇尽早从公司开除，将是他最大的失误。

林深的猜测，很快就得到了证实。

第二天他们下山，和公司大本营会合后，全公司的人看他的眼神都带了几分暧昧的味道，就连一向对八卦毫不关心的乔繁，也参与到“全民看戏”的阵营中来。

这让对乔繁寄予了厚望，认为她是在林氏企业“全民八卦”氛围中，唯一出淤泥而不染的好员工的林深很失望。

“乔繁，你也认为我和鹿可有什么？”

乔繁翻着花名册，头也没抬地回道：“嗯……气质挺配的。”

林深：“……”

他没听错的话，乔繁这是在骂他！

沈老爷子看他没什么事，很快就离开了，恢复了自由的林深又开始活蹦乱跳。

众人考虑到鹿可和林深才经历了一次生死劫，提议提早结束活动回去，被林深当场回绝了。

活动继续，只是他和鹿可就不参与了。

目送着那群人去玩漂流，林深朝二楼鹿可的房间望了一眼，房门紧闭，她一直没出来。

昨天晚上她哭累了就抱着他的腰睡着了，到现在他都还觉得腰有点酸呢。

林深揉了揉腰，叫住了一个正准备跟着大部队去参加活动的实习生：“你，过来扶我一把。”

实习生是个二十岁出头的小伙子，刚从大学走进社会，一听到老板有吩咐，忙放下背包上前来扶，直到扶着林深走了好几步，他才发现不对劲儿。

“林总，我们不是去参加活动吗？”实习生回头，望向和他们相背而去的大部队。

林深揉着腰，狐疑地看着他：“我有说过要去参加活动吗？”

“那……”

“走，陪老子去找东西！”

“……”

到了那天玩CS的小树林，实习生弯着腰盯着地面，仔细地找着，找累了就直直身子，然后抬起头，睁着一双无辜的大眼问在一边叉腰指挥的林深：“BOSS，你到底要我找什么啊？”

“老子说了多少遍了，你到底有没有长耳朵啊！项链，一条银项链！”

“有什么特征吗？或者在哪里掉的，您还有印象吗？”

实习生还没问完，林深的巴掌就已经招呼到他的脑门上了：“老子要是知道在哪里丢的还用你来找吗？！赶紧给老子找，找不到今天不用回去了！”

实习生撇了撇嘴，慑于BOSS的淫威，不得不低头继续认真寻找。

两人找了半天，却一无所获，就在实习生想要撂挑子说“老子不干了”的时候，林深终于喊停了。

实习生狐疑地抬起头，顺着他的目光望过去，正好看到了迎面走过来的和他们一样，正忙着找东西的两人。

“鹿可，我劝你就放弃吧，昨天的雨下得那么大，就算真掉到了这里，也肯定早就被冲跑了。”苏茉找出了一身的汗，气喘吁吁地劝着鹿可。

鹿可死死地盯着路面，连一道石头缝都不放过。

“昨天晚上就该出来找的，都怪林深！”

“喂！背着老子说老子的坏话，算什么好汉！”林深怒吼一声，把所有人都吓了一跳。

“你来这里干什么？”鹿可偏头看向他，她还以为他跟大部队一起去参加活动了呢。

“林总他……哎哟！”

实习生刚开口，就被林深一个巴掌招呼停了。

“没……没什么，老子只是想来逛逛，看看风景。”

在这荒郊野外，满是烂泥的地方，看风景？

此时此刻，鹿可和苏茉都很有默契地在心里表达了对林深的看法：此人多半有病。

最后，鹿可也没能找到项链，闷闷不乐地回到公司之后，她就请了三天假。林深乐得让她这个绯闻女主角避避风头，很爽快地在总裁意见一栏签上了自己的大名。

鹿可心情低落地回到家门口，正准备掏出钥匙开门的时候，身后突然响起了一阵喇叭声。

鹿可手上的动作停了下来，她收回钥匙往后一望，一眼就看到了露天停车场里那个熟悉的车牌号。

高翔怎么会在她家楼下？她记得自己回家的事，没和他说啊。

鹿可带着满心疑惑将高翔引进屋内，换了拖鞋就径自往内室走去。

“要喝茶自己烧，我去换件衣服。”

高翔大大咧咧地在客厅里那个小小的布艺沙发上坐下，后来干脆将脚放到沙发上。

“喂，你就是这么待客的吗？”

半天得不到主人招待的高翔嘴上抱怨着，眼睛也没闲着，他环顾了一圈，最后将视线停在了茶几上的几页线稿上。

鹿可从房里出来，正好看见高翔在翻看她的线稿，忙扑上去，趁他不注意的时候抢了过来。

“我与白云？”高翔忍不住吐槽起鹿可的审美来，“鹿可，你取的名字还能更土一点吗？”

“你今天过来就是专门来吐槽我的取名的？”鹿可一脸淡定地收拾着线稿。

高翔正想说什么，门铃突然响了。

鹿可放下线稿去开门，林深充满嫌弃的脸就赫然出现在门口。

“这就是你住的地方啊，啧啧，也太脏了吧，瞧瞧，这地上的灰！”

鹿可：“……”她今天招谁惹谁了，一个个都专门跑她家里来吐槽她。

不等鹿可招呼，林深自顾自地走进房间，从门口吐槽到客厅，直到他看见沙发上斜躺着的高翔。

高翔也没料到林深会过来，忙起身迎接：“林总？”

“高主编？”

“高主编怎么会在这里？”

“林总怎么过来了？”

高翔瞥了鹿可一眼，很自然地说道：“我来催稿的。”

林深也瞥了鹿可一眼，很淡定地回：“我也是。”

鹿可：“……”

高翔：“……”

林深你催个毛线稿啊，要不要这么明显地睁眼说瞎话啊！

鹿可人在厨房里洗水果，心却搁在客厅，时时刻刻关注着客厅里的动态。

不知道这两个人在抽哪门子风，没事了就赶紧走啊，待在她家里是几个意思啊。

其实林深和高翔，也是这个想法。

一个举起手里的一杯茶，招呼了声“林总，喝茶”，心里想的却是：这家伙到底准备什么时候走啊？他来鹿可家里不会是想来偷偷挖墙脚的吧？

一个拿起桌上的茶杯，回道“高主编，客气了”，心里却在想：这到底是怎么回事？为了避免办公室谣言肆虐，他答应了给鹿可放假，就是想等她回家以后和她好好聊聊项链的事，谁想到她家里还有个男人啊！

慢着！高翔不会是鹿可的男朋友吧？如果不是很亲近的人，应该不会那么随意地躺在别人家的沙发上吧。

林深越想越觉得有可能，越想越觉得气愤。

鹿可这个水性杨花的女人！

她不是喜欢他的吗？

虽然他不喜欢她，但是……但是谁给她的胆子让她一边说喜欢他，一边带男人回家的！

不知道喜欢一个人就要一心一意吗！

林深觉得自己整个人都不好了。

鹿可端着洗好的水果出来，将水果盘往茶几上一丢，双手叉腰看着两个压根儿没想过注意坐姿的大老爷们儿。

“你们还有什么事吗？”

林深刚想开口，高翔耸了耸肩打断了他：“我的事刚才已经交代完了呀，你这话应该问林总吧。”

意识到高翔可能是鹿可的男朋友，林深对他的印象一落千丈。

这种女人，才不配拥有那条项链！

不过一码归一码，他讨厌鹿可的作风是一回事，高翔对他的挑衅就是另一回事了！

怎么，先来的了不起啊！

“高总既然没事了，那你就慢走，我们不送了。”林深眼珠子一转，说道，“上次我请你吃了饭，怕你不好意思，所以这次特意给你个机会回请我。”林深跷着二郎腿，吩咐道，“我口味比较清淡，做菜的时候记得少放点油。”

请吃饭？鹿可和高翔都一致用一种“你脑子没病吧”的眼神望着林深。

“你想吃我弄的饭？”

“你敢吃她做的饭！”

林深疑惑地眨了眨眼，这两个人是不是激动得过头了？

“怎么了？”

“她……唔唔……”

鹿可扑上前去捂住的高翔的嘴，说道：“那个……林深你先坐会儿，我和主编商量点事。”

林深扬了扬手，大大咧咧地放他们离开的时候，还不忘提醒道：“对了，我比较喜欢吃海鲜，不用太复杂，弄个小龙虾，再来个清蒸蟹就够了。”

听到这话，鹿可踉跄了一下，险些被自己绊倒了。

厨房里。

高翔双手环胸，一脸淡定地望着已经急得跟热锅上的蚂蚁一样的鹿可说道：“你明明不会做饭，为什么还要答应他？”

高翔回想了一下鹿可做饭的历史，一共三次，嗯，每次都“惨不忍睹”。

第一次是在大一素质拓展活动上，大家兴致勃勃地去野餐，鹿可主动担任厨娘一职，结果所有人都饿坏了，还没看到饭菜。大家伙凑上前去打听情况，一问才知道她洗锅的时候用力太猛，把锅砸了。

第二次她信誓旦旦地说在网上找了视频教程，一定能弄出一顿像样的饭菜，结果……火势太猛她控制不住，毁了一个新买的灶具。

第三次她终于没弄坏东西了，端出了一盘还算像样的炒饭，结果……东西倒是没坏，高翔的胃遭罪了。他半夜因为食物中毒被送进医院的时候，医生还问他是不是和什么人结了仇，在他的饭菜里下了毒。

……

高翔默默地在心里为即将步他后尘的林深默哀了三分钟。

鹿可要给林深做饭的理由很简单：林深以前就很喜欢吃她婆婆做的饭，如果是熟悉的味道，有极大的可能性让他想起她来。

理想很丰满，现实很骨感。

当清炒土豆丝变成一坨黑渣，当红烧肉变成一坨黑渣……唯一没变成渣的就是小炒白菜了。高翔对那唯一看着下得去手的白菜伸出了筷子，下一秒就吐了出来。

没熟。

当菜上桌的时候，不仅是高翔，原本还有些期待的林深，脸也变成了菜色。

“那个……我们还是出去吃吧！”

“对，我也觉得我们还是出去吃比较好。”

两个互相看不顺眼的人在这件事上达成了一致：毕竟人命关天。

鹿可将碗筷往桌上重重一放，举着菜刀，双手叉腰站在门口，冷冷地看着正准备夺门而逃的两人。

“怎么，是嫌我做的饭不好吃吗？”鹿可将矛头指向林深，说道，“不是你要让我请你吃饭的吗？弄好了又不吃是几个意思？”

她手里的刀貌似很锋利！

林深咽了口口水，还是乖乖地坐了回去。

“那个……鹿可啊，我可没有让你做饭哦，这样……我公司还有事，以后……”

菜刀劈过，停在离他的脸不到 0.05 厘米的地方。

“还走吗？”

“那个……突然觉得有点饿了……”

“哼，墙头草！”林深不满地哼了一声。

高翔斜睨了他一眼，道：“彼此彼此。”

一顿饭吃得万分艰辛，一盘没炒熟的青菜竟然成了饭桌上的宠儿，林深和高翔就差为最后一片青菜归谁打起来了。

至于其他的菜……完美地保持了原样。

鹿可双手托腮，满怀憧憬地望着林深：“林深，你想起什么了吗？”

林深放下筷子，勉强吞下最后一口米饭，才道：“嗯。”

“真的？”

“我能理解那天在法国餐厅，你看到那盘鹅肝时的心情了。”

鹿可：“……”

林深和高翔毫无悬念地被鹿可扫地出门。

两个刚从鬼门关走了一趟的人，都对彼此生出了同病相怜的革命友情，高翔作为有过几次经验的“老人”，一边走一边同林深分享心得。

“回去最好吃几片胃药，感觉不对劲儿就赶紧去医院。”

林深点了点头，已经暗暗决定先去医院再回家。

“对了……林总你是不是出了什么事，比如……失忆过？”高翔小心翼翼地问道。

这次林深倒没像上次对鹿可那样起戒心，说道：“没有啊，你们怎么都喜欢这么问啊？”

高翔呵呵笑了两声。

“不过……你也蛮不容易的。”林深感叹道，“鹿可做的饭这么难吃，你和她在一起以后可有的受了。”

高翔听出了他话里的意思，眨了眨眼睛，道：“谁说不是呢。”

……

林深郁闷地坐进驾驶座，越想越觉得愤怒。

他就知道他没猜错！高翔刚才那语气，分明就是默认了鹿可是他女朋友的事实！

林深从兜里掏出一条银色的项链，要知道为了这条项链，他一个人沿着山路找了好久。

当初找得有多辛苦，现在看着就有多烦，林深愤愤地将银质项链丢进扶手箱里，一脚踩下油门，车呼啸而去。

第六章

越有钱越小气

鹿可一直认为“生活只会比漫画更精彩”，所以当她一大早打开门，看到沈老和刘秘书站在她家门口的时候，下意识地就开始脑补起来。

刘秘书朝鹿可使了一个眼色，神色有些晦暗，这更坚定了鹿可心里的想法。

沈老肯定是为了林深来的，如果他甩钱要她离开林深，她是该接下巨款呢，还是接受巨款呢？

现在这个傲娇的林深和钱比起来，后者好像更有魅力一些……

鹿可纠结地将准备好的茶水端了出去，然后悲剧地发现，她想多了。

沈老没说一句重话，甚至比初见那天还要平易近人，含笑慈祥地望着她，道：“听刘秘书说你以前和林深关系很好？”

鹿可瞥了刘秘书一眼，为林深感到深深的悲哀。他上辈子是造了什么孽啊，这辈子招了这么多大嘴巴在身边。公司里有个苏茉还不够，家里还有一个刘秘书。

真可怜！

“鹿小姐你别误会，我今天来没别的意思，就是想来和鹿小姐你沟通一个情况。”

重头戏要开始了吗？要开始砸钱了吗？

鹿可双眼紧紧地盯着沈老的手，那可是等一下要拿钱砸她的手啊！

“您……您说！”

“我唯一的女儿，也就是林深的母亲在五年前去世了，你可能还不知道吧。”

“啊？”鹿可蒙了。

“也怪刘秘书没跟你说清楚。”沈老叹了一口气，“林深是个有孝心的孩子，他妈妈过世之后，他有很长一段时间都没能从阴影中走出来，最后把自己折腾病了，一晕就是好几天，醒过来的时候就失忆了。”

“啊！”

“看着林深恢复了精神，我倒有些庆幸他生病失忆了。不然那孩子还不知道得把自己折腾个什么样呢，鹿小姐，你说是吗？”

“是……是吧。”

沈老说得很慢，鹿可就算再迟钝，听到这里也明白了。

他这是在变相地让她离开林深呢。

好消息是：她现在可以完完全全地确定林深就是她的男神了。

坏消息是：她必须和男神分手！

更坏的消息是：沈老不走寻常路，没有学狗血电视剧扔票子给她，而是丢下了一个她无法拒绝的理由——一切都是为了林深好。

鹿可泪流满面。

呜呜，果然是越有钱的人越小气，一百块钱都不给我。

……

刘秘书搀扶着沈老走出小区，走进早就等在小区门外的加长版劳斯莱斯，等他坐好后，自己才绕到另一边打开驾驶座那边的车门，坐了进去。

他刚摸出车钥匙，准备点火就听身后的老人发话了。

“我让你调查的结果怎么样了？”

刘秘书一怔，手上的动作停了，过了几秒钟才反应过来，回答道："目前只查到鹿可是孤女，亲人差不多都不在了。"

"我就不信她孤到连一个亲人都没有了。"沈老望向窗外，表情更加严肃了，"我知道你和林深走得近，一直在帮他办事，林深这孩子向来独来独往，他相信你，留你在身边，这是好事，只要你别忘了自己的初衷就好。"

刘秘书的脸色变得有些僵硬了，他沉默着发动车子，等了好久才点头，道："您放心，我记住了。"

……

漫画里说忘记一个人最快的方法，就是赶紧开始一段新的恋情。可是这对鹿可这个资深宅女来说，比忘记上一段恋情还要难。

她去哪儿找个男人凑一对啊！

苏茉听完她的苦恼，很不解地道："你和BOSS不是一对吗？怎么，BOSS始乱终弃了？"

"就只能他抛弃我，不能我放弃他吗？"

苏茉把鹿可前前后后、里里外外重新审视了一番，最后下了一个客观的结论："就你这条件，BOSS能看上你你就该偷笑。你肯放弃BOSS就跟癞蛤蟆不肖想天鹅一样——是不可能的事。"

鹿可："……你不是说你们BOSS傲娇又奇葩吗？谁会想要一个奇葩做自己男朋友啊！"

"人家有钱啊！"

"那他还有洁癖呢，哪个女人受得了挑三拣四的男朋友啊！"

"人家有颜啊！"

"那他性格还阴晴不定呢！"

"人家是富二代，上市公司总裁啊！"

……

鹿可完败。

就在鹿可对这个看脸的世界差不多绝望的时候，上头传来通知，晚上公司聚餐，为她们这些新人举办欢迎会，地点在市中心最好的金满堂酒店。

鹿可瞬间满血复活了。

银子诚可贵，帅哥价更高。若为美食故，二者皆可抛！

有苏茉这个移动小雷达在，鹿可终于不用担心找不着路了。

林深算是将“有钱任性”的败家子风格贯彻得十分彻底，等鹿可和苏茉赶到聚餐的地方时才发现，好家伙，整个酒店大堂都被他包下来了。

平时上班都没见有这么多人，敢情一听说有吃的都出洞了。

这时候，苏茉这个小雷达就显得累赘了。

在一个以“八卦”为主业，业务为副业的公司里，苏茉这种八卦小天后简直不要太受欢迎，一路走过去，他们被人拦下数次。

“苏茉，你有没有听说某某和某某要结婚了啊。”

“早就知道了，我早就说过他们不正常了！我‘八卦小天后’的头衔可不是白拿的……”

“对了，某某又和她男朋友分手了，你知道了吗？”

“哎呀，她一个月不换一打男朋友那才叫奇事呢，这算什么。”

……

鹿可身为“陪站”，穿着一双八厘米的高跟鞋，脚都酸了。

见苏茉短时间内不可能完事，鹿可干脆放弃了等她的打算，看到不远处的座位上有个空位子，迈开步子就朝那边去。

鹿可正准备对椅子下手的时候，一只大手也伸了过来，先她一步拉开了椅子。

“鹿可？”那个和他抢座位的人先认出她来，不敢确定地叫了一声。

鹿可抬头，看到的是一个干净白皙的少年，用时下流行的话来说就是小鲜肉。

鹿可对自己的记忆力向来很有信心，更何况是这个级别的帅哥，如果他们认识，她不可能一点印象都没有。

而现在，她的确想不起他是谁来。

“小鲜肉”看出了她眼底的疑惑，笑着拍了拍她的肩膀。

“哈哈，我就知道你没认出我来，我是林乔啊。”

“林乔？”鹿可摇摇头，还是毫无印象。

小鲜肉环顾四周一圈，见没人注意到她才轻轻凑在她耳边说，“就是大学时候的那个林胖子啊。”

见鹿可还是没有反应，小鲜肉又补充了一句：“红烧肉。”

红烧肉？！那个大学时以两百斤的体重力扛“全校体重第一”的“红烧肉”？那个身上的肉都能堆成肉塔的“红烧肉”？那个女人见了皱眉，男生见了嘲笑的“红烧肉”？！

这个世界太玄幻，原谅她有些接受不能。

林乔不好意思地摸了摸后脑勺。

“那个……转校后减了一点点肥。”

这也叫一点点？直接跨越了好几个重量级好吧！

他们学校的风水是有多差啊！高翔从大学毕业之后，由痘痘先生变成了帅哥；林乔从大学毕业之后，由巨型少年变成了帅哥……

最后，鹿可还是不死心地问了句：“你确定你没去做整容，比如抽脂……哦不……脱胎换骨之类。”

林乔很疑惑地摇了摇头，道：“我在大学的时候就很怕疼，整容这种事我是想都不敢想的。不过话说回来，整容还有‘脱胎换骨’这个选项吗？”

好吧……他成功地将她说服了。

林乔怕疼倒是当年全校师生都知道的事，一个两百多斤的巨型少年动不动撒个娇来一句“痛痛”，而且还喜欢动不动来两句“古来圣贤皆寂寞，唯有自挂东南枝”装忧郁……

这画面太美，让人不忍回忆啊！

光是想想，鹿可就已经开始浑身起鸡皮疙瘩了。

好在她和林乔没聊多久，服务员就端来饭菜准备开席了。等所有人都坐下她才发现，他们这桌是一群打酱油的。

林乔，林氏企业挂名股东，高层亲戚，蹭饭党一。

她，林氏企业短期非编制内员工一名，蹭饭党二。

坐在她对面的那个自称“何逸”的青葱少年，实习生，蹭饭党三。

一圈介绍下来，鹿可悲催地发现，苏茉居然是唯一一个正正经经的在职员工。

这真是一个令人悲伤的事实。

因为大家的目标都很明确：蹭饭，所以在其他组都忙着推杯换盏的时候，他们在吃；林深上台讲话的时候，他们在吃；在别人忙着敬酒的时候，他们在吃。

很快，有人发现了他们这一桌吃货，举着一个酒杯过来就要敬酒。

林乔终于将埋在碗里的头抬了起来，没有接酒，指着隔壁桌的红烧猪蹄，道：“麻烦帮我把猪蹄端过来一下。”

那人错愕，愣在原地，林乔见使唤不动他，自己起身，毫无羞耻感地拿他面前已经见底了的空碗去换隔壁桌的红烧猪蹄，然后又埋头猛吃起来。

“那个……林经理，咱们喝一杯吧。”那人不死心，又提了一回。

林乔举起一只猪蹄碰了一下他的杯子。

“好了，我先干为敬。”说完，他就不再管他，自顾自地吃起来。

原来这才是吃货敬酒的正确打开方式。

……

酒足饭饱之后，他们这桌终于有人意识到这么一直猛吃似乎有些太不合群了，于是一位女实习生先站起来巴拉巴拉地说了一大堆，然后就是何逸，他以一个饱嗝开始，以无数个饱嗝结束。

嗯，大家一个字也没有听清。

这时候，林乔终于放下碗筷，扯出餐巾纸动作优雅地擦了擦嘴，末了还很贴心地将剩下的餐巾纸递给鹿可。

现在才注意形象你不觉得迟了吗？

你已经干掉了八个鸡腿，五个猪蹄，三碗红烧肉外加米饭和小菜若干碗，你不知道吗？

最重要的是，这些她一个都没尝到！

林乔终于举起了一杯像样的酒，站起身来，将酒杯对准鹿可："鹿可，没想到会在这里遇见你，真是缘分。"

鹿可受宠若惊地站起身，正准备碰杯，林深突然乱入了。

"林乔，老子要和你喝酒，你先干，我随意！"

林深脸色通红，步子凌乱，显然已经喝了不少了。

林乔好脾气地接受了他的挑衅，一饮而尽，然后又倒了一杯酒对鹿可举杯。

"鹿可……"

"喂，老想着灌你嫂子，你到底是啥居心？"

一桌人瞬间石化了。

从酒店里出来，鹿可也没弄明白那句"嫂子"是什么意思，而一群人很懂眼色地把林深丢给了她。

"嫂子，这是BOSS的车钥匙。"

"嫂子，BOSS就交给你了，我们先回去了。"

"嫂子……"

鹿可："喂！你们别走啊，你们把一个酒鬼塞给我是什么意思啊？"

……

鹿可怀着对社会深深的怨恨将林深塞进了出租车，刚准备让师傅开车，就听到电话响了。

是苏茉打过来的，鹿可正忙着扶林深坐正，遂点开了手机扩音扔到一边。

"鹿可，你们到了吗？"

鹿可没好气地在电话这头白了她一眼，道："你觉得呢！一个个都弃我而去，留我一个人对付这个酒鬼。"

"哎呀，这还不是为了你好，BOSS都当众承认你们的关系了。"

"当众承认？"鹿可有些不解，他哪里承认了？

"哎呀，他都让林经理叫你嫂子了，难道你不知道林经理是他的弟弟吗？"

弟弟？！林乔是林深的弟弟？！拜托，这两个人的画风都不一样好吗！

“是啊，就在前几年，BOSS 的爸爸娶了林乔的妈妈做续弦，林经理也跟着成了 BOSS 的弟弟。不过这些都不是重点啦！哎呀，一想到 BOSS 今天向你当众表白什么的，简直太浪漫了……”苏茉仍自顾自地说着，鹿可不用猜也知道她此刻肯定正是一副捧脸花痴状。

“谁当众表白了！你要是再敢乱说一个字，我……”林深不知怎么突然又清醒过来，只不过他还没骂完一句话，就又沉沉地睡过去了。

虽然林深极力反对，但是鹿可那颗蠢蠢欲动的春心还是抑制不住地“扑通扑通”狂跳了起来。

“林深，喂，林深。”

鹿可伸出手去，轻轻地拍了拍林深的脸。

林深被她吵醒，不耐烦地睁开眼睛，醉眼蒙眬地望着她。

“你……你为什么让林乔叫我嫂子？”

“废话！”林深大掌拍向鹿可的脑门，“你是林深的女人，你……不是我们的嫂子是什么？”

鹿可：“我们？你什么意思，你把话说清楚，喂！”

后者已经睡得跟个死猪一样，完全没反应。

她将林深的大手往旁边一推，语带愤怒地对出租车师傅道：“师傅，开车。”

出租车师傅一脸茫然地透过反光镜看着她，道：“那个……姑娘你还没说要去哪儿呢。”

鹿可在出租车师傅惊讶的目光中，一手扶着林深，一手伸进包里去翻之前让高翔为她准备的小地图。林深到底是个大男人，块头又大，再加上鹿可的背包好巧不巧地正好卡在两人之间，被林深的臀部死死地压着。

鹿可只能使出江湖上失传已久的“反手取物。”

等她终于掏出那张小地图的时候，出租车师傅都恨不得给她鼓掌了。

这年头的女孩子啊，都太拼了！

鹿可抱着林深的一条胳膊，连拖带拉终于将他弄回了家。等把林深扔到沙发上，她也累垮了，整个人像一团软泥般瘫在地上，再也提不起劲儿来。

鹿可伸手，推了推林深的胳膊，道："喂，快去洗澡！"

上头没反应，林深整个人仰躺在沙发上，脸转过来正对着她。

灯光下，这张脸和记忆里的那个少年重合。

时间真是个变化莫测的东西，它能让林乔和高翔这种身处颜值金字塔底端的贫苦人民"噌噌噌"地爬上顶峰，也能让她褪去青涩，成为一个能够顶着鸡窝头一边画画，一边和高翔对骂的女汉子。

可是，它对林深格外温柔，五年过去了，他一如既往，模样竟然没有丝毫变化，猛然一看，还以为他们昨天才见过面一样。

帅的人一如既往地帅，丑的人年复一年地更丑。

这真是个令人悲伤的事实。

算了，她还是洗洗睡吧！

鹿可站起身，正准备朝浴室走去，手腕突然被人抓住，鹿可回头，正好对上林深那双带有些许茫然的清澈双眸。

灯光昏黄，林深半个身子已经从沙发里伸出来了，用一种高难度的姿势仰望着她，那神情，像极了求抚摸的泰迪。

然后……就听"扑通"一声，那个抓住她手腕的"泰迪"因为重心不稳掉下了沙发。

好吧，她果然不该期待什么粉红气氛。

鹿可无语地蹲下身去想把林深扶起来，可是对方动作更快，已经先她一步将她拉进怀中。

这个姿势其实不怎么舒服，她半跪半躺地被林深禁锢在怀中，酒味、汗臭味都朝她袭来。鹿可捏住鼻子，刚想推开他，林深已经将头搁在她的肩上，喃喃低语："小可，我终于等到你了。"

鹿可心里有一万头神兽在狂奔，谁来告诉她，这是什么情况？！

鹿可穿着睡衣倚在门框上，放肆地看着那个正在厨房里忙活的男人。

刚才林深莫名其妙地抱了她一通之后，就让她先去洗澡，他去为她做夜宵。鹿可全程都被他那种甜蜜到能把人腻死的眼神弄得晕乎乎的，等被推进浴室后才猛然醒悟过来。

他们刚吃完大餐回来，还吃什么夜宵啊！

鹿可站在门口拨手指，正在犹豫着要不要跟林深说出实情。

可是现在的他看上去，精神有些不正常呢，拒绝他之后万一他做出更变态的事呢，孤男寡女想想都很危险呢。

想到这里，鹿可果断决定：还是随他去吧。

鹿可万万没想到，“随他去”的结果就是他整整做了十二道菜，摆满了她那个小餐桌。

因为鹿可储备的干粮一般是面条和鸡蛋。碍于食材的限制，林深的十二道菜菜谱如下：

蛋系：煎蛋，炒蛋，蒸蛋，白切蛋，卤蛋，蛋花汤，鸡蛋饼；

面系：拌面，炒面，炸酱面，鸡蛋面，清汤面。

鹿可伸出手，抚上林深的额头，另一只手则摸着自己的额头。

林深看着她一边皱眉一边摇头的模样，不解地道：“小可，你在干什么？”

鹿可没有回他，嘟囔道：“没有发烧啊？难不成喝个酒还能把人喝疯了不成？”

林深宠溺地拿下她的手，牢牢地握在手心，末了还责怪地看了她一眼，道：“就数你调皮，好了，快来尝尝我的手艺。”

鹿可：“……”调皮什么啊，林深我的鸡皮疙瘩都要起来了好吗，你能不能稍微正常一点啊！

最后，鹿可还是在林深殷切的目光中，把所有的菜都尝了一口，林深见她的确吃不下了，在她吃完后把她吃剩下的菜全部扫光了。

在这个过程中，鹿可的目光一直没能从林深……的肚子上离开，吃这么多，他的肚子居然还没被撑爆，牛！

不过，这时候鹿可也算是从“林深想干吗”的焦虑中，找回了丁点理智，她望着吃饱喝足很自觉地去厨房刷碗的好男人林深，终于发现了有些不对劲儿。

她决定试一试他。

鹿可：“王师北定中原日，”

林深翻了个白眼：“宣城太守知不知。”

鹿可：“竹外桃花三两枝，”

林深再翻白眼：“宣城太守知不知。”

鹿可：“问君能有几多……”

林深连白眼都懒得翻了，索性剧透答案：“问君能有几多愁，宣城太守知不知。人人自挂东南枝，宣城太守知不知。太守自挂东南枝，江州司马青衫湿！”

林深偏头微笑着望着鹿可。

“你是我的小可，你有失读症，最讨厌文学，最喜欢画画……和我。所以，现在你确定我是你认识的那个林深了吗？”

鹿可捂着嘴，难以置信地看着这个近在咫尺的人，就在她已经绝望准备放弃的时候，他竟然突然想起了她。

鹿可冲进厨房，站在林深面前，看着那张和以前一样帅气阳光的俊脸，伸出手去，狠捏了一把。

“五年过去了，老娘都这么丑了你居然一点都没变，这不科学！”鹿可伸出另一只手在他的脸上翻翻找找，“老实交代，你是不是偷偷整容了！”

林深顺手抱起她，在她的手心里落下一吻。

鹿可瞬间就被酥化了，认命地将脸埋在他的胸膛上，连日来的委屈化成了酸涩，红了眼眶，哑了声音。

“死黑土，我找了那么久才找到你，你居然还不认我！”

“对不起。”林深抱紧了她。

“没关系。”鹿可声音哽咽，脸上却是带着笑容的。

管他是不老神童还是偷偷整了容，站在她眼前的这个人就是林深，她记忆里的那个，属于她一个人的黑土就够了。

鹿可太过激动，甚至忘了林深的反常，忘了问他为何会时不时就变成另一个人。

还有，他怎么会这么能吃……

鹿可是被手机铃声吵醒的，当她像往常一样准备爬起来拿放在床头柜上的手机时，一只横亘在她腰间的大手打断了她的动作。

鹿可："……"

昨天晚上明明安排他睡沙发了呀，他怎么到床上来了？

不对！鹿可往床下一看，顿时哭笑不得。

这家伙占人便宜的手段真是……一套套的。

鹿可怕自己把持不住，会就地把林深那个啥了，所以他们昨天晚上在腻腻歪歪地商量了之后，约定一个睡沙发，一个睡床，彼此都不能越雷池。

但是很显然，林深不是那种会守约定的人。

也不知道他什么时候进来的，铺了一床被子在她的床底下，再加上她的床比较矮，才有了林深人还躺在地上呼呼大睡，一只手却能伸上来搁在她肚子上这啼笑皆非的一幕。

鹿可怕打扰他，轻手轻脚地想拿下搁在自己肚子上的手，然后就只听见一声呻吟，林深恍惚地睁开眼睛，正好看到这一幕。

他"咻"地从地上弹坐起来，甩开鹿可的手，难以置信地看着她。

"女……女流氓，你对老子做了什么！"很快，他就意识到这并不是自己的家，"这里是哪里？！你居然趁着老子喝醉酒把老子骗你家里来了！哼，就你这种变态，就是回炉重造个上千遍，我也不会看上你的，我劝你趁早死了这条心吧！"

"……"

鹿可觉得自己整个人都不好了！

维持昨天晚上的温柔男神状态不好吗？为什么又变成咆哮疯狗状了啊！他的出镜率要不要这么高啊！

虽然早就知道林深是个精分，可是一大早就“玄幻变身”，还是让人有些接受不能！

林深在鹿可发蒙的时候，已经冲进浴室准备换衣服了，没多时，浴室里就传来了阵阵咆哮声。

“鹿可，你给老子穿的是什么鬼？！”

“地上的这一堆不是老子的衣服吗？居然还有脚印！变态，你今天不给我解释清楚，我跟你没完！”

鹿可很无辜，昨天晚上也不知道是哪个不要脸的，无耻卖萌求她的睡衣穿！至于脚印……她昨天好像的确在拖不动他的情况下用了脚。

为了人身安全着想，鹿可很理智地选择关上房门，她需要静静。

万年宅女鹿可家里，自然不会有男装这种非宅女能有的东西。林深不得不穿着那件被鹿可踩出了好几个脚印的白衬衫，和她一起挤公交车去上班。

一路上，不少人对他投来异样的目光，林深被盯得恼羞成怒，怒吼道：“看什么看，老子就喜欢在衬衫上踩脚印，怎么了！”

有几个年轻男人被他怒吼了几声，怒了，挽起袖子就想大干一场。

鹿可忙拉住林深，又向周围的人道了歉，这才算是平息了事端。

公交车停了下来，鹿可果断拉着林深下车，转坐出租车。

带着这个脸上写着“不服打我啊”五个大字的定时炸弹去坐公交车，果然不是明智的选择。

鹿可盯着出租车上跳动的数字，一阵肉痛。

这都是白花花的银子啊！

等有时间了，她一定要画一幅公益漫画，题目就是：遵守交通规则，千万别带林深这种“易燃易爆的危险物品”上车。

到了公司，注目礼只增不减。

大家不敢去问林深那个移动定时炸弹，于是把焦点放在鹿可的身上。

鹿可前脚刚走进工作室，身负整个公司八卦任务的苏茉，后脚就端着一杯贿赂品——鸳鸯奶茶，推门进来了。

“你们昨天战况挺激烈的嘛！”苏茉对她挤眉弄眼，“说，你们是不是玩 SM 了。”

鹿可翻了翻白眼，有气无力地回了一句。

“你想到哪里去了，SM 没有，不过的确是挺虐的。”

林深这动不动就“精分”的性格，让她都不知道该如何是好了。

“我就知道你放不下 BOSS 的，昨天还说要相亲呢，啧啧，才一晚上就改变主意了。”

“喂！我什么时候……林乔？”

鹿可愣愣地看着那个突然出现在她工作室门口的人，满脸不解。

“林经理？你怎么来了？”苏茉疑惑地问。

鹿可听完这话，疑窦顿起，林乔既然是林氏公司的经理，来公司有什么不对吗？

“那个……我肚子有些饿了，你们有什么吃的吗？”林乔眼神躲闪，傻子都知道他不是为零食来的。

不过，还真有个傻子乖乖地把自己的零食都奉了上去。

“喏，我就这么多了，你今天不是没有广告也没有聚餐吗，怎么突然来公司了？”苏茉翻出自己压箱底的零食，全部给了林乔。

林乔捧着一堆零食，呵呵傻笑道：“哪里，挂着经理的名，好歹要做些事不是。”

“挂名？”在林乔抱着一大堆零食喜笑颜开地走了之后，鹿可这才问出心底的疑惑。

有苏茉这个八卦小天后在身边的最大好处就是：没有她不知道的事。

据苏茉所言，林乔是企划部经理，这名字听上去霸气十足，实际情况却是：整个企划部从上司到员工都只有林乔一个人，而且他这个经理的本职工作就是：卖脸。

林氏企业有两大业务版块，一个是电子技术研发，一个就是网游开发。

近些年来，市面上同质化网游崛起，光靠打打杀杀已经很难站稳脚跟了，于是林氏企业另辟蹊径，开发出了少女网游。

而唇红齿白、肤净颜好的林乔在某次宣传活动中被媒体意外拍到之后，备受关注，身价在短短几天之内水涨船高。林深本着“不耻卖弟”的原则，把林乔弄进公司里当新游戏的形象代言人，甚至还给他挂了一个经理的头衔。

就这样，新一代二次元完美高富帅诞生了。

听完苏茉的解释之后，鹿可默默地为林乔捏了一把汗，不知道林乔的粉丝知道她们心中的男神，以前只是个走一步地动山摇，晃一晃天昏地暗的大胖子之后，会有何反应。

唉，江湖处处有网骗啊！

不久后，鹿可就发现自己最近和这个“网骗”的缘分还挺深的，她不过是想趁午休的时候出门透透气，居然都能遇见他。

“嗨，鹿可！”

林乔坐在凉亭里，“哼哧哼哧”地消灭着苏茉交给他的零食，见到她，主动站起身来打招呼。

鹿可看了地上那一堆垃圾一眼，满脸黑线地应了声：“嗨。”

“进来坐啊！”林乔说着就要给她让地方。

鹿可忙拒绝了他：“不用不用，我就喜欢晒晒太阳。”

以前在大学的时候，只要和这个吃货同框，结局都不会很好，不是被弄得一身的油，就是控制不住自己的嘴和他一起吃吃吃，暴涨几斤肉。

林乔狐疑地看了看头顶那轮毒辣的太阳，再看了看鹿可，心想她没病吧？有在大夏天正午最热的时候出来晒太阳的吗？

“你确定？”

鹿可点了点头，说着还挥了挥胳膊。

“是啊，晒晒太阳多好啊。”

鹿可扬起脸，做向日葵状，结果……脸颊上传来一阵火辣辣的疼。

太阳公公用紫外线告诉她，她这个宅女果然是不能见阳光的。

等林乔将最后一个蛋挞塞进嘴中再回头的时候，鹿可已经躲到凉亭的阴影里去了。

“你不是要晒太阳吗？”林乔不解地道。

“嗯……嗯，我只是……只是想把太阳放凉了再晒。”

林乔：“……”

鹿可也不知道是怎么回事，总是会动不动就和林乔撞上，食堂、咖啡厅、走廊里，甚至是厕所门口！

随着她和林乔偶遇的次数越多，公司里的流言也开始走偏了。

等鹿可反应过来的时候，流言已经从最初的“鹿可花落谁家”衍生出集合了“妻子的诱惑”“蓝色生死恋”“兄弟为女人反目”等数十部年度办公室狗血大戏了。

所以当苏茉将公司流传最广、最为完善的一个版本说给鹿可听的时候，听得津津有味的鹿可，好半天才回过神来，道：“这里面的女主角是我？”

苏茉沉痛地点了点头。

鹿可：“……你确定你刚刚跟我说的，不是马桶台新上映的狗血大剧？”

“嗯……这是个不错的提议，可以把剧本投给马桶台试试。一想到我们公司以后就要多一个靠流言出名的绿茶……”看鹿可的脸色不对，苏茉连忙改口，“靠流言出名的……美女，就有点小激动呢！不过话说回来，你到底喜欢哪一个啊？BOSS虽然傲娇了点，不过比林经理更man。林经理也不错啊，虽然吃得多难养活，但是性格好啊，而且还自带卖萌功能呢……啊，好难选啊！鹿可，要不你两个都收了吧……哎！鹿可你去哪儿啊，我话还没说完呢……”

被苏茉逼得只想暴走的鹿可，拎着包就冲出了林氏大楼，刚扬手想拦一辆出租车，一辆加长版的劳斯莱斯就停在了她的面前。

出租车什么时候变得这么高级了？

车窗摇下，露出了林深的那张臭脸。

“去哪儿？”

“回家啊。”

鹿可本以为林深接下来会提议送她，毕竟这才是正常人的对话模式不是吗。但是她犯了一个致命错误：林深压根儿就不是一个正常人。

所以她听到的是一句质问。

“你和林乔到底是怎么回事？”

鹿可还没从正常的轨道中切换过来，愣愣地反问：“什么怎么回事？”

“别想骗老子！公司都传遍了，说你脚踩两条船。”

“没……没有啊？”

“哼，还在狡辩，你口口声声说喜欢我，又和高翔勾搭在一起，老子忍了，毕竟我拒绝了你，你一时伤心寂寞也可以接受。但是你别想染指林乔，我可不希望我冰清玉洁的弟弟被你玷污。”

“喂！”鹿可恼了，“什么叫一时寂寞？”

“这不是重点！重点是你不该脚踏两条，哦，不对，是三条船。”

“林深你个笨蛋！”

“喂，你居然敢骂老子，老子……啊啊，轻点！”解下安全带，正准备开门下车好好教训鹿可的林深，被人从后方揪住了耳朵。

一张艳丽的脸从他的身后露出来，那人笑盈盈地向鹿可打招呼：“嗨，鹿可你好啊。”

“你……你好。”

就在鹿可想这会不会是林深的某个红颜知己，心里泛酸的时候，女人已经拉开车门走了出来，主动自我介绍起来：“我叫林慕，林乔的姐姐，林深的……”她扫了林深一眼，“虽然我并不想承认我有这个弟弟，不过谁让我那个老妈瞎了眼跟了他爸呢，姑且算是姐姐吧。”

原来是姐姐啊，鹿可心里的石头落了地，长长地舒了一口气。接下来，林慕的一句话又让鹿可的肾上腺素狂飙起来。

“之前就听沈爷爷提起过你，见面了才知道，果然是与众不同啊。”

沈老？林慕突然提起沈老，想干什么？

鹿可一下子就慌了，难不成沈老看不惯她还在林深跟前晃，所以决定派人来赶她了？

林慕看穿她的想法，找了个理由把林深打发走之后，将鹿可邀到了一旁。

“我没有刺激林深，让他想起我来，所以我不算违背了誓言。我不会离开他的，不管你是给我钱还是威胁我……”鹿可主动说道。

可是看着一脸笑意盈盈，怎么看怎么温柔大方的林慕，鹿可觉得她不像是那种恶人，难不成是她猜错了？

“难道你不是沈老派来拆散……”鹿可心虚地问。

“你们有在一起吗？还需要我来拆散？！”

每个字都化成了一道道利剑，直戳鹿可心窝。

膝盖好痛！

但是林慕没打算就这么放过她，她大手一伸，揽住鹿可的肩，不知情的还以为她们是一对闺蜜呢。林慕说：“你没猜错，沈爷爷的确交代了我，让我盯着你们。”

鹿可偏头看了林慕一眼，心中无限凄凉：如此机密的事你这么直接说出来真的好吗？身为反派你好歹有点反派的自我修养好吗！自揭老底算怎么回事？你现在是在藐视我的智商吗？

鹿可默默腹诽，心里已经脑补出一幅劲爆画面：她一个过肩摔把林慕甩开，然后拍拍手露出手臂上的肌肉，挑眉对地上的林慕道“你服是不服”，林慕很羡慕地看着她，爬起来抱住她的大腿，然后……

看着林慕望着自己的异样目光，鹿可这才意识到自己想偏了，于是不自觉地轻咳了两声。

“不过你可以放心。”林慕忽略掉心里的那种奇怪感觉，继续说道，“我已经决定不插手你和林深之间的事了。”

“为什么？”但凡是和林深搭边的人，都这么反复无常吗？

“我在来的路上，一不小心听到你们公司的流言了。”林慕撩了撩长发，举手投足之间女人味十足，“阿乔可是我的亲弟弟。反正总得有个人去跳火坑的，阿乔和林深这个半路捡回来的弟弟比起来，我肯定要先保我亲弟弟了。”

鹿可：“这么任性！”

“是啊，任性是我们的家族传统，你慢慢就习惯了。”林慕拍了拍她的肩，甚至还好心地道，“看在你笨得这么离谱的分上，我就再给你提个醒。沈老那个人吧，比较强势，是个难缠的家伙，你最好在他采取过激行动之前就搞定林深，能吃掉林深怀上他的孩子最好，这样沈老就拿你没辙了。”

“喂！”跟才见一次面的人探讨这么深入的话题真的好吗？不对——

“谁要吃定林深了！还有，你说谁是火坑呢！”

林慕摸了摸她的头，笑得满面春风：“哎呀，真是太可爱了，你和林深果然是绝配啊！”

“喂！”鹿可红了脸，连带着声音也小了不少，“你说谁呢！”

“你们叽叽歪歪地说完了吗？表姐，你不是说要去逛街吗？再不走老子就不送你了！”

林深催得急，林慕只好和鹿可简单地道了别，拉开车门就坐了进去。

“哈哈，我不过就是借你的鹿可说了会儿话，你就坐不住了呀，我还能吃了她不成！”

“喂，老子和那个女变态才没有关系！”

林深的嗓门本来就不小，这一着急，声音更大了些，鹿可站在不远处听了个真真切切。

去他的少女心，去他的绝配，她要宰了林深，谁也不许拦她！

被林慕硬拉来当司机的林深心情很不好，一路上只差把“爷很不爽”四个大字写在脸上了。

林慕哑然失笑，伸手拍上他的头：“喂，不就是让你送我去逛街吗，你这副表情是想摆给谁看啊。”

林深白了她一眼，没好气地说：“老子都已经来送你了，你还想怎样啊！”林深清了清嗓子，道，“我们说好的，我来送你，你告诉我我外公找你啥事，你要是敢耍老子，老子跟你没完！”

林慕早已经习惯了林深这种“雷声大雨点小”的威胁，装模作样地摇头道：“啧啧，也就鹿可那傻姑娘受得了你了，居然还跟我说不想放弃。这要搁在我身上，第一个就把你从候选名单中删除了。”

"喂！"林深不满地嘟囔了一声，不过表情变得十分微妙，"鹿可……放……放不放弃……跟老子有什么关系！"

一句话说得磕磕绊绊，飘忽躲闪的眼神早就暴露了他的心思。

林慕将他的表情看在眼里，笑而不语。

林深被她的笑声弄得心里发怵，干脆将车沿着路边停了下来，猛踩了一脚刹车，说："哼，一个个的净会转移话题，你还没说我外公找你什么事呢，别以为你扯出鹿可来，我就会让你蒙骗过去。"

林慕眨了眨眼，一脸无辜："我哪里转移话题了，沈老说的事，本来就和鹿可有关啊。"

"啊？"

"沈老让我想个法子把鹿可从你身边弄走，事后会给我一栋郊区别墅。不得不说，你外公就是大方，这条件还是蛮诱人的。"林慕笑着，毫无心理负担地出卖了沈老。

"外公怎么突然对鹿可感兴趣了？"林深如丈二的和尚摸不着头脑，"就算前几天的事真让他有所误会，他也没必要这么做吧。"

林慕摇了摇头，语气很笃定："误会？沈老是那种会为了一点误会就大动干戈的人？"林慕打开车门，想了想还是回头提醒道，"看在你笨得无药可救的分上，我就再告诉你一件事吧，沈老不仅找了我，还找了乔繁。不过听说乔繁当场就拒绝了沈老，说对付鹿可这个智商和她不在一个层面上的人，没意思。"

林深看着林慕的背影，将信将疑："外公他怎么会……完全没必要啊！你不会是在骗我吧？"

"我又不是沈老的嫡亲外孙，他心里咋想的，我这个外人怎么会知道。"林慕走出车外后，将车门"砰"的一声关好，俯身趴在车窗上对林深调皮地眨了眨眼睛，"至于我有没有骗你……哈哈，那你就猜猜吧！"

不等林深开骂，林慕笑着穿过马路，很快就消失在人群之中。

林深一口气堵在心里，好半天才冷静下来。

林慕没有必要骗他，可是外公也没必要这么做啊，他人虽严厉，除了婚前不许乱来，其他事很少干涉他。

不对！还有一件事！还有一件事是他三令五申，明令他不许插手的！

难不成外公知道了鹿可身上有老妈的项链，所以才急着将她从他身边赶走？

林深茅塞顿开，打开转向灯，在路口掉转车头后，飞速往回赶去。

而此时，鹿可正将林乔“壁咚”在地下停车场的入口处。

林乔表情慌张，鹿可笑得一脸邪恶，不知情的还真以为是女流氓在调戏小正太。

而事实是……

“我说，你要是暗恋我就直说，天天跟个变态一样尾随我算什么英雄好汉！”

鹿可早就注意到林乔的不对劲儿了。

在大学的时候，她和林乔的关系最多是点头之交，可是自从他在公司聚餐上认出她之后，整个人的态度都不一样了。

一个在苏茉口中十天半个月都不见得会出现在公司一回的人居然开始天天打卡上班了，而且还时不时在她的工作室门口晃悠。

至于那些偶遇就更让人奇怪了，就算老天爷想玩连连看，让他们有意碰在一起，可是在厕所门口都能见到，这频率也太高了吧。

再加上林乔每次见到她都是一副欲言又止、欲说还休的模样，傻子才会觉得这种情况正常吧。

被鹿可堵住的林乔仍是面红耳赤、欲说还休的模样：“那个……你别误会。”

“你都这样了还叫我别误会？”鹿可几乎无语。

“我……”

“放开他！”

……

鹿可觉得林深一定是故意的，不然他怎么能每次都乱入得那么是时候。

虽然她心里很清楚自己和林乔没什么，可还是有一种"被当场抓奸"的心虚是怎么回事？

而鹿可的那点心虚随着林深说的那句"女流氓，放开林乔，有什么冲我来"烟消云散了。

她一定是和这个"疯狗"待得太久了，才会被他影响，连情商都不够用了。

"你哪只眼睛看到我想对林乔不轨了？"

"两只眼睛都看到了！"

鹿可："……"

就在鹿可气得挽袖子要和林深大干一场的时候，看到情况不对的另一位当事人，不得不站出来主动澄清："哥，不怪鹿可，其实……是我先跟着她的……"

林乔的话如同当头一棒，林深顿时觉得自己整个人都不好了，他回头，看着那个被他护在身后的纤弱少年，道："我以前没觉得你的审美观有问题啊。"

林乔一脸疑惑地看着他。

"你居然会变态到喜欢这个女变态，你脑子被门夹了吧！"

林深话还没说完，脑门就被人拍了一巴掌。

"喂，谁给你胆子打老子的！"林深怒瞪着罪魁祸首鹿可。

"我这是让你长点脑子，不知情别乱说话！"说完，她不再看林深，转而对林乔说道，"我说你一个大男人，婆婆妈妈的，看得我心里都急了！想让我帮你追苏茉你就直说，最烦你们这些说话不爽快的人了。"

林乔躲在林深的身后，从他的臂弯下露出了一个小脑袋，睁大眼睛，难以置信地望着鹿可："你……你怎么知道的！"

"喂，我又不傻！你那天来我工作室要零食的时候我就知道了好吗！"林乔自打进门之后，目光就没从苏茉身上离开过，傻子才会看不出来。

她不说穿就是想让林乔自己去表白，毕竟这是他们自己的事，没想到林乔会木讷成这样，不敢向苏茉表白就算了，连来找她帮忙都这么扭扭捏捏，磨蹭到她都忍不了了，不然她也不会把他堵在这里刺激他说出真心话。

林深倒是结结实实地被鹿可刺激了一把，他难以置信地看着林乔："你真喜欢苏茉？"

林乔红着脸，垂下头去，不好意思地点了点头。

"喂！你的脑子被狗吃了吗？我就是喜欢鹿可这个女流氓也不会喜欢苏茉那个大嘴巴啊！"

鹿可："……"是的，林乔的脑子的确是被狗吃了，被一条名叫林深的疯狗吃了！

心塞到无以复加的鹿可转身就走，刚走出大厦，就被人叫住了。

叫住她的不是林深，而是一个挺着大肚子，长相清秀温婉的女人。

"鹿可？真的是你！"那个女人见到她很兴奋，托着肚子就向她跑来，吓得她身后那位金发碧眼的男人差点丢了三魂七魄，忙上前来扶她。

孕妇为大，鹿可不得不走上前去主动打招呼："嗨，苏晓。"

是的，在那个孕妇开口的那一刻，鹿可就认出她来了。

苏晓，她的高中同桌。

她们是得到全校师生一致认证的"天字一号和天字二号笨蛋"，她们的班主任本着"宁愿让她们互相祸害，也不要让她们拉低其他人智商"的原则，高中三年都将她们安排成同桌。就这样，她们在一种名为"学渣所见略同"的氛围下，找到很多共同话题，甚至还一起考上了同一所艺校。

不同的是，鹿可是运气派选手，靠一幅涂鸦入了校长的眼，这才在文化分全线红灯的情况下，拿到入学通知书。

至于苏晓，身为豪气的人民币玩家，她爸为了让她能够上大学，直接投资建了一栋教学楼……

不过，苏晓还是没能熬多久，军训的第一天，她就以怕皮肤被晒黑退学了，之后她们就再也没有联系过。

鹿可其实很讨厌这种老朋友再见面的场面，总有一种想说点什么又什么都说不出的尴尬。

苏晓倒是和以往一样，除了肚子大了，外貌和心态都没多少变化。

“鹿可，我们真是好久没见了！”本来想扑上来抱鹿可的苏晓碍于大肚子，只能改为拉着鹿可的手。

鹿可任她拉着，一到这种情况语言功能就自动下线的她只能“嗯嗯啊啊”地回着。

苏晓叽叽喳喳地说了半天，鹿可也只捕捉到一个重点：周末有个大学同学会，组织者是苏晓，她希望她能参加。

大学同学会由总共上了不到三天学的苏晓来组织？

这事听着怎么这么不靠谱呢！

其实不管苏晓靠不靠谱，同学会这种东西，鹿可一向都是敬谢不敏的。

同学会里只有两种人，一种是混得不错希望通过同学聚会找到优越感的，另一种自然就是无私地来打酱油，帮老同学刷优越感的。

鹿可默默地盘算了一下：她，一个没有固定收入的漫画师，无车无房无存款。嗯，果断属于后一种人。

不过苏晓的邀约，她不好拒绝，只能求助外援了。

回家后，鹿可给高翔打了一个电话，将遇到苏晓到被通知参加同学会的过程简单地说了一下，本想着叫他一起去参加同学会，高翔怎么说也算是一个文化公司的BOSS，有他在身边坐镇，气质格调立马就上来了。

可是老天爷这次摆明了想玩她——高翔出差了，人在国外，没个十天半个月回不来。

换言之，同学会她必须孤军奋战。

高翔在听完她的抱怨后，宽慰道：“哎呀，你混得也不差了，好歹也是微博大V，粉丝不也有好几百万吗！”

鹿可的嘴角抽了抽，道：“是啊，也就比凤姐少个十几万粉丝。”

“那要实在不行，你就说你是《最青春》的老板娘吧，我不介意你借我的名声。”

鹿可连白眼都懒得翻了，直接给电话那头的高翔送了一个字：“滚！”

高翔指望不上，鹿可就把主意打到了林乔的身上。苏晓说她给所有的老同学都发过请柬了，身为老同学之一的林乔肯定也收到了，就是不知道他会不会去。

可是自打林乔那日在地下停车场被她说破心事之后，已经连着好几天没来公司了。果然是林深的亲戚，和他一样任性，想翘班就翘班！

眼看着同学会的日期渐渐逼近，林乔还没露头，鹿可只能厚着脸皮去敲林深办公室的门。

至于为什么会说她厚着脸皮，是因为公司上下都看出林深在躲她了。

鹿可在意识到这点之后，曾进行过三秒钟的深深反思，得出的结论就是她做得很完美，林深躲开他一定是他的问题。

苏茉对她的这份自信，也送了一个一字评语：“呸！”

而此时，林深正一个人窝在办公室里玩“开心消消乐”。

正玩得起劲的时候，有电话进来了，是林乔打过来的。

林深皱眉，滑下拒听键，刚进入游戏页面，电话又进来了。

还是他。

林深狠狠地滑向接听键，开口就是一顿狠骂：“我说你矫不矫情啊，不就是让你出国拍个广告嘛，至于一天十几个电话吗！”

在惊闻林乔喜欢苏茉之后，为了避免自己日后会有一个大嘴巴弟媳的林深当即决定把林乔送出国，广告部被他折腾得够呛，几十号人连夜加班，好不容易才搞定一个出国拍广告的策划书。

林深对策划书很满意，第二天一早就在总裁意见栏里签下了自己的大名，当天上午，林乔就被通知中午要坐飞机去法国拍广告了。

一切都在林深的掌握之中，除了林乔。

谁会想到他一踏出国门，就秒变“妈宝”，哦，不对，是“哥宝”，几乎是每天一个电话，林深的私人电话关机了，他就打公司的，公司电话不接，他就打乔繁的。

反正他总有办法能找到他，然后用些鸡毛小事烦他！

果不其然，电话那头的“哥宝”撇撇嘴，声音里满是委屈：“可是我吃不惯法国菜啊，好怀念中餐啊。”

“你不会去唐人街吃啊！”林深突然想到了什么，没好气地咆哮，“什么叫吃不惯法国菜！你玩老子呢，出国之前牛排、鹅肝吃得津津有味，敢情这一出国，口味就变了！”

“我这也是‘大姑娘上轿头一回’嘛，这不刚来就有点想祖国了，所以才想找你唠唠啊。你要是嫌我烦的话，我就去找别人了哦。”

就等你这句话呢！林深点头如捣蒜，表示十分支持，生怕晚一点林乔又改变主意了：“对，你可以去找别人啊，你姐最近就没事……”

“我和我姐有代沟，想来想去还是觉得鹿可好点，毕竟是同学，还能叙叙旧……”

“你敢！”林深把办公桌拍得砰砰作响。

“我约老同学叙旧怎么了？”林乔的语气里满是无辜。

“那是你的老同学吗？那是……”林深再次开启咆哮模式。

“那是什么？”林乔的声音中多了些揶揄味道。

被人掐住痛处，林深立马没声了。

“鹿可不是我的同学是什么啊，说话说一半可不是你的作风哦。”林乔没打算放过他，乘胜追击。

“我那是……那是……为你好，鹿可这个女变态你离她远点最好。”

“好像你在她身边转得最多吧。”

“我……”电话这头的林深涨红了脸，“我这是……为了工作需要。”

林乔轻描淡写地“哦”了一声，让人听不出他的态度。

“我说真的！”

“哦。”

“哦你个头，林乔你故意的是不是？来，你赶紧给老子回来，咱们好好干一架！”

林深一边说着，一边脱掉外套，挽袖子，扯掉领带系在头上……

已经完全忘记了林乔在国外，不可能和他“干一架”的事实。

一直在敲门得不到回应，见门虚掩着就干脆自己推门走了进来的鹿可在看到林深的这副“拼命三郎”的扮相之后，愣了三秒钟，然后默默地摇头退到门外。

“一定是我开门的方式不对，一定是这样。”

鹿可再次推开门走进来的时候，林深已经恢复正常了。

虽然领带还是歪的，西装还是皱的，发型还是乱的，挽上去的袖子也还没来得及放下来，但至少有个人样了。

鹿可觉得自己算是侵犯了他的隐私，小步上前，很诚恳地低头认错：“对不起，我没想到你在办公室里……”

林深面上佯装镇定，心里早就咆哮了数千回了：我也没想到自己会在办公室里抽风啊！

“咳咳，你来找我有什么事？”

“那个……你能联系上林乔……”

一句话让林深好不容易维持起来的淡定一秒钟就破功了，他“噌”地站起来，双手撑在办公桌上，隔着一张桌子逼近鹿可：“你找林乔干什么？难不成你还想对他不轨？”

“喂！”鹿可哭笑不得，“你就不能想点好的？”

林深上下打量了她一眼，双手环胸：“对你？不能。”

鹿可：“……”

不想和他在嘴皮子上浪费时间，鹿可主动坦白来意：“前两天我接到了大学同学会的邀请，想让林乔和我一起去。”

“为什么非得找他？”林深就像是捉奸的丈夫一样，死死地盯着鹿可，没放过她脸上任何细微的表情。

而鹿可的表情只有一个：翻白眼。

“他是我的同班同学啊，我不找他难不成还找你啊！”

“可以啊！”林深很爽快地答应了。

“喂！”事情的发展趋势不对吧！

“看在你恳求我的分上，我就勉为其难答应了。同学会是吧，到时候把地址和电话发我邮箱就成了。好了，我要工作了，你先出去吧。”

说完，林深对鹿可摆了摆手，拿起桌上的手机，继续他未完的事业——“开心消消乐”。

谁恳求他了！鹿可一脸无语地看着面前这个玩游戏玩得不亦乐乎的人。

果然是树不要皮必死无疑，人不要脸天下无敌啊！

鹿可再一次被“无敌先生”打败了，垂头丧气地走出总裁办公室的时候，突然想起了什么，回头问道：“对了，林深，你这两天为什么老躲着我啊？”

“啪”的一声，林深的手机掉到地上，摔成了好几块。

鹿可“啧啧”地摇了摇头，叹道：“还苹果机呢，一摔就分家了，还不如我那台山寨机。”

苹果机的尊严再一次被山寨机辗轧，林深感到来自手机制造商的深深恶意。

铩羽而归的鹿可决定去找乔繁，看能不能通过乔繁联系上林乔。

她去了特助办公室，结果碰了壁，乔繁已经出差去了。

这年头特助居然比总裁还忙，看来当林深的助理也需要一定勇气啊！

鹿可无奈地笑了笑，准备往回走的时候，一眼就瞥到了走廊尽头那个鬼鬼祟祟的身影。

苏茉在这里干什么？

鹿可怀着满肚子疑问走近了些，才发现她是在和别人通话。

“BOSS 真的发火了？哈哈，他和鹿可绝对有戏！……我当然有把握了！要不是处在现实的差距和无法控制自己感情的两难中，BOSS 又怎么会不敢见鹿可……哎呀，再加把劲儿！以我混迹‘八卦圈’多年的经验来看，这次绝对能成……鹿可？！”

苏茉甚至来不及和对方道个别，一回头看到鹿可，吓得连忙挂了电话。

“鹿可……我……”背后“八卦”被当场抓包，饶是苏茉这个八卦女王也慌神了。

“坦白从宽，抗拒从严！说，和你打电话的人是不是林乔？”

苏茉忙不迭点头，卖队友，她特专业。

“刚才林深在办公室里发火是你们的计谋？”

苏茉继续点头。

“他这两天在躲我也和你们有关？”

苏茉连忙摇头，撇清关系：“那纯粹是BOSS自己作死，和我们没有半点关系。”

看鹿可冷着一张脸，一点没有原谅苏茉的打算，苏茉抱着她的胳膊，开始演“撒娇卖萌求原谅”的拿手好戏：“好了啦，八卦你和BOSS是我们的不对。不过我这也是为你好啊，你看，BOSS心里明明是有你的，他这种狮子座如果不刺激一下，是放不下面子来承认的。”

“你是这么认为的？”鹿可托着下巴，联想起林深连日来的种种反常举动，好像……真是这么回事。

“当然了，我是谁啊！”很快，苏茉就意识到自己还在道歉，立马夹起尾巴做人，“那个，我保证以后绝对不八卦你和BOSS了，你就原谅我这一回好不好？”

鹿可冷着脸，一口回绝：“不行！”

“呜呜。”

“除非你告诉我你们的计划，还有……让我也参与进来。”

“啥？”

“老娘就是觊觎你们BOSS不成啊！”虽然“逗比款”林深有很多不尽如人意的地方，但是自从那日喝醉酒切换了一次人格之后，鹿可就不准备放过他了。

她一定会将她的林深找回来的，但是在这之前，她得保证她和林深不会被外力拆散。

至于日后……如果林深的性格切换不了，她也不介意慢慢改造他。

鹿可将十指捏得咔嚓作响，让站在一旁的苏茉都听得心惊胆战，后背发凉。

妈妈，这个女人好可怕，我想回家！

一不留神，同学会还是如期而至了。

鹿可自然不会带林深去。

一来林深算不上是她的同学，他出现在同学会上身份尴尬；二来当年她和林深的事闹得沸沸扬扬、尽人皆知，老同学大部分都认识他。如果这个时候把他带过去，就相当于当着全班同学的面说：我很失败，我男朋友不仅已经完全忘了我，还变成一个“逗比”了。

想想都很可怕。

等鹿可赶到会场的时候，酒店大堂里已经聚了不少人。

鹿可扫了一眼，有一半她都不认识。

倒不是她记性不好，主要是这里百分之九十以上的人都是开外挂的。

来这里的同学，大多带着家属，不是偕了一家三口就是带着帅气漂亮的男女朋友。

在这个家属比同学还多的聚会里，鹿可这个孤家寡人就显得格外“耀眼”。

苏晓挺着大肚子，已经不方便走动了，搬了张椅子坐在包厢门口接待同学，见鹿可过来了，撑着肚子艰难地站起身来，道：“我还以为你不会来了呢。”

苏晓领着她往里走，将她带到最靠近主席台的那张桌子前，指着那些所剩不多的空位说：“这是我特意为你留的，等一下我们可得好好聊聊。”

鹿可扫了桌上的其他人一眼。

好家伙，当年的班主任，她最怕的高数和文学老师都在。至于其他的同学……看穿着打扮就知道一定是混出了名堂的。

啧啧，这桌简直就是“群英荟萃”，让她一个“战五渣”坐在这里真的好吗？

鹿可正想落跑，班主任发现了她，对她招招手："这不是鹿可吗，好久没见了，来来，坐坐。"

鹿可满头黑线，硬着头皮落座。

"哟，真的是鹿可啊，林深怎么没跟你一起来？"其他同学也认出她来，半生半熟地打着招呼。

"他工作忙，我就没让他来了。"鹿可将早就准备好的台词说了出来。

"是吗？可是我记得前年还在林氏大厦落成的剪彩典礼上见过他，当时我问他为什么没和你在一起，他还问我鹿可是谁。难不成是我认错了？"一位打扮艳丽的女人毫不留情地戳穿了她。

鹿可费了很大的劲才从那女人厚厚的粉底中辨出真容来，心里"咯噔"了一下。

不好，她这是遇上克星了。

杜若云，他们班的班长，高翔大学前两年都在暗恋的女人。在大二那年，高翔明示暗示了不下数十回，杜若云都以学习为由拒绝了他。大二最后一个月，高翔脸上的痘痘消失了很多，等拍毕业照的时候，他已经是大帅哥一枚了。再加上高翔被人爆料，说他继承了一大笔遗产，将会是全校第一个成立自己公司的人。后悔不迭的杜若云当着全班同学的面向高翔表白，被高翔拒绝了。

本来这事和鹿可没什么关系，可不知道那天的高翔哪根筋不对头，拒绝杜若云用的理由是：他已经喜欢上鹿可了。

就这样，杜大美人和鹿可杠上了。无辜被牵连的鹿可为此不得不缺席所有的同学会——谁让同学会以前都是杜若云组织的，女人嫉妒起来可是什么事都做得出，饭菜里多条虫子都是小事，搭上一条小命就完了。

本想着事情过去了这么多年，好吧……其实也就两年，可是早就听说杜若云当年羞愧退学后，立马嫁了个老板，她应该不会再计较才是。万万没想到啊，这才见面就开始揭她的老底了。美人果然都是爱记仇的。

鹿可灌下一杯凉茶，含糊地"嗯啊"了两声。

周围的人都用一副“一定是被人抛弃了”的微妙眼神望着鹿可，看得鹿可恨不得当场掀桌子走人。可是一想到这场同学会是苏晓主办的，鹿可又坐了回去。

世界如此美好，我却如此暴躁，这样不好不好。鹿可深吸了几口气，决定当个笑脸瓷娃娃算了。

但是有人明显没打算放过她，杜若云一句接着一句丢过来，夹枪带棒都不带重样的，让人忍不住怀疑她是不是来之前打好了草稿，就等着来贬她的。

“听说鹿可你又要留级了，不过也是，毕业证也要看成绩的。”

“你现在在哪里工作啊？不怪老同学不帮你啊，要是实在混不下去了就来找我，我老公那里还缺个保洁阿姨，虽说名声不太好听，但是对学历要求不高。看在老同学的分上，三千底薪还是给得起的。”

“对了……我……”

世界如此美好……

美好你大爷啊！这些酸中带刺的话谁爱听谁听去吧，她不伺候了！

鹿可猛地站起身，吓得杜若云还以为她要打她，往后缩了缩，毕竟鹿可天生怪力，以前在学校里可是出了名的。

“杜若云！”

“怎……怎样？”

还问我怎样！我“呵呵”你一脸！

鹿可气得头上直冒烟，偏偏失读症这时候又跟她作对，一肚子反驳杜若云的话，一个字也吐不出来。

至于求助现场观众？这个选项比她自己反驳更不可靠。

别说读书的时候和大家就没什么交情，就冲现在她和杜若云一个是“无业游民”，一个是“老板夫人”的身份落差，傻子也知道要保持沉默。

虽然早就看清了他们的本性，但是真到了此时此刻，鹿可还是忍不住有些失望。

不大骂一场难解心头之恨啊！

就在鹿可急得满脸通红的时候，一只大手搭上了她的肩头。

“小可，不是让你等我吗，怎么一个人来了？”林深揽着鹿可的肩，拿起桌上的茶杯对着众人道，“对不起各位，我来迟了，我以茶代水先敬各位一杯。”

杜若云看着林深的眼睛都直了，估计她怎么也没料到林深会出现在这里。而同样想不通还有鹿可。

这家伙是怎么找过来的？

“喂，你怎么知道这里的？”鹿可凑到他的耳边，小声地问。

林深捏了捏她的鼻尖，满脸宠溺道：“就数你调皮，都让你带我了，还是自己一个人偷偷跑过来。要不是林乔那里有地址，我还真找不到。”

虽然明知道林深的话翻译过来就是：老子明明让你发地址的，你不仅没发还自己一个人偷偷跑过来了。害得老子还要去找林乔要，等回去了老子再和你算账。

可是鹿可还是被他那宠溺温柔的语气，刺激得起了一身鸡皮疙瘩。

林深的加入让“精英桌”上的气氛冷了不少——虽然气氛从一开始就没怎么暖过。

最后还是班主任主动开口，问道：“没想到这么多年没见，林深你还是一点都没变啊。”

林深朝正在默默地消灭花生米的鹿可望了一眼，温柔地掐了一把她水嫩的脸颊，道：“这是我家小可养得好。”

众人起了一身的鸡皮疙瘩，默然不语。

“林先生现在在哪儿高就啊？”

“高就谈不上，啃老本罢了。”在场的众人神色刚轻松了几分，林深接下来的一句话，就彻底将他们打入了万丈深渊，“也就是在沈氏企业打打酱油，挂个行政总裁的名，再顺便开几家游戏公司玩玩。其实我还想多玩几年，可是外公想让我早点接手公司，唉，有钱真是一种负担啊！”

众人掉了一地的冷汗，再次沉默。

“林先生……”

“班主任！问了这么久，林总肯定也累了，咱们还是先喝一杯吧。”有人终于听不下去了，打断了班主任的话。

坐在林深对面的男人站起身，率先举起酒杯，道：“林总，我先敬你一杯。”

林深嘴角含笑，佯装无意地反问道：“我敬大家是因为迟到了，不知道你敬我的这杯酒又是什么意思呢？咱要喝酒可以，总得有个由头吧。”

众人脸上红一阵白一阵，眼神都不自觉地朝鹿可那边瞟了瞟。

鹿可扯了扯林深的袖子，低声提醒：“差不多得了，太过分会遭雷劈的。”

林深朝她眨了眨眼，一脸无辜地道：“谁说我过分了，我说的都是实话啊。”

鹿可：“……”果然不该和这个家伙谈什么“注意在公共场合保护他人尊严”这种高深的话题。

有一位鼎鼎有名的首富外公撑腰，林深炫起富来简直不要太容易。几乎每句话都能戳进所有人的心窝，刀刀见血。

就连鹿可这个和他站在同一个阵营的战友，都受到了他无差别攻击的伤害。

“富二代”这种生物，压根儿就不是她这种普通人能理解的，狮子座，长得帅，还自带毒舌功能的“富二代”，简直就是反人类的存在。

林深最后还是没有接“精英桌”敬的酒，在他完成炫富这一伟大使命，逼得众人就差跪地求饶说“爷爷我认输了，您老人家去别桌吧”的时候，他终于拉着鹿可从容起身。

自从林深进会场之后，不管认识的，不认识的，注意力都不自觉地放在了他们这桌上。

没办法，不管是当年轰轰烈烈被鹿可追的林深，还是电视里那个沈氏企业唯一继承人，富可敌国的林深，身上的光环都太耀眼了！

他这一起身，大家都安静了，伸长了脖子，等着观赏这幕由陆大土豪领衔主演的年度大戏。

林深往外走了两步，忽然想到了什么，拉着鹿可又折了回来，吓得刚刚松了口气，还没来得及做完一个深呼吸的精英们，连打了几个哆嗦。

林深望着一直垂头望地的杜若云，开口问道："你叫杜若云？"

杜若云猛然抬头，满脸不敢相信："林总你还记得我？"

林深很不给面子地摇了摇头，说："我只是想提醒你，小可一直都只是我一个人的，和高翔没有任何关系，你这陈醋吃得有些莫名其妙。"这些八卦，自然也是林乔告诉他的。

林深说得笃定，转身的时候，还是忍不住掐了一把鹿可的手心，问道："我刚才没说错吧？"

"说错什么？"

"你和高翔没什么吧？不然老子辛辛苦苦给你撑了场子之后，换来的却是日后让人抓到你给老子戴绿帽子，老子岂不是亏大了。"

鹿可"噗"地笑出声来，无奈地道："你什么眼神啊，居然会认为我和高翔有什么！"

林深"哼哼"了两声，没再说什么，拉着鹿可往隔壁桌走去。

隔壁桌的氛围就轻松多了。

到底是经历过"考试排名垫底"这种生死大劫的人，学渣们的心理抗压能力比那些精英不知道强多少，直接无视了林深身上自带的"富二代"光环，喝酒猜拳玩得不亦乐乎。

鹿可这才知道，林深也是有见人说人话，见鬼说鬼话的本事的。

这个因为不知道猜拳规则，耐心跟人请教俨然一个乖学生的林深哪里还有一点嚣张跋扈的样子！

不过，林深平易近人了，鹿可就开始犯愁了。

林子大了，什么鸟都有；同学多了，做什么的都有。有直销的、售楼的、做保险的……几桌下来，鹿可收到的名片都快把她那个可怜的小皮包塞爆了。

好不容易等到同学会结束，林深难得好心，主动提出送鹿可回家。

鹿可刚爬进他新买的宝马车，就听他在前头得意扬扬地邀功："怎么样，有爷在就是长脸吧！"

鹿可白了他一眼，将怀里一堆红色信封丢了过去。

"这些都是刚刚在同学会上收的，不是结婚的就是生小孩的请柬，你反正也给我长过一次脸了，不介意再长一次的话就帮我把这些礼钱都报销了吧。"

林深："……"

同学会后遗症是一种人人都无法逃过的痛，人在江湖飘，哪能不挨刀。

从同学会上回来，鹿可的确郁闷了一晚，不过睡了一觉第二天就满血复活了，但是她怎么也没想到，林深这个编制外的"酱油党"，居然也会中枪。

这不科学！

第七章

千年一遇的奇葩

林深就跟丢了魂一样，一进公司就把自己锁在办公室里，也不知道一个人在办公室里捣鼓些什么。

鹿可还以为林深又犯病了，想着这么拖下去也不是办法，于是翻出叶锦给她的法国著名心理医生的联系方式，在文字助理编辑的帮助下，连夜给那位大洋彼岸的心理医生发了一封 E-mail 过去。

“对方要求附上详细的病情介绍和申请人的信息。”文字助理看着被退回来的邮件，皱着眉头看着鹿可。

鹿可扳着手指一个个地数了起来。

“除去主人格，我目前已经发现的人格还有三个：一个是疯狂追星娘娘腔萧时；一个是吃货‘幼齿’叶良辰；一个是狂霸狮子座陆BOSS。发病时间不定，原因不明，周期不明……”

文字助理打完一连串的“不明”后，连同申请表一起发了过去。

十分钟后，对方彬彬有礼地回复了她。

“您的来信我们会尽快处理，请您耐心等待。”

……

然而“请您耐心等待”这句在全球通用，其效果等同于“别等了，傻子”的废话，再次证明了它只是推脱之词——一个星期后，鹿可都要把这件事忘了，对方还是一点消息都没有。

这边邮件石沉大海，那边林氏企业却热闹得很。

林深的反常已经吸引了一大批八卦党的注意，以苏茉为首的八卦天团一直潜伏在办公室门口，仔细听着里面的动静。林深一拉开门，她们又立马作鸟兽散，不到三秒钟就能消失得无影无踪，每次都让鹿可看得叹为观止。

八卦党这是要逆天的节奏啊！

“话说，你们老板经常这样吗？”不仅是林深，整个公司里的人上班都太任性了吧。

苏茉一直在全神贯注地关注着BOSS的动静，头也没回地说：“别人我不知道，反正BOSS经常这样。”

“经常？”鹿可还以为林深只是间歇性抽风呢。

“每次他有灵感了，都会像这样把自己关在办公室里。BOSS就是一个千年难得一见的奇葩，他在美国进修的明明是经济学，结果对管理公司一窍不通，写程序倒是一把好手。我们公司的主打游戏‘九歌’和‘楚月’的主程序都是他亲自写的。不过这次他怪怪的，总觉得有什么地方不对劲儿。”

“喂！不对的是你们老板的工作内容吧！”林深身为一个大公司的老板，不是应该运筹帷幄，决胜千里吗？

拿着总裁的工资，操着程序员的心，这样真的好吗？

“没关系啊，大事有乔繁姐拿主意啊，实在撑不下去了，沈老也会派人过来帮BOSS的。”苏茉说得十分理所当然。

鹿可终于知道为什么林深这样一个神经病，也能安稳地坐在总裁宝座上了。

嗯，要想达到此种境界，需要拥有两个必要条件：

厚实到堪比万里长城的家底和一批心理接受能力强大、关注点和正常人永远不在一个频道的员工。

果真不是奇葩人，不进奇葩门啊！

不知道是鹿可的腹诽被林深听到了，还是林深觉得她这个临时工太闲了，第二天鹿可上班的时候，就发现桌上多了一张机票，目的地是她的家乡A城。

一刻钟后，微信提示音响起，是林深发过来的："收拾一下，陪我去出差。"

鹿可翻了个白眼，拿着机票冲进了林深的办公室："林深！你这是什么意思？"

"就是让你陪我出差的意思！"

"我是来林氏做测评的，不是陪你出差的。"

"你的测评报告不是已经交上来了？"林深指着桌上那厚厚的一沓漫画版测评报告说道，"也就是说，你现在已经闲下来了，而我林氏从不养闲人。"

不养闲人？那公司里那一群八卦党是怎么培养起来的？

"还有三天我的合约就到期了。"

"你都说了还有三天，所以此时此刻你还是林氏的员工。限你在十分钟内收拾完，不然你就自费坐火车去吧。"

鹿可："……"

坐上飞机的那一刻，鹿可满脑子想着的还是"我怎么就上飞机了""林深这家伙去A城到底要干啥""总觉得有哪里不对啊"……鹿可觉得自己的脑细胞都快不够用了。

而更让鹿可觉得堵心的是林深身边的那个女人。

估计林深是临时买的机票，因为他们的座位并不相邻，他们中间还隔着一条长长的走廊。

鹿可身边坐着的是一个调皮得几乎要拆飞机的熊孩子，而林深比她幸运太多了，身边坐着一个凹凸有致，要身材有身材，要脸蛋有脸蛋的大美女。

看那美女动不动就托一托胸，拨一拨头发，小动作不断的样子，就知道是被林深那张帅脸骗了，正准备勾搭他呢。

于是，鹿可只能一边忍受着熊孩子的骚扰，将自己的头发从熊孩子手里解救出来，一边用愤怒的目光看着一脸享受的林深。

这人绝对是故意的！

有对比才有伤害，特别是当空姐走近她，让她看好自己的孩子时，鹿可整个人都呆滞了。

“这孩子不是我的啊。”鹿可指着身边这个五官立体，长得颇有英伦范儿的男孩。

你是从哪里看出这是我儿子的？明明画风都不一样好吗？她一个纯种的黄皮肤女青年，就算基因突变也生不出一个英国小贵族来啊！鹿可在心里疯狂吐槽。

空姐弯腰，正准备道歉，熊孩子已经乖乖坐好，挽着鹿可的胳膊，用不太流利的中文弱弱地撒娇：“妈咪，对不起，我不淘气了，你别不要尼诺好不好？”

“喂……”

“尼诺保证，一定会乖乖听话。”小男孩说着，还双手合十，像模像样地对空姐道起歉来，“漂亮姐姐对不起。”

空姐被她的一句“漂亮姐姐”逗得喜笑颜开，笑眯眯地对他说了声“没关系”之后，才苦口婆心地劝起鹿可来：“哪个男孩子不调皮啊，教一教就好了。您直接说他不是您的孩子，对孩子的心灵得造成多大的影响啊。”

“不是……我……”

“好了，飞机就要起飞了，麻烦您帮您的孩子把安全带系好。”

不等鹿可解释，空姐已经快步走开，收拾后排的另一个熊孩子去了。

鹿可百口莫辩，一回头正对上林深诧异的目光。

“你什么时候有孩子了？”他伸长了胳膊，疑惑地看了尼诺一眼。

鹿可无力解释，干脆破罐子破摔地翻了个白眼：“刚捡的！”

鹿可认命地替熊孩子系好安全带，然后郑重说道："等一下下了飞机，咱们就各回各家，各找各妈……"

"妈咪不要尼诺了吗？"小男孩睁大了眼睛，湛蓝色的双眸中开始闪烁点点泪花。

一时间前后左右的乘客都对她投来了异样的目光，鹿可不用想也知道那些人会怎么看她。

鹿可理智地选择了闭嘴，觉得还是下飞机之前去找乘务员比较靠谱。

她这边安静下来后，林深那边的动静就能听得一清二楚。

林深身边的那个美女显然没有死心，整个人都要贴到林深身上去了。

如果不是有安全带束缚着，鹿可这会儿肯定早就站起来让他们注意公共道德了！

这时候，那位美女开口了："帅哥，约吗？"

鹿可震惊了，林深石化了。

你能想象一个要身材有身材，要脸蛋有脸蛋的妹子，用一口浓浓的东北老大爷的语调，粗犷地问你约不约的时候，造成的视觉冲击有多大吗？

林深脸都吓白了，赶紧伸手推开那个黏在他身上，恨不得就地把他"正法"了的女人："小姐，请自重。"

美女一脸不解，继续用粗犷得连林深这个真男人都自愧不如的声音撒娇："为什么啊？刚刚我们不是还聊得挺好的吗？"

谁聊了？谁跟你聊了？！

要不是考虑到这是公共场合，多少得注意个人形象，林深早就开骂了。

不过，他也知道，和这种人硬碰硬肯定是不行的。

说不定他还打不过她呢。

"我身边的这位不喜欢。"林深指了指鹿可，委婉地说道。

“她？你老婆？”美女指着鹿可，疑惑地问。

林深看了鹿可一眼，朝她伸出手去，就在所有人都以为这会是一部浪漫轻松的爱情剧时，画风陡转：“妈咪，阿深知错了，你别不要阿深啊。”

鹿可卒！

鹿可还是高估了国内机场工作人员的办公素质，当她领着那个自称尼诺的孩子到服务台的时候，接待员怎么也不肯收下尼诺，还让她证明这孩子不是她的。

喂，这让人怎么证明啊？更何况这熊孩子全程抱着她的大腿不撒手，还动不动就挤出几滴眼泪来博同情，硬是将她塑造成一个狠心弃子的母亲。

最后，在两方都僵持不下的情况下，机场只得让步，让她先带着孩子，如果有人联系机场寻子，他们再给她打电话。

看着那个一出机场就放开了她的大腿，像孙悟空附体了一样，一路上都兔子蹦，恨不得嗨上天的熊孩子，鹿可只能扶额叹息。

她怎么觉得虽然机场让步了，可亏的还是她呢？

不过，她的另一个“娃”似乎跟这个熊孩子很合拍，短短三十分钟之内，林深和尼诺就已经打成了一片。

他们在她眼前打闹而过，满满的有一种大猴子带着小猴子来巡山的即视感。

鹿可再也没办法直视猴子这种生物了。

他们下了飞机之后又转大巴，花了快一天时间才到达目的地A城。

A城是鹿可的故乡，自从鹿可的外婆过世以后，鹿可就再没回来过了。再次踏上熟悉的土地，鹿可不禁有些感慨。

回到熟悉的地方，鹿可率先冲下了大巴车，几个中年男人像是苍蝇见到了有缝的蛋一样，一窝蜂地围了上来，拦住了她的去路。

“小姐来旅游吗？包团三百八十八元，绝对优惠。”

“小姐，我们××旅社只要一百九十八元，一百九十八元哦，仅此一天！”

“小姐……”

“你才小姐，你们全家都是小姐！”鹿可一声怒吼，成功地吓退了所有人。

鹿可看准时机，拦住一辆出租车，“唰”地冲了上去。

林深和尼诺随后也冲了上来。林深看着出租车外面还在不断拍着车窗的人，忍不住擦了一把冷汗。

不愧是著名的旅游城市，这些旅行团也太拼了。

“林深，我们去哪儿？”

林深疑惑地看着鹿可，道：“去你家啊，这不是你的家乡吗？”

鹿可朝他翻了个白眼，道：“我家在深山老林里，要徒步走三十公里，你要是愿意走……”

林深：“……师傅，去最近的五星级酒店！”

他们最后还是在林深的万分嫌弃下住进了一处农舍。没办法，旅游旺季，哪里都是人满为患。

等安顿好，鹿可才意识到一个严肃的问题：林深来A城，根本不是为了出差，纯粹是临时起意，不然以乔繁的办事能力，不可能连酒店都没订好。

所以……他到底想干什么？

“这床这么小，底下居然还铺着稻草，这让人怎么睡啊？”林深骂骂咧咧地从房间里走出来，刚打开门就看到双手环胸，站在门口的鹿可，差点吓走自己的七魂六魄。

“喂，你不声不响地站在老子房门口想干啥？偷窥吗？”

相处多日，鹿可已经练就了一项自动屏蔽林深咆哮的强大技能，所以她已经能淡定地听他骂完，然后幽幽地开口：“你来A城到底想干什么？”

林深被她的一句话问得噎住，眼神闪烁飘忽不定：“那个……这个……不是说了出差吗？”

“出差连酒店都不订？”

“好了！反正都到这里了，老子也不怕说实话！”林深扛不住鹿可灼人的目光，只能弃械投降，“是，出差的确是我编的。我是来散心的。”

“散心？”

“那天在你们同学会上，你的一位同学给我看了你们高中时候的照片，我觉得这地儿不错，就来看看。不过我也不是纯玩，我是有正事儿的！”

鹿可白了他一眼，没好气地道：“你能有什么正事儿。”

“怎么说话的呢！老子看你们这地儿不错，想拍下来作为新游戏的背景素材不行啊！”

A市山清水秀，录进武侠游戏里做背景的确十分合适。但是……

“这不应该是设计部做的事儿吗？”鹿可疑惑地道。

自己写程序就算了，连游戏背景他也要管？

林深身为林氏企业的核心人物，公司的顶梁柱，老是做这些策划、技术部做的事，真的好吗？

“不要在意这些细节，你只管带老子吃好、喝好、玩好就成了。”林深摆摆手，丝毫不觉得自己这种“在其位不谋其政”的做法有什么不对。

“所以你把我叫来，是让我来给你当导游的？”

“我知道你觉得很荣幸，一般人我不会给他这个机会。”林深拍了拍鹿可的肩，道，“好好干，爷玩得舒服了，就原谅你水性杨花，心里惦记着老子……的弟弟，又和高翔搅在一起的事儿。”

鹿可：“……”谁要你原谅了啊！再说了，她和林乔的乌龙事件不是早就澄清了吗？

不对！

鹿可终于抓到了重点，她看着一脸“爷找你来是看得起你”的表情的林深，道：“我和高翔搅在一起？你什么意思？”

“高翔早就向我摊牌了。别以为你那点小伎俩能骗得过老子。”

“所以你信了？”鹿可几乎无语了。

“啊。”

“啊？”

“啊！”

林深恍然大悟，道：“高翔那家伙居然敢骗老子！”

鹿可：“……”

A城算是鹿可的大本营，在这里，她闭着眼睛都能说出哪条街的小吃地道，哪里的风景更好。

但是，这一切对林深而言都是……没用的。

这两天他的心情出奇的好，天天带着鹿可和尼诺穿越大街小巷。

一向挑剔得让人恨不得给他两拳的林深，洁癖不犯了，和尼诺一起扫荡着路边摊上的各种小吃，根本停不下来。鹿可肉痛地看着他花好几倍的价格去买那些旅游区的小吃，忍不住提醒道：“那个……我知道有条街，很好吃而且很便宜。”

林深举着两个糯米丸子回头，看着鹿可。

“老子又没让你出钱，要吃点就是了，叽叽歪歪的真没劲儿。”

林深霸道的宣言没让鹿可动容，倒把吃货尼诺的心俘获了，尼诺兴奋地指着烧烤摊上的肉串。

“林深哥哥，我要这个！”

“买买买！”

“还有这个！”

“买买买！”

“这个看起来也很好吃的样子。”

“买买买！”

……

整条街上的小贩看到他们都红了眼，恨不得赶紧把自己摊子上的东西往他们怀里塞。

毕竟这种有钱又好骗的傻子，百年难得一遇。

林深最后在一个卖陶瓷小人的摊子前站住了脚。

卖陶瓷小人的小贩是一个精瘦的中年男人，操着一口流利的普通话，见林深在摊子前驻足了，忙上前来奉承。

“帅哥真是好眼光，这可是用A城最有名的五彩泥捏的，开窑的时候还特意请得道高僧开过光。”小贩瞥到林深身后的鹿可，又看了看她手里牵着的尼诺，当即便明白了，“帅哥是带老婆、儿子来旅游的吧，那就买一对‘姻缘’回去。”

说着，小贩拿起摊子上的一男一女两个卖相十分普通的小陶瓷人递过去，然后一本正经地胡说八道：“买了这对‘姻缘’回去，保管您夫妻恩爱，阖家欢乐。”

“多少钱？”林深被他说动了，眼看着就要掏腰包了，被鹿可拦住了。

“这要不是有缘人，我还不会卖呢。看您是真心喜欢，就收您九百九十八元吧。”小贩正忙着找盒子来包装，看到鹿可的动作，顿了顿，又笑着说道，“这位夫人，可别看这个……”

“夫什么夫！老娘还没嫁人呢。”鹿可怒道。

小贩的话立马被噎回肚子里，狐疑地看着他们，问道：“你们不是夫妻？”

林深和鹿可很有默契地同时摇头。

小贩愣了一瞬，很快就回过神来，抓起另一对陶瓷小人。

“那推荐帅哥买这对，能保佑贵公子健康成长，看您孩子多漂亮啊……”

尼诺终于消灭了一根冰糖葫芦，听到小贩的话，立马摇了摇头，道：“叔叔，你弄错了哟，他不是我爸爸。”

小贩：“……”

“那就买这个吧！”说着，小贩从身后的木箱子里掏出一个陶瓷貔貅来，“这可是我们水族的神兽，上能保您飞黄腾达，下能安家定宅，一般人我都不会拿出来卖……”

鹿可眯了眯眼睛，然后开口打断了小贩的话：“你说你是水族人？”

小贩眉头一挑，神情有些得意。

“那是当然。”

“咕噜咕噜。”鹿可突然说了几句外星语，把林深和小贩都惊呆了。

“你在说什么？”

“水族话呀，怎么，你没听过？”说着，鹿可从怀里掏出身份证，“啪”的一声丢在摊子上，“老板，咱们老乡见老乡，亮个身份证瞧瞧。”

见状，那小贩立马变了脸色，看都没看鹿可一眼，就挥手赶他们。

“去去，不买就别捣乱，瓜娃子喽！”小贩没忍住，四川地区标志性方言脱口而出。

鹿可冷笑一声，收好身份证，拉着林深往前走。

林深的注意力终于从街边的小摊上回到了鹿可的身上，他追在她身后，好奇地问：“你刚刚说的是什么啊？什么叽里咕噜的，我一个字都没听清楚。”

“没说什么啊。”鹿可一脸无辜地道。

“哎哟，咱俩谁跟谁啊，你就说说那句话是什么意思吧，让我也学学。”

“没什么意思啊！”鹿可眨着无辜的大眼道，“那本来就是诓他的，哪有什么意思。”

“那你说你是水族人？”

“那也是编的啊，我就猜到他不敢看我的身份证。”鹿可拍了拍口袋，道，“我就是看不惯他们装，骗钱就骗钱，一个个吹得跟什么一样。”

林深：“……”

林深又在闹别扭了！

他在用行动告诉她“他很生气”，这是毋庸置疑的。

林深闹别扭，最纠结的就属尼诺了，他也感受到了林深的火气，举着还没吃完的小吃，跟了他一段距离之后，又回到鹿可的身边，仰着一张小脸望着她。

鹿可看出了他眼底的疑惑，摸了摸他的头，无奈道：“我也不知道他怎么了。嗯，你就当一个病人在间歇性抽风好了。”

看着尼诺张大了嘴，一脸同情地望着林深的样子，鹿可心里开始打起小鼓：会不会说得过分了点？

“你们磨叽什么，还走不走了？”林深的怒吼从前面传来，做贼心虚的鹿可被吓得抖了抖，看他的目光都带了几分愤恨。

哼，她说得一点都不过分，林深如果不是抽风，那母猪都能上树了！

林深的脾气来得快，去得也快。当他和尼诺一大一小躺在床上，朝着鹿可“哼哼”的时候，一点也没有回家前的霸气。

是的，在他们扫荡了一条街之后，林深和尼诺的肚子都开始抗议了。拉了好几个小时的肚子之后，两人齐齐瘫在床上，再也起不来了。

鹿可身为唯一没有倒下的人，看着面前两个恨不得衣来伸手，饭来张口的大少爷，突然觉得她才是最倒霉的那个！

刚伺候他们睡下，尼诺躲在被子里又开始来事了，弱弱地说了声：“妈咪，我想喝粥。”

林深也从被子里伸出头来，睁大了眼睛望着鹿可。

“鹿可……”

“打住！”鹿可将热水壶放在他们床头，然后疑惑地看向林深，“怎么，上次在我家你还没吃够？”

过往痛苦的回忆翻江倒海般朝他袭来，林深只觉得肚子更痛了。

“谁让你自己弄了！你千万别自己弄！去买！”想了想，林深又补充道，“别去路边小摊上买，去勇记粥铺。”

“勇记粥铺在城南哎！”鹿可都快给他跪下了，这位大少爷还真是想起一出是一出啊，这时候知道讲卫生，不吃路边摊了，刚才吃的时候怎么不见你说？！

“记得带个保温瓶过去，粥凉了就不好吃了！”林深一点也没有察言观色再行事的自觉。

鹿可：“……”

鹿可最后还是让老板娘帮忙，熬了一锅小米粥。不知道是拉完了肚子饿了还是老板娘熬的粥太好吃了，一锅粥很快就被两个人消灭了。

林深心满意足地摸着吃得鼓鼓的肚子，说：“嗯，还是勇记粥铺的粥好吃，就是味道淡了点。”

鹿可站在一旁，双手环胸，不说话。

我就静静地看着你装！

第二天一大早，鹿可就被林深吵醒了，她顶着两个大大的黑眼圈和一个鸡窝头打开门，恨不得在清晨就开开嗓，大骂这个扰人清梦的家伙。

也不知道昨天是谁照顾他们到半夜的。这家伙倒好，病好了就忘了恩人。

“鹿可，我昨天想了一整夜，我们来这里是有正事儿的，不能再堕落下去了。”

“呵……你还知道啊！”鹿可打了个哈欠，道。

“你看看你的样子，能有点朝气吗？”林深恨铁不成钢地道。

鹿可翻了个白眼，他居然还好意思跟她谈朝气，要不是为了照顾他们，这会儿生龙活虎的人就是她了。

“我们昨天那种只知道吃喝玩乐的行为违背了我们此行的宗旨，必须极力阻止。”

“昨天好像是你要买买买玩玩玩的吧。”鹿可又打了个哈欠，“还有，我们此行的宗旨不就是吃喝玩乐吗？”

散心不吃喝玩乐能干吗？

“胡说！老子是有目的的！老子要去你的家乡……”林深脸色变了变，岔开话题，“那个……错也在你！”他强词夺理道，“都怪你没有阻止我们，不然老子怎么会买那么多垃圾食品，还吃到拉肚子！这次就先放过你，以后要注意。”

我一口盐汽水喷死你！照你这么说，我是不是还要“谢主隆恩”？！

鹿可在心里默默腹诽着，却已经没有力气和他斗嘴了，整个人像是被人抽了骨头一样，软软地瘫在床上。

“喂！”林深隔着被子摇鹿可，鹿可被晃得昏天黑地，迷迷糊糊之间只听到了一句“退房，坐火车，十分钟”，这些词在她的脑海里转了足足三分钟，她才猛地从床上惊坐起来。

“你说什么？”

“我已经订了八点的火车票，我们等一下就去兰泉镇。”林深抬起手腕看了一下手表，又道，“嗯，你还剩七分钟洗漱时间。”

“林深！”鹿可几乎要抓狂，这家伙能不能别擅自替别人做主意啊，“我不去！”

她必须让他知道，她也是有骨气的。

“嗯，可能是我的意思没有表达清楚。”林深跷着腿坐在鹿可床边，气定神闲地道，“我已经退房了，你不去也可以，那我就不能算你是在为公司出差。所以你的往返机票和住宿费，公司都不会报销。”

话刚落音，打扮妥当，就连背包都已经收拾好了的鹿可精神抖擞地站在林深的面前：“BOSS，我准备好了，咱们走吧。”

第八章

特殊技能被点亮

兰泉镇是鹿可真正意义上的故乡，说是小镇还不如说是小岛，四面环水，风景虽然称得上一绝，但是出行十分不便，必须坐船才能进村。

码头上有两种船，一种是雕栏画栋、装点精致的游船，一种就是几块大木板子外加一个油布斗篷撑起来的木船。

林深坚持认为只有游船才符合他的身份定位，虽然它的价格比普通木船多了一个零。

他刚踏上游船的船头，就发现了一个悲剧的事实：他没钱了。

昨天买得太疯狂，所以现在他的钱包里只剩下不到一百块钱现金。

他摸了摸鼻尖，悻悻地问："那个……可以刷卡吗？"

船长一脸"你在逗我"的表情，拉动发动机，"突突"地把船开远了。

鹿可站在木船船头，对林深招了招手："BOSS 快上来吧，你的船钱我帮你出了。"在土豪面前炫富的感觉，真爽！

林深一跃跳上船头，拍了拍鹿可的肩："你这么穷，船钱我就不让你出了。来，给我网银账号，我把钱转过去。"

虽然没法炫富，不过不用出钱貌似也不错，鹿可兴致勃勃地报上了自己的网银账号，然后眼巴巴地望着林深，等着他转钱过来。

过了好半天还没接到短信提示，鹿可疑惑地望着举着手机在船头转圈圈的林深，问道："BOSS 你不是要给我转钱吗？"

林深放下手机，淡定落座，冷静地阐述事实："这里没信号，转不了。"他轻咳了两声，"那个，你记着账，回去再统一报销。"

鹿可："……"

鹿可和林深走进船舱，刚落座，船夫就吆喝了一声："坐好嘞，开船喽！"

带着浓浓四川口音的普通话，让鹿可和林深的身子顿时一僵，齐齐偏头看向船头那个拿着一根长篙撑船的船夫。

怎么是他？！

鹿可和林深怎么也没想到，搭个船也能遇上那个四川小贩。

这算不算"不是冤家不聚头"？

鹿可低下头，默默地扯了扯林深的袖子。

林深将袖子一甩，不满地看着她："干什么？"

鹿可忙捂住他的嘴，做了一个"噤声"的手势，然后朝船夫那里瞟了两眼，发现他正和别人谈得起劲儿，没注意到他们，这才放下心来。

林深"哧"了一声，别过头去没理她。

下了船，鹿可拉着林深混在人群中跳了下去，那个船夫似乎认出他们来了，冲着鹿可的背影嚷嚷道："唉，前面那两个，等一下！"

鹿可哪里会乖乖站住，扯着林深的手就往外跑，直到听不见船夫的声音了才敢停下来喘气。

"唉？"鹿可看到手心里的大手，这才意识到自己居然和他十指相扣跑了这么久。

不会又被当成女流氓了吧？

鹿可下意识地就想放开，没想到被林深拽得更紧了。

鹿可狐疑地回头，只见林深一对上她的眼神，就脸一红，态度暧昧地别过头去。

“林深？”这家伙又在傲娇个什么劲儿？

林深也不知道自己是怎么回事儿，反正他就是不想放开鹿可的手，可一直这样拉着，会被她当成变态吧。

林深愣了几秒钟之后，突然捂着肚子哼哼起来，鹿可的手还被他拽着，他身子一倒，她也不会轻松，跟着踉跄了几步。晃了几下稳住身子后，鹿可才有力气扶他站起来。

“怎么了？肚子又痛了？”

鹿可只觉得自己的手被他拽得更紧了，想趁机再教训他几句不要吃路边摊之类，可看着他脸色苍白，一副痛苦到直不起身来的样子，又不忍心了。

“我记得前面几百米的地方有一间厕所，你忍一会儿，到了那里……”

“不用……扶我去坐会儿就好。”

“可是……”

“真不用！”

“可是……”

“可是个毛线！老子说不用就不用了！”林深甩开她的手，“你这个女人怎么这么烦？！”

林深看鹿可一脸被雷劈过的表情，愣了三秒钟之后终于回过神来，继续捂着肚子哼哼。

“哎哟，快扶老子过去啊，真想痛死老子不成啊？”

鹿可一掌拍在他的肩上，这一下力道不轻，没有一丝防备就白挨了一掌的林深踉跄了几步往前冲，险些一头撞上路边的石栏杆。

鹿可显然没有意识到自己的力道会这么大，一只手扶着林深，一只手搭上他的肩，俨然一副哥儿俩好的样子：“好了，我知道你是在骗我了。”

林深的脚步顿了顿，气息凌乱了。

“不就是有洁癖，嫌这里的厕所不干净吗，这事儿我早就知道了，还有什么可遮遮掩掩的。”鹿可拍了拍他的肩，终于听话了一回，扶着他在石栏杆上坐下。

好歹也是小有名气的风景区，兰泉镇每年能吸引那么多人来参观，不是没有原因的。

四面环水的绝佳地理位置将兰泉古老的生态环境完美地保存了下来，正是夕阳西下，太阳映红了半个天空，艳丽与清秀在这一刻融合，薄雾覆盖下的兰泉山，静谧安然。

林深和鹿可坐在栏杆上，对着山头望了一会儿，片刻后都想起了什么，很有默契地诧异地偏过头来，看着对方，一秒钟过后，一同发出了一声响彻天际的惊呼。

“尼诺？”

“尼诺！”

他们居然把尼诺忘了！

“叫什么叫，快去找啊！”林深从石栏杆上弹跳起来，走了两步想到了什么又回过头来问鹿可，“尼诺是在什么时候不见的？”

鹿可偏着头想了想，最后一脸严肃地给出了答案：“不记得了。好像在船上的时候就没有看到他。对了，他有跟我们出门吗？”

林深：“……”

虽然尼诺出现得莫名其妙，对鹿可一口一个“妈咪”更叫人摸不着头脑。但是在相处了这么久之后，好歹也是有点感情的。

更何况现在他不见了，还是被他们弄丢的，说不担心是假的。

特别是林深，在昨天和尼诺经历了一场“同美食，共患难”的劫数之后，已经生出了几分惺惺相惜的革命友情。

所以一意识到尼诺不见了，他就连忙冲了出去。

鹿可迈开了小短腿拔足狂奔，才能勉强跟上前面那个腿长、运动细胞发达的“大熊孩子”。

鹿可从没有像今天这样，如此嫌弃自己的小短腿。

果然没有对比就没有伤害啊。

嫌弃她的小短腿的，还有另外一个人。

林深走了两步就不得不回头找鹿可，生怕一不小心，她又会和尼诺一样不见了。等的次数多了，他的耐心就渐渐耗尽了，干脆冲到鹿可面前，像扛麻袋一样，将她一把扛到肩上。

“林深，你干什么？”鹿可扭动身子挣扎，想跳下来，被林深一个巴掌招呼地停了：“要不是你走得慢，你以为老子愿意扛你啊？你说你还有什么用，忘了尼诺就算了，还吃那么多，你知道自己有多重吗？至少也得有一百三十斤吧！”

虽然鹿可属于“汉化版”女人——女汉子，但在体重这个问题上，她和大多数女人一样，十分忌讳而且容不得别人指责分毫。

“喂！我没让你扛啊！”鹿可挣扎了一下，突然不动了，努力昂起头试图看到林深的脸，结果只能望到他的下巴，“喂，什么叫‘忘了尼诺就算了’！说得好像尼诺是我一个人弄丢的一样。”

“难道不是吗！”林深扛着鹿可，一路狂奔，嘴也没闲着，“亏得尼诺还一口一个‘妈咪’地叫你呢，有你这么当妈的吗！”

提起尼诺，鹿可就沉默了，好半天才反应过来，大声抗议：“我什么时候成他妈了？！林深你不要败坏我的声誉好不好！”

“你的声誉？”这可能是他有生之年听到过的最好听的笑话了。

“是啊，我还要嫁人的！”

“你说你一没身材，二没脸蛋，本质还是个女流氓，谁会瞎了眼选你。”

鹿可沉默了，安安静静地听林深骂自己。

是的，他的确是眼睛瞎了，才会过了这么久，在她各种明示暗示之后，还想不起她来。

由此可见，他不仅眼睛有问题，智商也不是很高啊！

不得不说，林深的方法虽然野蛮了点，效果还是不错的，没多久，他们就赶到了码头上。这时候船上的人差不多已经走光了，只剩下三个光着胳膊的船夫凑在一起斗地主。

刚从倒立世界回到正常世界的鹿可还有些不习惯，脚步凌乱地走近他们，轻声问道：“那个……”

“炸死你，哈哈，我赢了，给钱给钱！”一群人正玩得不亦乐乎，哪里有心思搭理她。

“那个……”鹿可不死心又叫了一句，结果让人十分沮丧，还是没有效果。

林深等得不耐烦了，将她拉到身后，一脚踹上身边的大船上。

鞋底与船身来了一次亲密接触，“砰”的一声格外响亮。

斗地主的都不斗了，三个船老大挽起袖子站起来，鹿可瞟了他们那一身的肥膘一眼，连忙躲到林深身后，低声问道：“你刚才踢什么不好，干吗要踢船啊？！”

“不好吗？”林深一脸无辜，“我这不是帮你吸引他们的注意吗。”

鹿可：“……”是的，他是成功地吸引了那三个壮汉的注意，至于后果……

“林深？你是林深吗？”一位壮汉突然惊呼一声，瞬间由抠脚糙汉变成了娇羞少男。

受他的影响，其他两个人也秒变了画风。

“大哥！真的是你？”

“没想到还能见到你！”

三个壮汉冲上来，争先恐后地要和林深握手，吓得林深连连退了几步：“你……你们想干什么？”

“哎呀，你跟哥们儿几个还装什么装啊！谁不知道您是跆拳道高手，想当年您一个人单挑十个船老大的时候，那叫一个威风……”

眼见着壮汉有越说越收不住的趋势，林深长臂一挥，大喊一声：“停！”他伸出食指指着自己，“你确定当年那个以一挑十的跆拳道高手，真的是我？”

他还有这个技能，他自己怎么不知道？

就在林深觉得生活又将往无厘头、玄幻方向发展的时候，一个黑色的身影突然冲了出来。

“妈咪！”小人儿从壮汉身后钻出来，一把抱住了鹿可的大腿。

看着凭空出现的尼诺，林深的反应比鹿可还要激烈，他从地上一把拎起尼诺，前前后后、翻来覆去地检查了一遍，确定他没出什么事之后才放下心来，说：“你刚才干什么去了？知不知道我……我和鹿可都担心死了！”

听到林深的话，尼诺嘴一撇，不高兴了：“还不是你和妈咪把尼诺都忘了，一下船就找不到你们的影子了，船长伯伯在后面喊你们，你们都不应。”

“船长伯伯？”鹿可和林深面面相觑，生出了几分不好的预感。

没多久，不远处就走来一个拎着两条咸鱼的精瘦中年人，见到他们，还朝他们挥了挥手：“唉，我说你们还知道回来找孩子啊！”

壮汉这才反应过来，指着鹿可和尼诺一脸震惊地道：“这是鹿可？这是你们的孩子？哎呀，别逗我们了，你们离开不过几年，哪里生得出这么大的孩子……难不成？”

你能想象一脸横肉的壮汉对你挤眉弄眼是一种什么样的折磨吗？那简直就是精神污染，让人恨不得分分钟洗眼失忆的精神污染！

虽然这三个人较之前横向发展了不少，但是他们一开口，鹿可还是认出他们来了。

他们是一群很小就辍学了，一直在船上帮人打工的小混混。在之前很长的一段时间里一直以欺负她为乐，直到后来她上大学，带着林深回来给外婆扫墓，这群小混混不知道怎么回事儿就认林深当大哥了，天天跟在他身后“大哥大哥”地叫，对她也恭敬了起来。

上次同学会，大家说起求学期间最骄傲的事，学霸都说“我考上了某某事业单位”，学渣都说“我人品爆发，最后一次毕业补考的时候蒙对了几个选择题”，只有她一个人说“我最骄傲的事就是收了三个小弟”。

唉，岁月果然是把杀猪刀，当年他们虽然不算帅气，好歹也是镇上引领“洗剪吹”风潮的时尚少年啊。

这一年得吃多少粮食，才会养出这一身的肉啊！

“不过鹿可，你倒是变了不少，这要不是和大哥站在一起，我们还真认不出你呢！”

“是啊，不是说女大十八变，越变越漂亮吗，我怎么看你比大哥老了很多。”一个壮汉刚说完，就被另一个壮汉当头拍了一掌。

“你活腻了吧，大嫂那能叫老吗，那叫成熟！”

鹿可：“……”这么赤裸裸地进行人身攻击真的没问题吗？

有句话叫什么来着，老乡见老乡，两眼泪汪汪，更何况这个老乡还是曾经的大哥，这泪就流得更厉害了。

林深稀里糊涂地当了大哥，从来都不懂安慰人的他，不得不在一提起往事就痛哭流涕的三个壮汉面前，忍着远离鼻涕眼泪这种“生化武器”的冲动，憋红了脸，放软了语气安慰他们。

安慰的结果就是，他和鹿可都不可避免地被架进了旁边的小饭馆。

林深看着服务员拿了一块脏得看不出颜色的毛巾替他们擦了桌子之后，就招呼他们坐下，瞬间整个人都不好了。

他偏着头偷偷问鹿可：“你说我们现在走还来得及吗？”

以自己对三个壮汉的了解，鹿可果断地摇了摇头，到：“他们会把你扛回来的。更何况你现在抱着尼诺跑不快。”

林深低头瞪了怀里的尼诺一眼，满是怨念：“早知道你这么碍事，就不来找你了！”

鹿可：“……”

尼诺：“……”

无辜的尼诺心情很郁闷，全程都用筷子戳着碗里的白米饭，然而并没有什么用，聊得正起劲的林深压根儿就没注意到他的情绪。

在一顿胡吹海侃中，林深总算从一大堆废话中提炼出了三个要点。

第一，鹿可在五年前就带他来过一次兰泉镇；

第二，这三个大男人认识“他”，而且曾被“他”揍过；

第三，那个撑船的四川人叫刘泉，是兰泉中学的校长。

第三条消息带给林深带来的震惊程度，超过了前两条的总和。他睁大了双眼，看着那个黝黑精瘦，从上到下、从左到右，怎么看都像个奸商的刘泉。

刘泉看懂了林深眼里的疑惑，双手抱拳道：“客气客气了，那些都只是副业。”

“副业？”林深问道，“你是指撑船和卖小人吗？”

刘泉摆了摆手，摇头晃脑的模样不像教书先生，倒像街边耍嘴皮子的算命先生：“非也非也！当校长只是我的副业，其实我的主业是……开旅馆，二位初来乍到还没找到落脚的地方吧！我们旅馆环境优美……”

刘泉一边说着，一边从背包里掏出一沓名片，不仅是他们这一桌，小旅馆里的食客无一幸免，每人都被塞了一张，就连正忙着端菜的服务员都没能躲过一劫。

林深偷偷问鹿可：“你们校长以前就是这副德行？”

鹿可摇了摇头，道：“他应该是灾后才被调过来的，我们的校长在发大水的时候不幸走了。”

林深“哦”了一声，对鹿可家乡遭受了这样的天灾表示同情：“当年发大水肯定死了不少人吧！你也别太伤心了……”

鹿可又摇了摇头：“没有，就我们校长一个人遇难，其他人都逃出来了。”

林深：“那你们那校长可真够倒霉的。”

鹿可白了他一眼，语气不善：“是啊，倒霉透顶了，谁让她是我这个女流氓的外婆呢！”

林深：“……”

虽然对刘泉这种无孔不入的广告狗很不感冒，但是鉴于兰泉镇除了他那里再没有其他旅馆了，鹿可一行人不得不接受他的“盛情邀约”，跟刘泉去了他的旅馆。

一路上，刘泉说得天花乱坠，甚至还说一定会有惊喜。不同于林深的兴致勃勃，早就看清刘泉奸商本质的鹿可撇了撇嘴，很理智地保持着沉默。

事实证明，鹿可是对的

旅馆就是空出来的教师宿舍，几块木板搭成了一张简易的木床，屋里除了一个水桶和一个热水壶，什么都没有。

林深却像是个发现新大陆的孩子，在转完了所有的空房间之后，一脸兴奋地对鹿可说：“哇，原来这就是你们这些学校的宿舍啊，以前都没看到过呢！”

什么叫我们这些学校！

鹿可愤愤转头：自己注定不能和这些无时无刻不在炫富的富N代愉快地交朋友。

“一个晚上是两百元，看你们有两个人就给你们团购价，一起出三百元就行了。”

团个毛线！这是变着法儿在圈钱吧！

可是不怕神一样的对手，就怕猪一样的队友。

就在鹿可正在思考是砍到三十元一晚好呢，还是仁慈一点给他五十元算了，林深已经扑上去紧紧握住刘泉的手，到：“没想到这里这么便宜，饭桌上的酒没白喝，你这个兄弟，我认了！”

鹿可听得满头黑线，戳了戳林深，问道：“你还有钱吗？”

林深拍了拍她的肩膀，一副财大气粗的样子。

“你有啊！放心，回去我会给你转账的！”

喂！重点不对吧！

一个是不傲娇会死星人，一个是习惯性溜须拍马的奸商，林深觉得自己找到了知己，刘泉觉得自己找到了冤大头，这两人凑在一起就像王八看绿豆对上眼了，鹿可和尼诺只能大眼瞪小眼，看着他们喝酒划拳玩得不亦乐乎。

最后，两个人都喝得酩酊大醉，剩下没人管的鹿可带着同样被人抛到后脑勺的尼诺出来觅食。

没有开课的校园显得格外空旷，虽然兰泉中学并不大，总共也就两栋教学楼，但是听着自己的脚踩在地上的声音，鹿可还是觉得有些瘆得慌。

“尼诺，你出来这么久，不怕你父母担心你吗？”鹿可问道，试图通过说话缓解心里的那份恐惧。

走在他前面的小个子停住了脚步，回过头来看她："如果我不见了，妈咪你会担心我吗？"

"可是我不是你的妈咪呀！"被叫了这么几天的"妈咪"，这个名词越听越觉得顺耳了是怎么回事？

"不，你就是，你明明就是照片上的妈咪！"

"好吧……咱不谈这个话题了。"鹿可果断决定放弃这个"一谈就会绕"的话题怪圈，问道，"那你爸爸呢？"

尼诺低着头，绞手指。

"虽然爹地很忙，经常忘了和尼诺的约定，但我还是很爱他的。"尼诺抽了抽鼻子，表情纠结，"可是林深哥哥也很好，而且妈咪和林深哥哥在一起比跟爹地在一起更开心，我本来想帮爹地抢回妈咪的，可是现在又觉得妈咪和林深哥哥在一起更好……"

尼诺的话还没说完，就被鹿可一个巴掌打断了："喂！你个毛头小子整天都在想些什么呢？"

你能想象"当你看到一个七八岁的小毛孩一本正经地替你担心人生大事，还一脸纠结地帮你分析其中的利害关系，好像你嫁不出去是他的错一样"是种什么心情吗？

现在的孩子都这么早熟吗？

鹿可果断捂住了尼诺的嘴，拎着他一路往校外狂奔。

自从发了大水之后，兰泉镇果真是荒废了不少，一路上都是空荡荡的长满杂草的房子。

鹿可背着尼诺找了一路也没找到饭店，最后只能按照原路去了之前吃过的小餐馆。两人吃饱喝足回来，意外地被一辆银白色的小货车拦住了。

司机从车窗里伸出一只手来，将一张名片递给鹿可，问道："大妹子，你知道这家旅馆在哪里吗？"

旅馆？鹿可心里涌上一股不好的预感。她接过名片一看，旅馆老板那一栏，刘泉的名字格外醒目。

刘泉真没浪费她赐给他的"广告狗"的称号，简直是无处不在啊！

鹿可爬上了小货车，指路的同时也搭了一趟顺风车。

她抱着尼诺坐在副驾驶座上，回头朝后座看了两眼，发现了不少摄影类的器材。

“你是摄影师？”

兰泉镇的风景的确不错，有摄影师过来拍照也不稀奇。

开车的是个长满络腮胡子的东北大汉，听到鹿可的话哈哈大笑起来，他那满脸的黑胡子也跟着他的笑声一上一下地抖动：“我就是一个司机，这些都是剧组里的东西。”

“剧组？”这里居然还会有人要来拍戏，鹿可有些吃惊，“风景宣传片还是唯美爱情电影啊？”

“大胡子”摇了摇头，笑声依旧如雷：“哈哈，大妹子你真逗，这荒郊野外的，当然只能拍恐怖片了。”

鹿可：“……”

“大胡子”将车停稳后，三人跳下车，鹿可带着他去找刘泉。

“大胡子”很健谈，一路上自言自语地说了很多，从他家里有几口人到剧组准备拍什么故事，侃起来没完没了。

趴在鹿可背上，本来睡得十分安稳的尼诺不知道是不是被“大胡子”吵醒了，在听到“大胡子”说新电影的名字是“一夜惊魂”的时候，身体抽搐了一下，小小的手臂将鹿可的脖子搂得更紧了。

“大胡子”也发现了尼诺的动静，不好意思地挠了挠脸上的胡子，道：“哎哟，把小弟弟吵醒了。对了大妹子，你和你老公是来旅游的吗？”

喂，她就这么像一个八岁孩子他妈吗？她明明还是个黄花大闺女好吗？

鹿可翻了个白眼，没好气地回了一句：“你哪只眼睛看到我有老公了？”

“两只眼睛都看到了呀。”“大胡子”指着前方不远处大樟树下的一个清俊身影说道，“那男的一直看着你们呢。我好歹也跑了这么多地方，什么样的人没遇到过，要说你俩没什么，我还真不信。”

鹿可顺着大胡子的手指望过去，一眼就撞进了林深那温柔的眼神里。

他斜靠着樟树，双手插在裤兜里，朝他们这边望过来，眼神里满是宠溺。

就像五年前，那个总会在树下等着她一起去图书馆的温润少年。

鹿可觉得林深这家伙，上辈子一定是奥特曼，不然哪有能将性格切换得如此……让人摸不着头脑啊。

看着坐在教室里，陪自己一起“怀旧”的大男孩，鹿可的脑海里满是问号。

这家伙难不成是喝醉了在耍酒疯?

她凑上前去闻了闻，嗯，酒味的确挺浓的。

林深看着像只小狗一样凑上前来闻闻嗅嗅的鹿可，一手揽住她的肩，笑道：“怎么，还要我跟你对暗号？”

鹿可摇了摇头，道：“对暗号有用吗？”你还不是想变就变，没有一点点防备。她把后一句吞回肚子里。

“你呀！”林深伸手揉乱了她一头碎发。鹿可动手将头发弄好，他大掌伸过来，又弄乱了。

鹿可的心里乱乱的，就像凌乱的头发一样，最后干脆放弃挣扎，顶着鸡窝头，盯着林深：“你闹够了没有？”

“生气了？”林深睁大了眼睛，看着她的眼神里满是无辜。

“是啊，我生气了！”鹿可噘着嘴道，“我生气你每次一醒过来就不认识我了，我生气你每次都对我隐瞒你的事，我生气……唔，你想干吗？”

看着突然在眼前放大的俊脸，鹿可的脸瞬间变得通红，她往后退了一步，背抵上课桌，又问了一遍：“你……你想干什么？”

虽然他们早已是恋人关系，但是由于林深的失踪，他们真正相处的时间还不到三个月。

而且林深对她成绩的关注度，远远超过她本人。

所以，那些恋人之间做的事，他们……一件也没做过!

别说逛街、看电影、接吻了，他们见面不是在图书馆里，就是在去图书馆的路上。

后来，林深失踪了，她的这个习惯也没改过来，没事儿就会跑到图书馆里去待一天，不借书也不做习题，就趴在桌子上发呆。以至于那之后很长的一段时间里，周围的人都以一种“此人多半有病”的眼神看着她。

“这种时候都能走神，你还真是……”林深不再逗她，好笑地站直了身子，双手插进裤兜里，坐在课桌上，整个人干净青葱得不像话。

鹿可涨红了脸，不满地嘟囔：“我不管，你要给我解释清楚。”

“小可。”林深深情款款地看着鹿可，伸手将她的手放在手心里，“有些事知道了对你没好处，所以，你就安安静静地待在我的身边，给我一点时间，让我自己处理，好吗？”

鹿可是个单纯的姑娘，不然她也不会傻傻地等林深这么多年。

她偏头想了想，点了点头，道：“好，我可以不再逼问你答案，但是有一件事我非说不可。”

林深含笑看着她，宠溺的眼神简直能将人腻死：“你说。”

“我可以等你，但没办法相信那个‘逗比’林深。听你的语气，你现在面临的事应该很难处理才是，我不觉得那个‘逗比’林深能完成。”

林深：“……”亲耳听到心爱的女人嫌弃另一个自己，这感觉……果然不好受。

听完鹿可的话，林深大笑着将鹿可揽进怀里：“你如果想我了，就给他灌酒吧，这样我就有机会出来了。”

“灌酒？”鹿可猛然醒悟过来，“我就说那天你怎么酒醒了就翻脸不认人了，原来是这样。”

林深笑着揉了揉她的头发，道：“我怎么会翻脸不认人。”

“可是你那天明明还骂我来着。”鹿可撇了撇嘴，语带不满。

“傻丫头。”林深捧起她的脸，逼着她正视自己眼中的款款情意，“不管是哪个我，不管我的性格如何变化，有一件事是不会变的。”

林深捧着她的脸，在她的额头上轻轻地落下一吻：“我的心，它会一直爱着你。”

鹿可鼻头一热，两股红色的液体从鼻子里欢快地喷涌出来。

天哪，林深今天怎么这么好看啊，好看就算了，居然还这么会说情话！要死了要死了，鼻血要止不住了！

鹿可是个不拘小节的姑娘，具体表现为……出门不带纸巾。

所以，在她的鼻血狂飙不止，又找不到卫生纸的情况下，林深只能忍痛，贡献出自己的白衬衫。

当鹿可左手拎着染血的白衬衫，右手牵着光着上身的林深回到旅馆的时候，“大胡子”和尼诺都惊呆了。

大胡子：“你们遭遇抢劫了？”

尼诺：“林深哥哥，你被我妈咪吃了？”

鹿可没回“大胡子”的话，一掌先拍向尼诺：“多大的孩子，说什么浑话呢！”

尼诺捂着头，很是无辜：“林深哥哥的衬衫上有那么多血，还被妈咪剥了个精光，难道妈咪不是准备吃了林深哥哥吗？”

原来尼诺说的“被吃了”真的只是字面上的意思，可是他的话还是会让人脸红心跳是怎么回事？

尼诺满脸委屈地看着鹿可：“妈咪，我哪里说错了吗？”

鹿可的脸上浮现出一抹不正常的红晕，她轻咳了两声，道：“你叫我什么？”

“妈咪啊。”

“是啊，在国内，妈咪打儿子是不用理由的。”

尼诺：“……”

这个理由好强大，他竟然无法反驳。

第九章

你必须对我负责

不出意外，林深第二天醒来的时候，看到衬衫上的血迹大发雷霆，在弄清罪魁祸首是鹿可之后，将她从里到外、从上到下狠狠地骂了一通。

鹿可很淡定地在他的“河东狮吼”中爬下床，端着刘泉大发善心给的一个水盆去打水洗脸。

就在她弯下腰准备打水的时候，林深突然噤声了。

没有林深的噪音骚扰，鹿可倒有些不习惯了，她狐疑地回过头，看到的就是一个脸色涨红，别扭地踢着地板的林深。

这家伙又是哪根筋搭错了？鹿可狐疑地想着，很快就明白了过来，让出通往厕所的路。

“干什么？”林深不解地道，她不是要洗漱吗？

“你不是憋急了吗？我给你让路啊。”鹿可用一副“你不用太感动，我就是这么善解人意”的眼神看着林深。

林深：“……你才憋急了，你全家都憋急了！”他才不会承认他是在鹿可低头的那一刹那，看到她衣服里的春光了呢。

这个女人看上去瘦巴巴的，没想到……

走出房门，林深狠狠地给了自己一巴掌。

他居然偷窥一个女流氓，实在是太无耻了！

林深来之前还信誓旦旦地说要好好欣赏风景，然而并没什么用，他和刘泉已经建立了深厚的酒肉友谊，三天两头就凑在一起喝酒。不过在林深发现每次他喝醉，第二天都会出现在鹿可身边之后，整个人都不好了。

他试过把自己锁起来，让刘泉看着自己，甚至逼着鹿可换房间睡……均无效果。

他一边深深地鄙视着喝醉之后的那个自己的审美观，一边暗暗告诉自己再不能喝醉了，可是当刘泉摆好了酒桌来找他时，他还是忘了所有誓言跟着去了。

这种反复纠结的恶性循环，终于在《一夜惊魂》剧组入住后终止了。

剧组入住意味着刘泉的那些“房间”都可以租出去了，意味着他可以开始宰人赚钱了。他自然再没心思叫林深喝酒了。

刘泉笑得嘴都快咧到后脑勺去了，帮忙搬行李安排房间，忙得不亦乐乎。

剧组成员不多，主演带场务一共才三十个人，鹿可扫了一眼，那些主演都是些名不见经传的新人。

果然是小成本啊！

《一夜惊魂》的导演是个十分年轻的外国人，高鼻梁蓝眼睛，一头金色头发梳起，穿着普通的休闲装却难掩通身的贵族气质。

鹿可回头，就看到了穿着白衬衫、西装裤的林深，因为鞋底不小心沾上了一点污泥，正在一脸嫌弃地跺脚。

好吧，人靠衣装什么的，果然不可信，她已经无法直视浑身散发着“逗比”气质的林深了。

鹿可失望地回头，突然发现她面前多了一个高大的身影，原本还在数米开外的导演突然出现在她面前，他看着她的眼神里有震惊，有疼惜，还有些她看不明白的情愫。

在鹿可还没回过神来的时候，那人已经长手一揽将她拥入怀中：“薇安，我终于找到你了。”

薇安？鹿可挣扎了两下，想挣脱他的禁锢，无果。

“那个，我不叫薇安，你认错人了。”

“薇安……薇安。”

“喂！”一阵疾风在鹿可头顶吹起，下一秒，拳头与肌肉相撞的声音让听的人都忍不住抽了抽嘴角。

高大的身影被一拳打得重心不稳踉跄着退了几步，鹿可无辜地被牵连，眼看就要跟他一起跌倒在地上了，一股力量将她拉了回来。

鹿可不用想也知道是谁救了她，会那么“二”地扯着她的内衣带把她拉回来的，除了林深，全世界也找不出第二个人了。

林深也意识到自己拉的地方也许……可能……大概有那么一点冲动，便悻悻地松了手。

“啪”的一声，弹力极强的内衣带与鹿可的背来了一次撞击运动。

鹿可：“……”

如果杀人不犯法，她一定第一个宰了林深，再找那个刚见面就吃她“豆腐”的外国人算账。

林深尴尬地咳了两声，见那外国人又站起来了，忙握住鹿可的手腕，将她拉到身后：“喂，洋鬼子，是不是活得不耐烦了，想和老子干架？”

剧组的成员也围了过来，自发自觉地站在他们的导演身后，帮导演撑场子。

林深扬起下巴，他才不怕他们呢！

他不怕，不代表鹿可不怕啊！他们势单力薄打不过就算了，最重要的是林深还没钱！

不管是林深负伤了还是把人打伤了，医药费和赔偿费她都出不起啊！

那个外国人被两个男明星扶了起来，他揉了揉被林深一拳揍得发痛的脸，看着躲在林深身后的鹿可，那表情比他挨打的时候还要痛苦。

“薇安，你……”

没等他把话说完，林深就已经兜头骂过去了：“薇你个头！你是不是想说鹿可和你死去的女朋友长得很像，所以你才会情不自禁？”林深挥了挥拳头，“再敢过来，小心老子揍你！”

外国人一脸沉痛，慢慢地回了几个字。

“是前妻。”

“什么前妻？你别在老子面前卖关子！”

“这位小姐和我死去的前妻长得一模一样。”

鹿可：“……”

林深：“……”

最后，在外国人亮出了身份证和他跟前妻的合照之后，林深才收起拳头，答应和他坐下来用嘴解决问题。

外国人叫菲利，是国际上颇有名气的导演。

他有个十分恩爱的妻子和一个可爱的儿子，可是他的妻子在五年前不幸去世，所以他在见到鹿可的时候，才会做出那样的举动。

鹿可听得眼泛泪花，那股同情还没来得及酝酿成熟，就被林深一巴掌拍散了：“你能不能长点脑子啊，别人说什么你都信。”

林深对鹿可这种别人说两句话就轻易倒戈的行为，投以最深的鄙视，反正他就是看这个菲利不顺眼！

“对不起，刚才是我唐突了，我向鹿小姐道歉。”菲利的眼睛一直没能从鹿可身上离开，“如果鹿小姐不介意，您看能不能给我一个赔罪机会，让我请您吃顿饭？”

林深抢白道：“哼，你就装吧，这荒郊野岭的，你倒是去给我找个好餐馆来啊！”

菲利笑了笑，望着林深的眼神带着几分冰冷疏离的敌意：“这个就不用林先生费心了，因为我的胃比较挑，又不放心外面的食物，所以不管去哪儿都会先备好食材。”菲利笑意盈盈地将目光落在鹿可的身上，“鹿小姐……如果您有时间……”

“她很忙，没空而且很介意和你吃饭。”林深拉着鹿可站起来，“我们还有事，先走了。”

鹿可很无辜，抬头望着林深：“这不是你的房间吗？你要走到哪里去啊。”

林深：“……那个菲大导演……”

“在下姓夏尔·安德烈·约瑟夫·马里，你可以叫我夏尔·安德烈·约瑟夫·马里先生。”

林深满头黑线，这么变态的名字，谁记得住啊！

“那个，菲利先生，你不用去忙吗？”

知道他在下逐客令，菲利点了点头，站起身来：“我再次为我的唐突道歉，我刚才的话依然有效，随时欢迎鹿小姐来找我。”

菲利对鹿可伸出手，准备和她握手告别的时候，被人中途拦住了。

林深捏住他的手，送他出了房间。

“那个，我们过两天就走了，她不会有时间的，慢走不送……”

鹿可对林深这么蛮横地帮她擅自做决定很不满：“喂，你怎么可以随便帮人做决定？”

林深“砰”的一声将房门关上，怒气冲冲地回头：“怎么，老子碍着你勾搭外国帅哥，你对老子有意见了？”

林深强大的脑回路让鹿可只有主动认输的分儿，她小声嘟囔了一句：“我不过是觉得放着大餐不要，太可惜了。”

“哼，兴许他做的饭比你做的还难吃呢！”

鹿可偏头想了想，觉得他说的也不无道理，可是这话总让人觉得有点不舒服是怎么回事儿？

过了很久，鹿可才回过神来，大吼：“林深！你说谁做饭难吃呢！”

“在下对自己的厨艺还是很有信心的。”菲利突然推门进来，把鹿可和林深都吓得不轻。

背后说人坏话被当场抓包，林深很不开心：“喂！你不是走了吗？”

菲利将背在身后的手拿出来，他手里握着的是一件小孩子的上衣。鹿可定睛一看，这不是她昨天才帮尼诺换洗的衣服吗？

看懂了鹿可眼底的疑惑，菲利拎着衣服笑着回道：“刚才路过走廊，这件衣服掉了下来了，我猜这应该是你们的吧。”

鹿可红着脸点头，刘泉的旅馆条件艰苦，衣服只能挂在走廊上，会遇到这种走着走着被衣服砸中的事并不稀奇。

鹿可道了声歉，伸手准备去接。岂料菲利将手往后一缩，让她扑了个空。

“对不起，鹿小姐，这件衣服我不能给你。”

“为什么？”

“这是犬子的衣服。”

“犬子？”

鹿可一头雾水，还没弄明白是怎么回事儿的时候，菲利已经越过她，大跨步朝床边走去，林深想拦都拦不住。

最后，菲利在床前站定，双手环胸，对着碎花被单嚷道：“尼诺，还不出来？！”

对着一张床说话，他是疯了吗？鹿可在心里嗤笑一声，突然意识到什么。

尼诺？！他刚刚叫的是尼诺！

难不成他口中所说的“犬子”，就是她和林深在飞机上捡的那个小鬼头尼诺？

床下传来窸窸窣窣的声音，尼诺的小脑袋从床底下伸出来，怯怯地看着菲利：“爹地。”

菲利刚想伸出手去把他牵出来，尼诺又像只小乌龟一样缩回去了。

“尼诺，你知道你这样偷跑出来让赵阿姨多伤心吗？”

“你别怪赵阿姨，是我自己趁着她不注意……”尼诺刚钻出个小脑袋，就被菲利一手捉住了。他挣扎了两下，最后还是不得不向菲利的力量屈服。

尼诺意识到自己犯的错可能会换来好一顿揍，忙抱着菲利的大腿，讨好地指着鹿可：“爹地你看，我找到妈咪了哟！”

“乱说什么！”林深一掌拍上尼诺的脑勺，“她才不是你妈咪。”

尼诺噘着嘴，不满地反驳：“明明之前我叫她‘妈咪’你都没反对的，所以她就是我妈咪！”

林深：“……”

和鹿可之前预想的一样，尼诺的确是趁着家里的保姆不注意的时候偷溜出来的，等菲利发现的时候已经是好几天之后的事了。

最后，那个离家出走的熊孩子，还是被他老爹拎回去了。

被尼诺呛声的林深坏心眼儿地等着他回去了之后被他爹收拾，然而他等了一夜也没有等到想象中“熊孩子的凄惨哭声”。

更让他郁闷的是，第二天尼诺又生龙活虎地出现在他们面前，还恬不知耻地继续抱着鹿可的大腿，说他老爹恩准他继续跟着鹿可玩耍了。

林深对此一肚子不满，他总觉得那个笑得虚假，一看就没安什么好心的菲利一定另有所图。

哼，就会在鹿可面前装绅士，居然还使出尼诺这个撒手锏！

简直就是男人中的“绿茶婊”，太可恶了！

尼诺以其卖萌的出色技能，成功地起到了一个牵线童子的作用。在他的调和下，菲利和鹿可的相处日益融洽，眼见着都要到朋友以上，闺蜜未满的地步了。

林深很郁闷，在他多次花样刷存在感均以失败告终之后，他痛定思痛，决定运用科学的思维，改变作战方法：缠住菲利。

尼诺最先发现不对劲儿，他看着紧紧跟在他爹身后的林深，歪着脑袋问鹿可：“林深哥哥怎么了？难不成他也喜欢上爹地了吗？”

鹿可托着下巴，想起林深一贯爱抽风的黑历史，一脸严肃地回道：“嗯，有可能！”

在鹿可和尼诺眼里充满“粉红气泡”的场景，真实情况却是这样的——

菲利：“林先生，你找我有事吗？”

林深一脸淡定地回道：“没事啊，就是对拍戏很好奇。”

菲利：“……那你有必要和我挤一张凳子吗？”

林深低头，才发现他果然和菲利背靠背挤坐在一张小木凳上。可怜那细胳膊细腿的小木凳，不堪重负，在风中摇摇欲坠。

林深就像是踩到了狗屎一样，腾地跳了起来，正准备破口大骂时，才意识到是自己挤的别人。

“嗯，我不过是想试试从导演的位置上看会不会有什么不同。”

菲利不傻，林深的那点心思早在他第一天来黏着自己的时候就暴露了。

他淡定地喊了一声“卡”，道：“下一场晚上上山去拍，大家先去休息吧。”说完，他回头对林深挑衅地挑了挑眉，“林先生，晚上还要来了解拍戏过程吗？”

大晚上的，拍恐怖片，还是在荒郊野岭……这些想想就让人觉得毛骨悚然的元素在林深眼里，都没有菲利的这句挑衅来得让他上火。

“谁怕谁，不去的是孙子！”

其实当林深一开始和鹿可说要去山上围观拍戏的时候，鹿可是拒绝的。毕竟除了林深那种脑子秀逗了，想围观恐怖片拍摄过程的奇葩，没人愿意大晚上地给自己找不痛快，跑到大山上去喂蚊子。

可是剧组的人都上山了，刘泉作为本地人，肯定要当导游带队，现在就连林深都要跟着去凑热闹。鹿可觉得比起跟着大部队上山去拍恐怖片，守着人去楼空的学校似乎更恐怖一点。

最后，鹿可还是很理智地选择了前者。

前两天刚下过一场雨，这时候的山路泥泞，很不好走，一行人下午出发，等深一脚浅一脚地爬到半山腰上的拍摄地点时，已经月上梢头了。

这是一场主角误入山林，被“鬼”追杀的戏，几个主要演员在前面卖力地演戏，以刘泉和林深为首的“无所事事”党，带领着大胡子、鹿可和尼诺在后面吃得正欢。

刘泉在来时的路上打到了一只野兔子，简单地收拾了一下之后，烤得香气四溢。

带一群编制外的队员上山，绝对是菲利做过的最错误的选择，在演员第N次因为那诱人的香味出戏之后，一场戏都没有拍到的菲利不得不顺应民意，大手一挥，同意暂时收工。

很显然，这个决定是他今天犯的第二个错误。

当刘泉从不远处的山洞中搬出一箱箱的啤酒的时候，群众欢呼，菲利黑脸。

刘泉给菲利递了一瓶啤酒过去，见他不接，还以为他怀疑酒不卫生，便拍了拍他的肩膀，道："哎呀，这可是正宗的青岛啤酒，没开封的！"他晃了晃手中的啤酒，"学校里没配冰箱，想喝冰啤酒就只能用这种土办法了。不得不说，这山洞比冰箱还管用。"说完，刘泉凑在菲利的耳边，低声问道，"大导演，这喝掉的啤酒，您给报销不？"

菲利的脸更黑了。

导演脸黑并没有影响群众的情绪——反正天黑也看不见他的脸。

有酒喝就是兄弟，大家沿着山坡围成一圈，结结实实地体验了一把山地版篝火晚会。

剧组为了照顾演员，备了几个帐篷了，现在成了公众休息区。

帐篷撑起，放在"天然空调"——山洞里，喝累了就钻进帐篷里休息，没喝累的继续划拳聊天斗地主，玩得不亦乐乎。

一夜笙歌，第二天一早阳光照下来的时候，满地狼藉。

拍摄器材杂七杂八地扔在地上，没有抢到帐篷的就着石板或者爬上树凑合了一夜，抢到了帐篷的三五人挤成一团，睡得香甜。

鹿可就属于抢到了帐篷的幸运儿。

她一睁眼，看到的就是林深那张安静的俊脸。

这种情况见得多了，她已经能习以为常了。

她撑起身子，揉了揉喝得发胀的头。刚从晕乎乎的状态回到正常状态，她差点再次晕过去。

谁能告诉她这是怎么回事？

为什么菲利会在她的帐篷里，还一条腿压在她的身上？而尼诺就趴在他们的脚边，可怜兮兮地将身体蜷成一团。

当然，这种情形在大家都喝醉了的情况下，的确很容易出现，可是如果身边躺着的两个男人都没穿衣服呢？

虽然林深和菲利的重点部位都用被子遮起来了，可是他们裸露在外面的胸膛和大长腿，无声地昭示了一个不容忽视的事实——被子底下的他们，一丝不挂！

鹿可后知后觉地摸了摸自己身上的衣服，还好，都还在。

可是，如果等下大家醒了，看到这幅情景……

鹿可不敢往下想了，觉得溜之大吉才是上上策。

鹿可提着鞋，蹑手蹑脚地爬出帐篷，在门口被冷风一吹，腿一软，差点摔了下去。

鹿可的动作还是惊醒了睡在洞口的刘泉，他迷迷糊糊地睁开眼睛，看到鹿可，打了声招呼。

鹿可一个踉跄，跌坐在地上，久久没能站起来。

……

鹿可的朋友不算多，女性朋友更是少之又少，“闺蜜”这个名词对于她而言简直就像是勾股定理对于文科生，苏格拉底对于理科生一样——听过，但不熟。

毕竟对一个话少，脑回路与众不同，反应还奇慢的人而言，和她做闺蜜简直比让女生一个月坚持不逛购物网站还难。

鹿可握着手机，终于找到了一个可以倾诉的人——八卦女王苏茉。

山顶上的信号比山脚下强得多，至少她的电话能拨出去了。

接到鹿可的电话时，苏茉的内心是激动的。

“说，是你被BOSS扑倒了还是你扑倒了BOSS。你们孤男寡女出去了这么多天，要是还跟我说什么事都没发生，我会鄙视你的。”

鹿可叹了口气，主动坦白。

“发生了一件人间惨剧。”

“惨剧？看来是激情戏啊！我最喜欢重口味了，是SM还是始乱终弃了？”

“喂，你就不能想点好的！”鹿可无语，转念一想，突然觉得他们现在的状况比苏茉说的那些还乱。

果然，当她把早上那番混乱情况对苏茉说了之后，只听“哐当”一声传来，苏茉吓得连手机都掉了。

十秒钟过后，苏茉才算将理智召唤回来。

“天哪，没想到老娘这辈子还能亲眼，哦不，亲耳听到这种劲爆的情节！”

“喂，别算上我好吗！我还是穿着衣服的！”鹿可弱弱地反驳，幸亏没有告诉苏茉她起床的时候，她的衣服是反着穿的，不然指不定要被苏茉传成什么样子呢。

“哇，老板居然是个GAY，这么多年了我们都没发现！他藏得够深啊！”

她打电话过去明明是为了求安慰的，可是苏茉比她这个当事人还不淡定是怎么回事？！

在鹿可的再三劝说下，苏茉才打消了要订机票飞过来围观“老板的情夫”的打算。就在鹿可满头冷汗地挂了电话，下山和大部队会合的时候才发现，不淡定的不止苏茉一个人。

林深和菲利的帐篷外面，黑压压地围了一群人，一个个都伸长了脖子往帐篷里瞧。

鹿可还没走近人群包围圈，就听到林深气急败坏的声音传来：“都给老子滚，看什么看，没看过裸睡的啊！”

紧接着就是菲利不慌不忙的声音：“看来你们都睡饱了，今晚赶工，剩下的镜头不拍完谁都别休息。”

资本家的威胁，往往都十分管用。

只听“唰”的一声，刚才还围观的人群很快就销声匿迹了。

鹿可刚感叹完围观群众的撤退速度了得，一回头发现菲利和林深，一个坐在帐篷内，扒了尼诺的外套遮住重点部位，一个站在帐篷外面，抢到了一床被子，所以遮住的地方比另一个要多。

最可怜的就数尼诺了，看样子是刚被吵醒没多久，迷迷糊糊的还没回过神来，衣服就被人扒掉了，自己一个人闷闷不乐地蹲在角落里画圈圈。

而此刻，两大一小三裸男，都齐刷刷地盯着鹿可。

鹿可连连摆手："喂，你们别看我，我什么都不知道。"

她说的是大实话，她一向都是这样，喝醉了就什么都记不住了，不然也不会苦恼到走投无路，去找苏茉求安慰求解救了。

"没想到你是这种人。"林深剜了鹿可一眼，一手抓着被子，一手捡起地上的衣服，气冲冲地冲下山去了。

"他怎么了？"她只是个打酱油的路人啊，怎么就惹他不高兴了？

鹿可将求助的目光放在第二个当事人身上。

菲利和林深的态度截然不同，他笑着牵过尼诺，道："鹿小姐，哦，不对，现在应该要叫你可可了。"他眨了眨眼，一双桃花眼里波光潋滟，"我会对你负责的。"

"你还记得昨天晚上发生的事？"鹿可的心里突然升起一股不好的预感。

果然，菲利点了点头，温柔地望着她。

"每一分，每一秒我都不会忘记。"菲利不顾走光的危险，一把抱起"吉祥物"尼诺说道，"我和尼诺，以后就拜托你了。"

"……"

菲利的话里信息量太大，鹿可有些接受不能。

鹿可都不知道自己是怎么逃下山的，她现在只有一个想法，那就是赶快离开这里！

头一次，她和林深的想法不谋而合。两人一拍即合，当天早上就收拾东西回去了。

男人心，海底针，捞不着也猜不透，回去的路上很轻松，没有遇到什么波折，却又十分压抑——只因全程都保持着高冷状态的林深。

来接机的是苏茉，他看着林深难看的神色，默默地退到一边，不敢轻易刷存在感。

见他忙着在听乔繁汇报工作，没空理她们，苏茉才敢扯着鹿可低声问："难不成昨天的战斗，BOSS还被人攻了？"

鹿可："……"腐女强大的脑补能力简直要突破天际了。

林深的目光一直放在车外的鹿可身上，坐在驾驶座上的乔繁看穿了他的心思，问道："BOSS，要送鹿小姐回家吗？"

林深扬了扬手，示意她开车。

乔繁会意，扭动钥匙，刚准备踩油门，就听林深发话了："'攻'是什么意思啊？"林深正襟危坐，就像是一个勤学好问的学生。

"攻？"

"是啊，刚刚苏大嘴巴是这么对鹿可说的，什么'被人攻'了，是打架的意思吗？"

乔繁的嘴角抽了抽，道："BOSS，与其研究这个，还不如好好想想怎么应付沈老的财务检查。"她面无表情地提醒道，"容我多一句嘴，您去年给自己定下的目标好像是盈利翻番，还拍胸脯保证过，如果达不成目标就自请让出总裁一位。"

闻言，林深闭了嘴，开始认真思考起公司大事来。

林深垂头丧气地往回走，突然发现办公室的走廊前站满了人。

难不成是他们准备给自己办欢迎会？

这个想法让林深瞬间就像是打了鸡血一样，走到人群后面，轻咳了两声。

没人回应。

肯定是人太多没听见，林深又往前走了两步，再咳。

依然没人回应。

林深将挤在最后的人扒了出来，那人回头，露出一张朝气蓬勃的脸庞。

原来是那个实习生何逸。

何逸一脸茫然地看着林深。

林深一脸期待地看着他。

最后，他终于被何逸眼睛里的问号打败了，佯装无事地又咳了两声。

何逸恍然大悟，一脸关切地看着林深，道："BOSS，您是不是喉咙不舒服啊？我那里还有喉片，您要不要来两片？"

……

鹿可也不知道是怎么回事，自打她从兰泉镇回来，就莫名其妙地出名了。

先是公司的人看到她进公司，都列队欢迎她，等她回到自己的工作室才发现里面堆满了鲜花和零食，让她产生了一种自己“是不是什么时候拯救了世界，才受到万民瞩目”的错觉。

她不知道这是林深期期艾艾求而不得的待遇，一心想着“我都要走了，你们这么对我让我好惶恐，还能不能让人安安静静地离开了”……

没想到她一不小心把心里话说出来了，然后就造成了现在的局面……

她的工作室里三层外三层挤满了人，苏茉带着一群八卦会的成员，对她进行洗脑。

洗脑的主题只有一个：要她留在林氏企业。

鹿可无语地看着眼前这群叽叽喳喳的人，有些头痛。

“我一个画漫画的，你们使劲儿留我干啥？”据她所知，林氏企业没有漫画业务啊。

在场的人脸色都尴尬地红了，有几个人支支吾吾的就是不肯说原因。鹿可觉得不对劲，将目光投向苏茉。

苏茉见躲不过，干脆一拍大腿，豪气万丈地说道：“实话实说了吧！我们都觉得BOSS单身好多年了，好不容易出现一个能制住他的，当然不能让你走了。”

其他人忙不迭地点头。

鹿可无语，这么奇葩的理由，也就林氏这些奇葩能想得出来了。

“那乔繁呢？”

“乔繁姐值得更好的。”林乔刚开口，就被苏茉一个巴掌招呼停了：“说什么呢，虽然BOSS是傲娇了点，但咱可可也不错啊！她……”苏茉歪着脑袋想了很久，终于憋出一句，“至少她的名字听起来很可爱啊！”

鹿可：她怎么觉得趁早离开这群人才是正确的选择呢！

鹿可决定不再理他们，继续收拾东西。苏茉和林乔见状，真急了，扑上去拦她，一个抓住她的手，一个更过分，直接趴在她的工作台上。

“你在干什么？”

一声中气十足的暴吼，让工作室的地板都抖了三下，围成一堆的人看到林深，都自觉地让出一条道来。

鹿可趁着苏茉走神的当儿，挣脱她的钳制，顺手拍了拍趴在她的工作台上的林乔：“喂，你们BOSS都发话了，还不下来。”

林乔不满地撇了撇嘴，刚想从工作台上爬下来，忽然被人叫住了。

林深大手一挥对他道：“我说的不是你，阿乔你继续趴着吧。”

林乔看了眼林深，又回头瞄了瞄鹿可，才弱弱地趴回原处。

鹿可满脸不解，这货怎么也来拆她的台了？

“林深……”鹿可好心提醒，“我的合同早就到期了，我该回公司报到了。”

她要不要再顺便提醒他把这个月的工资结了呢？

“谁准你走的！”

林深胸口剧烈波动着，气得连话都快要说不出来了。

鹿可一脸无辜地睁大双眼看着他。

“你啊！”

“啥？”

“当初你在合同上签过字，说只需要在公司待一个月，完成测评报告就可以了啊。”

林深偏头想了想，好像有那么回事。他眼睛一转，又道：“你的报告没做完，不能走！”

“可是我明明交给你了呀！”

“你见过谁的报告是用漫画形式写的吗？差评，重写！”

“喂！”鹿可很是无语，“这也是合同里说好了的，你到底有没有看合同啊？”

合同？

林深会记得合同才怪！

当初鹿可进公司的时候，他巴不得离她远远的，一切有关她的事都是让乔繁去处理的。

林深尴尬地咳了两声，眼见着鹿可又在收东西了，忙伸手拦住了她，道："你不许走！"

鹿可干脆撒开了手不收拾了，双手抱胸，好整以暇地看着他。

"为什么？"

"因为……因为你还没有办离职手续，我还没批！"

"合同里写得很清楚，我不是入职，只是临时顾问，所以我为什么要办离职手续？"

"那你也不许走。"

喂！这种遇上了一个胡搅蛮缠的熊孩子的即视感是怎么回事？

鹿可干脆懒得问了，就那样静静地看着他，等着他给不出理由好放她回家。

"因为……因为……"林深支支吾吾了好半天，最后终于别扭地丢出一个震惊四座的理由，"因为你要对我负责！"

围观的群众都张大了嘴，一副"你们果然有 JQ"的表情。

"负责？"鹿可欲哭无泪，她的名誉啊！

"是啊，别以为你偷偷跑了，我就会忘了那天在帐篷里你对我做过什么了！"

"帐篷？！"所有人几乎是一起惊呼出声。苏茉心直口快，更是说出了大家心底的惊叹："你们好有情调！"

这次，动不动就喜欢奓毛的林深居然没声了，双颊像煮熟了的小龙虾一样红透了。

鹿可无语，这个时候你娇羞个毛线啊！这样大家真的会信以为真的！

鹿可费了很大的劲儿，才避开那些对八卦有着浓厚兴趣的人民，拉着林深来到天台。

在这个适合跳楼……逼问真相的地方，她忍着"恨不得一脚把林深踹下去"的冲动，咬牙切齿地问："那天晚上到底发生了什么？！"

林深一脸无辜地望着她。

“你不知道吗？”

知道还会问你吗？鹿可默默地翻了个白眼。

没想到还没等她继续追问，林深先发难了：“你居然忘了！你居然敢忘了！”之后他突然想到了什么，安静下来，喃喃自语，“忘了也好。”

鹿可：“……”这画风变得太快，原谅她有些接受不能。

“喂，你没事吧？”鹿可突然生出了一股强烈的罪恶感，她那天晚上不会真的对林深做了什么吧，看把好好的一个人都逼成什么样了。

林深在原地精神分裂一般纠结了十来分钟，最后还是扒了一把头发，从地上弹跳而起，一脸诚恳地望着鹿可，道：“不行，老子受不了这闷气，你必须对我负责！”

鹿可听得满头黑线，从头到尾这家伙就没说到过正题，让她怎么负责啊！

“所以那天晚上我到底是怎么着你了？”鹿可觉得，她一个小女生和一个大男生讨论这种话题，还是蛮羞耻的。

林深的脸瞬间涨红了，低头用脚尖画圈圈。

“就是这样……那样。”

“哪样啊？”鹿可头都大了，她是真的一点印象都没有啊！

林深被逼急了，大手一甩，也不干了。

“就是那样了，你到底还想要怎样啊！难不成还让老子跟你描述细节啊，你还是个女人吗，知不知羞啊？！”林深伸出食指，点着已经石化了的鹿可的额头，“事情都已经这样了你只有两种选择，要么我娶你，要么你嫁给我！”

鹿可：“……”

第十章 霸王硬上弓

最后，鹿可还是成功从林氏企业离开了，只不过她的身后多了一个拖油瓶——林深。

不知道林深为什么会对“负责”这件事有这么大的执念，先不说那天晚上的事她醉得什么都记不住了，就算真有什么，吃亏的也应该是她才对啊！

鹿可顶着一头黑线回了家，刚掏出钥匙准备开门，走廊里就冲出来一个黑影，一把抱住了鹿可的大腿。

能将此技能发挥得如此炉火纯青的，除了尼诺没有第二个人。

果然，尼诺抬起头，睁着一双乌溜溜的大眼睛望着鹿可，委屈地道：“妈咪，你怎么能偷偷抛下我和爹地溜走呢？”

鹿可无语抚额。

“你爹地呢？”菲利不会又把孩子丢了吧！

就在鹿可忙着吐槽菲利的时候，隔壁的门开了，只见一个金发碧眼的男人提着一大袋子面包走出来，双手合十朝里面道谢：“谢谢您的招待。”

鹿可的隔壁住着一位大妈，现在一脸慈祥地看着菲利，那表情，比看自己的儿子还亲切。

“以后常来玩。”大妈偏头，看到了鹿可，抬手朝她打了个招呼，“哎哟，那就是你孩子他妈吧。”大妈一脸羡慕地对鹿可说道，“姑娘你真是好福气啊，有这么优秀的老公。”

鹿可的嘴角抽了抽，没有回话。倒是林深按捺不住了，挽起袖子就差和大妈对骂了：“什么孩子他妈，你……”

这要是让他吵起来，她在这个小区真的没脸见人了！

鹿可忙拉住林深，然后以最快的速度打开房门，将他和尼诺都推进屋去。

菲利笑意盈盈地看着他们进去了，才再次向大妈拜别：“我老婆回来了，我先回去了。”

大妈拉住他，耳语道：“小伙子，你可别怪大妈多嘴，我是看你人好才提醒你的，你老婆身后那男人，看你老婆的眼神可不对劲儿……”

菲利回头，望了林深停在小区门口的卡宴一眼，笑着回头对大妈说：“大妈你误会了，那是我小舅子，我老婆的弟弟。”

……

刚走进房里的林深，猛地打了一个喷嚏。

他揉了揉鼻子，不以为意，望向那个满世界找充电器给手机充电，等手机重新开机之后，插着冲电线就打电话的鹿可。

“你这样打电话辐射大！”林深上前两步，将她的手机抢过来，一眼就看到了她手机屏幕上显示着的名字。

“刘泉？”林深大惑不解，“你打给他干什么？”

“你问我干什么！”鹿可觉得自己要被他们逼疯了！如果只有林深，她还可以选择性忽略，现在又多了一个菲利，要是再不弄清楚那天晚上到底发生了什么，自己不是被林深“雷”死，也会被菲利烦死的。

然而，林深的想法从来就没和她在同一个频道上，此刻也不例外。

他握紧手机，瞪大了眼睛盯着鹿可，道：“难不成你还和刘泉有一腿！”

正推门走进来的菲利听到这句话，连鞋也顾不得换了，赤着脚奔过来，一脸疑惑地望着鹿可：“可可，你……”

在两大一小谴责的眼神下，鹿可索性放下手机，双手环胸看了他们一眼，指着并不算大的沙发说道：“好，咱们三个人的事，就咱们三个人解决！”

“怎么就三个人的事了？你个洋鬼子算什么啊！”林深一脸不满，早在兰泉镇第一次见到菲利的时候，就十分不喜欢他。

菲利挑了挑眉，不徐不缓地回道：“我确实不算什么，不过是可可的孩子的爹和她未来的老公罢了！”

“神助攻”尼诺同学很是时候地抱住鹿可大腿，喊道：“妈咪，抱！”

鹿可一个头两个大，指着沙发，忍着怒火说道：“再说一次，要么去沙发上坐，要么出去。”

“小可。”林深可怜兮兮地望着她。

“可可。”菲利也加入卖萌的行业。

“妈咪。”“神助攻”尼诺继续发挥天然优势。

鹿可双手叉腰，眼一闭心一横，道：“二选一！”

再睁眼的时候，眼前已经没人了，两个大男人一个孩子已经排排坐到沙发上，挺胸收腹，双手交叠放在膝盖上，动作迅速而整齐。

鹿可轻咳一声，在他们的对面落座，顶着他们灼热的目光，开口主持大局：“你们一个个嚷着要我负责，至少得告诉我那天晚上到底发生了什么。”说着，她脸上浮现出一丝红晕，“别想骗我，事后我会找刘泉对证的！”

林深正准备抢先开口，被鹿可拦住了，她用眼神在三个人身上扫了一眼，最后把目光落到了尼诺身上：“尼诺，你先说。”

忽略林深那小鹿斑比般可怜的眼神，鹿可看着尼诺，等着他的答案。

尼诺偏着头想了想，认真地回道：“那天晚上，妈咪和林深哥哥喝了一点酒，然后妈咪就开始发酒疯，爹地和林深哥哥两个人扶你都没扶住。你说了一些尼诺听不懂的话，最后你还给林深哥哥跪下了，当时大家都在拍手叫好。然后刘泉叔叔就让我陪他去山洞里拿酒，还给我也……”说这话的时候，尼诺漂亮的小眼睛朝菲利处瞟了瞟，最后还是弱弱地说道，“刘泉叔叔还给我喝了一口酒，我喝完之后晕晕乎乎的，后来就自己一个人爬到帐篷里睡觉去了。”

菲利的脸色冷了几分，估计默默地在心里给刘泉记了一笔。

见菲利现在一门心思都在“刘泉那家伙居然敢给我儿子喝酒，看我怎么教训他”这件事上，鹿可很体贴地问林深：“我给你下跪？”原来她喝醉酒了还有这种癖好？

林深的脸“唰”地一下红了，他别扭地别过头去，半天才挤出了一个字：“嗯。”

“我喝醉酒了居然会乱认干爹，天啊，这么恐怖。”鹿可惊恐地道。

“什么干爹？”

“难道不是认你做爹才给你下跪的吗？”不是干爹难不成是干妈？天啊，她到底是喝醉了还是眼瞎了啊？

林深怒了，忍着怒火，从牙齿缝里挤出几个字来：“你那天是在向我求婚！”

“求婚！”这个消息无疑像一颗原子弹，“轰”的一声在鹿可的脑海里炸开了。

她想了很多种可能，就是没想到自己喝醉了之后居然会“痴汉”成这样，直接向林深求婚。

林深撇了撇嘴，满脸不悦。

“不然你以为我吃饱了撑的要你负责啊！”

“所以你是因为我向你求婚了，才对我紧追不舍的？”鹿可心想，原来傲娇版林深这么好搞定？

“谁说的！”林深别过头去，恨不得用鼻子对着她。

“老子是那种你求一次婚我就会答应的人吗！”

所以现实情况是，她一个姑娘家都抛弃矜持向他求婚了，他还拒绝了？！

林深没有注意到鹿可越来越黑的脸色，仍自顾自地说道：“要不是后来你趁着老子喝醉了对老子霸王硬上弓，等老子醒过来的时候发现咱们已经那样，我才不会答应你的求婚呢！”

虽然林深一段话说得别别扭扭，但是早就摸透了他那点心思的鹿可听到这话也明白过来了。

那天晚上的确是发生了某些少儿不宜的事，林深又是个强烈反对婚前性行为的基督教徒，所以他才会在发现自己被她“吃”了之后，勉强接受这个事实，让她负责。

虽然知道了他的动机，但是鹿可觉得心里更不高兴了是怎么回事？

没等鹿可发话，菲利先接过话头：“你不用担心了，那天晚上和可可在一起的人是我。”

林深不乐意了，双手环胸，挑衅地看着他。

“你乱说什么！如果那天晚上躺在我怀里的人不是鹿可，难道是你不成！”

林深对自己的记忆有十足的把握，虽然他记不起具体细节，但是他那天半夜爬起来上洗手间的事，他还记得一清二楚。他在摸到鹿可时大吃了一惊，酒瞬间醒了大半，之后很长一段时间都没能睡着，好不容易说服自己下定决心接受鹿可，没想到一醒过来面对的就是菲利那张令人生厌的脸和早把一切忘得干干净净、始乱终弃的鹿可。

“是，我承认，那天晚上可可的确是对你说了一些醉话，不过她向你求婚是酒精作祟，算不得数。事后她对我的表白才是真情流露，我们会发生关系也是水到渠成。”

“对你表白？”鹿可和林深齐声发问，难得语气一致。

“是啊，可可说她在兰泉镇看到我第一眼时就喜欢上我了，还十分佩服我对亡妻的那份情深，还说不管能不能想起我和尼诺来，她都愿意和我再续前缘。那天晚上，我们……”

“停！”别说鹿可，就连林深都听不下去了，“你说那天晚上鹿可向你表白了，你有什么证据！”

鹿可向他表白一事，那天在场的大部分人都可以做证，所以林深这会儿追问起菲利来，格外有底气。

菲利笑得十分从容淡定，道："你不也没证据证明那天晚上和鹿可……那个的就是你！"

林深："……"

鹿可想了想，以她的脾气，别说当众表白了，就是当众扑倒她都做得出来。

可是如果对象是林深，她应该不会做这种事。

她一直隐忍不提，就是想让林深自己开口向她求婚。对她而言，林深的诺言比得到他的人更重要。

但是这样一来，鹿可又糊涂了。

逼问了一通的结果就是：没有结果！

鹿可看着沙发上两个吵得不可开交的男人，大喝一声："住嘴！"

鹿可抓着头发，都快被他们逼疯了。

"这件事等我弄清楚再说，你们都先回去吧。"

"弄清楚？"菲利一双桃花眼紧紧地勾着鹿可，"那天晚上大家都醉得不省人事，你怎么弄清楚啊？"

林深也安静了下来，皱着眉望向鹿可。

"你真的……一点印象都没有了吗？"

虽说他也醉得厉害，可是关于她向他求婚的事，他可是记得一清二楚！

"有印象还用在这里听你们胡扯吗？"鹿可将他们往外推，"你们先回去吧，给我一点时间，我想起来了再来找你们。"

尼诺含着一根棒棒糖站在他们身后，甜甜地说："妈咪，爹地很可怜了，你不要赶他走好不好？"

鹿可："……"

当两大一小被扫地出门的时候，林深和菲利在门外守了一会儿，最后被保安以扰民为由赶出了小区。

鹿可站在窗台下，看着他们被保安拿着扫帚追赶的场景，头疼得抚额。

这事儿还能更乱一点吗？

事实证明，老天爷也是个不嫌事儿大的，就在鹿可被“该对谁负责”困扰的时候，老天爷又摆了她一道。

那是个风和日丽的下午，她依公司的要求，到医院做年度体检。年轻的男医生看着她的病历本，推了推镜框，问道：“鹿小姐，你有多久没来月经了？”

鹿可顿时窘了，你一个男医生和我讨论“大姨妈”的问题，这样真的好吗？

不过，这样一想，好像她的“大姨妈”也的确很久都没有光顾了，上一次光顾好像还是……两个月前？

想着既然对方都能穿上白大褂坐在她面前，肯定不是喜欢窥探女性生理周期的变态，她想了想还是坦诚相告，末了，还加上一句：“是不是压力过大导致月经失调啊？”

最近菲利和林深不是发短信、打电话骚扰她，就是想方设法地堵她。如果不是小区保安早就把他们列入黑名单了，她肯定连晚上睡觉都不安宁。

抱着这样的想法，鹿可一直没有将“大姨妈”迟迟不来放在心上。

男医生推了推鼻梁上的镜框，将病例本推过去，道：“我建议你最好还是去看一下妇科。”

看妇科？这好像不在公司体检的报销范围内。

鹿可摆了摆手，笑道：“哎呀，你不懂女人啦，迟来几天很正常的啦，这点小事就不用去妇科了。”

说完，鹿可挎着包站起身，拿回病例本就想离开，却被那男医生拦住了。

“鹿小姐，你误会我的意思了。”男医生淡定地坐在办公桌前，语气平静无波，“我的建议是，您最好去妇科做个孕检。”

“孕检？！”鹿可惊呆了！是她理解错还是这个医生糊涂了？！

男医生点了点头，道：“根据我的专业判断，鹿小姐您有百分之九十的可能是怀孕了，建议您最好去……”

鹿可：“……”

鹿可都不知道自己是怎么从医院里走出来的，当她拿着孕检单，从医生嘴里得到肯定答案的时候，她的脑子就像有一道惊雷轰隆响起，瞬间当机了。

老天爷这是要她呢还是要她呢还是要她呢！

她不过放纵了那么一次，而且还是在稀里糊涂至今都没弄明白是怎么回事儿的时候，居然就中奖了！

鹿可此刻恨不得仰天长啸，老娘有这个运气为什么买彩票总是不中啊！姓天名老爷的，你下来，咱们好好谈谈人生！

老天爷没来找她谈人生，倒是苏茉找她聊八卦的电话打过来了。

电话响了好久，在那头耐心耗尽挂断电话的前一秒，鹿可终于从口袋里掏出手机接了起来。

“喂，前方最新线报！BOSS定了一桌豪华晚餐，看样子今天晚上准备请你吃饭了。”苏茉得意扬扬的声音从电话那头传来，“这个你还得感谢我，要不是我借给他十来本《霸道总裁的小娇妻》《霸道总裁爱上我》……他肯定没这么快开窍！”

自从苏茉上次答应了要将她拉进所谓的“凑CP”计划之后，林深每次有什么动作，她都会像这样提前向鹿可报备。

然而……林深也是个计划赶不上变化，常常在最后一秒钟改变主意的人。

不过，这并不能影响苏茉当红娘的热情，她在电话那头兴奋地叮嘱道：“今天晚上穿漂亮一点，特别是内衣，怎么性感怎么来，争取今天晚上搞定BOSS！”

鹿可摇摇头，回道：“茉茉，今晚不行了。”

“别啊，你要是放老板鸽子，他得多伤心啊！你今天不是休息吗，还有什么事比搞定BOSS还重要啊？你有什么事跟我说，我和林乔帮你去做……”

鹿可叹了口气，道：“我怀孕了。”

“哎呀，不就是怀孕吗……啥！”苏茉的尖叫声险些将鹿可的耳膜震破，“你怀孕了？！”

鹿可把手机拿开，想着那边应该没声了，才拿回来继续听她说。

可是刚把手机拿到耳边，电话那头苏茉的尖叫声不见了，取而代之的是林深的咆哮：“你现在在哪里？赶紧给老子回来，不对，站在那里，等老子去接你！”

鹿可：“……”苏茉还真是对得起林深送给她的“大嘴巴”名号，这一转眼，就已经泄了她的密。

鹿可叹了口气，只得再次把电话拿开，等电话那头没有咆哮声了，才敢放在耳边。

“你不用来接我了。”鹿可无奈地说道，“已经有人来了。”

她的身边停了一辆银灰色轿车，车牌号她很熟，驾驶座上的那个人她更熟。

“是菲利吗？……你居然告诉他不告诉我！我是孩子……”

鹿可果断挂了电话，并关了机，这家伙激动起来还真没法儿进行正常沟通。

她将手机放回包内，对来人招了招手，道：“高主编，您老人家终于舍得露面了啊！”

高翔摇下车窗，开了门锁，等她坐上副驾驶座了才回话：“那是自然。”他瞥了鹿可一眼，问道，“体检结果如何？”

鹿可的手下意识地摸上平坦的小腹，有了林深的前车之鉴，她想了想，还是笑着道：“一切正常。”

……

鹿可的那句“一切正常”说了不过几个小时，在看到林深和菲利一起出现在饭店门口的时候，她就知道这事儿肯定瞒不住了。

高翔背对着他们，并没有发现异样，很淡定地放下了手中的咖啡杯，道：“你以后有什么打算？”

“什么打算？”鹿可看着门口的那两个人，心烦意乱地搅着杯子里的奶茶，“什么什么打算？”

“关于你和林深。你在林氏企业待了一个月，他还没想起你来，难不成你还想一直等着他不成？”

“等……肯定是要等的呀。”鹿可将头低了低，避开他们巡视全场的目光，所以回答高翔时也是十分漫不经心。

“鹿可……”高翔眉头皱得老高，见她一直在往后望，也回头看过去。

他自然也看到林深了。

“来找你的？”高翔对她挑了挑眉，林深总不会为了喝一杯奶茶，跨越大半座城市，然后在这里和他们偶遇吧！

然后，就在鹿可还来不及出声制止的时候，高翔已经伸长了手，跟林深打了一声招呼：“林总。”

林深见到鹿可，脸很快就拉了下来，一个箭步冲过来，在鹿可面前站定，伸出手就要拉她。

鹿可下意识地躲开了。

“鹿可！”林深喊了一声。

“林总！”高翔拦住了他的手，冷冷地问候了一声，“您都不准备和我打声招呼吗？”

林深回头，很敷衍地“嗨”了一声，再一回头，菲利已经坐到鹿可身边了。

“可可，你怎么还敢喝这些东西呢！”菲利用银勺舀起一勺奶茶，“这奶茶里面，大肠杆菌、防腐剂、奶精……都超标，对宝宝不好的。”

鹿可：“……”你是导演不是医生好吗！

她现在最后悔的就是在心慌意乱的时候对苏茉说漏了嘴。

她要是不说漏嘴，林深也不会知道，而且看菲利这个架势，他应该也收到消息了。

咖啡厅里安置的都是两人沙发，鹿可那边是坐不下了，林深只能一脸嫌弃地看了高翔一眼，然后也不管对方愿不愿意，就一屁股坐了下去，顺便对服务员招了招手。

“这边来两杯咖啡。”他伸长了手，一把抢过鹿可面前的奶茶，“另外，麻烦把这个东西换成温开水！”

“喂……”鹿可还来不及制止，林深一个眼刀子丢过来，直接把她所有想说的话憋回了肚中。

看着自己那杯一口都还没喝过的奶茶就这样被人拿走，鹿可的内心是崩溃的。

还我奶茶啊！

现在菲利坐在她的旁边，挡住了她逃走的唯一出路。这种三堂会审的即视感是怎么回事？

高翔也意识到情况有些不对，他看着对面那个突然出现的金发碧眼的外国人，疑惑地问道：“这位是？”

菲利大方地起身，朝他伸出手去：“你好，我叫菲利，是可可的……前夫。”

“咳咳……”鹿可成功地被呛住了。

被菲利的话呛住的还有一个人，高翔抬起头，看了看菲利，又看了看鹿可：“鹿可什么时候多了一个前夫了，我怎么不知道？”

高翔带着同情的目光看着林深，没有理会菲利伸过来表示友好的手，而是拍了拍林深的肩。

林深甩开他的手，直勾勾地盯着鹿可，兴师问罪地道：“谁让你私会老子之外的男人的！”

喂！怎么就私会了，这明明是正大光明地在约会好吗！鹿可忍不住在心里吐槽。

“不对！我什么时候见个朋友还要跟你报备了？”她突然回过神来道。

林深双手环胸，斜睨着她，道：“就凭我是你肚子里孩子的爸爸。”

林深话音刚落，菲利就开口道：“请注意措辞，你最多只能算孩子他叔。可可肚子里的，明明是我们的第二个宝贝。”

“不信咱就去做亲子鉴定。”

“随时奉陪……”

……

“好了！”高翔打断他们两个人“一见面就吵架”的恶性循环，

站起身，难以置信地看着他们三人，“鹿可，你怀孕了？”说好的“一切正常”呢！高翔觉得自己整个人都不好了。

鹿可点头。

“你连孩子的爸爸是谁都不知道？”

鹿可偏着头想了想，虽然这话听起来有点怪怪的，但是目前看来，的确是这个情况。

所以，她再次很诚实地点头。

三观都被这混乱的关系刷新了的高翔沉默了。

谁来告诉他这是怎么回事啊！他不过出差了一个星期，再回来，养了这么多年的大白菜，怎么就被林深和菲利这两头猪拱了呢！

这个世界变化太快，原谅他有些接受不能。

更让高翔心塞的是：没法儿调解林深和菲利的鹿可，最后干脆两手一摊，让他做调解人。

高翔看向林深，嗯，那眼睛都能喷出火来了，这才对视一眼就让人头皮发麻。

高翔再看向菲利，他倒是全程保持着笑容，只是这笑容比林深的拳头还让人觉得恐怖是怎么回事？

他算是看明白了，不管选了谁，他今天都别想活着出这家咖啡厅了。

高翔到底没有辜负他《最青春》主编的名号，凭借着一条三寸不烂之舌成功说服了林深和菲利两个人先和平相处，等做了亲子鉴定再考虑责任划分的问题。

当高翔成功劝退了那两个鹿可说了整整一个星期都没效果的执着者之时，鹿可对他的崇拜之情犹如滔滔江水连绵不绝。她就弄不明白了，明明是一个意思，为什么高翔说出来就这么有说服力，让林深和菲利都不得不乖乖听话？

最后，为了避免林深和菲利两个人再次因为谁送鹿可回家的问题闹僵，高翔自觉担负起护花使者一职，将她送了回去。

一路上，两人谁都没有说话，快下车的时候，高翔叫住了鹿可，打破了长时间的沉默：“抛开亲子鉴定结果不谈，他们两个人……你会选谁？”

见鹿可勾着手指不说话，高翔自嘲地笑了笑，道：“是啊，我真傻，这个结果还用问吗？”他半开玩笑地说道，“如果哪天你谁都不想选，就告诉我，我帮你解决。”

“你帮我解决？”鹿可惊诧地抬头，看着高翔，“你怎么帮我解决？”

都说清官难断家务事，更何况她这“家务事”本来就让人有些头大。

“你嫁给我不就解决了！”高翔看了鹿可一眼，“虽然娶了你就意味着要喜当爹，而且还会有一堆麻烦，不过看在你是我老朋友的分上，我不会坑你的。本人诚意出租，可扮老公、男友，一天一百元，团购的话还有八折优惠哦。”

“团购你个头！”

就知道他嘴里说不出什么好话，枉她之前还有丝丝感动呢！果然不该对他抱有任何期待！

“你决定留下这个孩子了？”

得知鹿可这个决定的苏茉大吃一惊，不过也就一秒钟的时间，她很快又把注意力放回蛋糕上了。

“不得不说，这家咖啡店的甜品还不错，你尝尝。”

对苏茉这种跳脱的聊天模式，鹿可已经习以为常了，她没有接苏茉递过来的蛋糕，而是选择回答她的问题：“是啊，我一直想要个孩子，这样也算是如愿了吧。”

“可是养个孩子可不简单呢，而且万一孩子亲自鉴定结果出来，不是BOSS也不是那个外国导演的呢！到时候没人认领孩子，你准备怎么办？”

“什么叫没人认领？”鹿可满头黑线。

“很有可能啊，你那天晚上那么放纵，兴许还有第三个、第四个孩子他爹，谁知道呢！”蛋糕也堵不住苏茉的嘴，她开始做各种假设。

鹿可：“……”虽然很荒唐，但是莫名地觉得她说得很有道理是怎么回事？

抛开其他的不谈，就冲她事后将一切忘得一干二净还莫名其妙地多了一个孩子的现状来看，苏茉说的那些也不是没有可能。

鹿可突然觉得，她已经无法直视自己的酒品了。

“那我就自己养呗。”鹿可撇了撇嘴，暗暗地在心里立誓，以后绝对不喝酒了！

苏茉抬头，直勾勾地看着她，道：“你有房子吗？”

鹿可摇头。

“你有车子有存款吗？”

鹿可摇头。

“你的月薪上万，有稳定的收入吗？”

鹿可沉默了，想了想，还是摇了摇头。

苏茉又问道：“身为一个无车、无房、无男友的‘三无剩女’，你能不饿死自己就是万幸了，还要养个孩子？要我说，就一句话，趁着孩子还没生下来，赶紧抱住 BOSS 的大腿，趁着他现在还在抽风一心想娶你的时候。”苏茉打了个饱嗝，回过头对服务员伸长了手，喊道，“这边，再来两个提拉米苏！”

“喂！”鹿可看着面前成堆的空碟子，欲哭无泪，“你是三天没吃饭吗？！”

天啊，这还是个正常人的食量吗！

苏茉捂着肚子笑了笑。

“BOSS 说了，一切开销都可以找他报账，只要能帮他搞定你就可以了。”说着，她挑挑眉，“要我说，你就趁着孩子还没生下来，从了 BOSS 算了。”

鹿可：“……”喂，你刚卖了你家 BOSS，又来帮他说话，这样真的好吗？

“不过你拖着也好，这样 BOSS 为了贿赂我就会主动埋单了。”苏茉偏头想了想，终于做了决定，“算了，你还是继续吊着 BOSS 胃口吧！”

鹿可：节操呢！

鹿可早就知道，和苏茉这种人谈气节操守简称节操这种东西简直就是在自虐。

这个事实很快就在某大型商场里得到印证了。

苏茉扛着大包小包走进了一家内衣店，不同于她的神采奕奕，鹿可只觉得自己的两条腿都快走断了。

购物网站果然是 21 世纪最伟大的发明，轧马路这种剧烈运动实在是不适合她这种宅女。

就在鹿可想着找个地方坐着等她试完的时候，苏茉拖着她，鬼鬼祟祟地躲进到了架子后面。

“怎么了？”鹿可不解，这丫头又抽什么风！

苏茉对她比了一个“噤声”的手势，然后看着前面，鹿可顺着她的目光望过去，原来是林乔和他的姐姐林慕。看样子是林慕在红、蓝两种泳衣之间拿不定主意，正在征求林乔的意见。

为什么不过去打招呼？

鹿可站直身子，正准备喊林乔，就被苏茉捂住了嘴。

“喂，你别打草惊蛇，别让他发现我们了。”

“什么叫打草惊蛇？还有……你确定这东西真能挡住什么？！”鹿可指了指面前的这一排男士内裤。

“咳咳，不要在意这些细节！”苏茉淡定地扒开男士内裤，透过一道小缝往那边望。

“万万没想到啊，老实巴交的林经理居然也有陪女人来买内衣的时候。瞧瞧那小脸红得，都能掐出水来了……”

鹿可在一旁，听得满头黑线。

苏茉越说越有一种流氓变态偷窥的即视感是怎么回事！

就在鹿可想着要不要在有人发现她们行为猥琐诡异之前偷偷撤退，刚伸出手想将苏茉拉走的时候，一个高大的身影出现在她的面前。

妈呀！鹿可吓得差点丢了魂！

林深不知什么时候出现在她面前，隔着一排男士内裤和她四目相对。

“你们在这里干什么？！”林深的语气里有隐隐的怒气。

“那个……买衣服啊！”说着，鹿可随便拿起面前的一条裤子，抽出来一看，欲哭无泪。

她居然忘了这是男士内裤专区，要知道对面的男人就是个定时炸弹，这要是让他误会了还不得发飙。

那一刻柯南、夏洛克、一休、爱因斯坦同时附体，鹿可做出了她这辈子最正确的决定。

她伸出手去，将那条内裤递给林深。

“喏，这是给你买的。”

林深原本因暴怒而青筋突起的脸瞬间变得通红，像一只熟透了的番茄。

……

“哇，你刚才那一招简直是高！”苏茉现在对鹿可的敬仰如滔滔江水连绵不绝，“你看BOSS收下内裤的样子，天啊，我第一次看到BOSS这么娇羞的样子！”

鹿可听得满头黑线，闹成现在这样她也不想的好吗！她只是想安安静静地逛个街，她招谁惹谁了。

鹿可和苏茉相携着正准备过马路，一辆白色的宝马停在她们的身边，车窗打开，林深探出头来，道：“鹿可，上车。”

鹿可还没反应过来，早就走累了的苏茉大喜，忙拉着鹿可就要上车，但在对上林深那杀人般的眼神之后，还是很理智地默默缩回了脚，道：“那个鹿可，我还有事，就不陪你了。”

“可是你刚才不是还说要去南街吃到天黑吗？”这个吃货会舍得放弃大好的宰人的机会？

苏茉朝林深偷偷地望了一眼，头摇得跟拨浪鼓一样。

“不用，不用了……我真的有事，你跟BOSS去吧。”说着，苏茉把她往车内一推，提着大包小包，就像身后有洪水猛兽在追她一样，拔足狂奔，没多久就没了人影。

“还望什么望，老子送你你就这么不乐意了？”林深见鹿可迟迟不肯上车，不耐烦地吼了一句。

好吧，鹿可把那一肚子拒绝他的话全咽回了肚子，乖乖地上了车，免得他又无缘无故发脾气。

林乔提着十几个购物袋，跟在一身轻松的林慕身后，在停车场里到处找林深的白色宝马。

“林深这家伙干什么去了！”林慕的好心情全被他破坏了，“这个家伙，每次让他陪我逛街都喜欢给老娘闹失踪。”

“老姐啊，你为什么每次都要他来送你逛街呀？”林乔翻了个白眼，他这个姐姐每个周末折磨他这个亲弟弟还不够，非得把林深也拉上。

林慕一掌拍在林乔的后脑勺上：“怎么，陪我来逛街还有怨言了！我这是在教你们提前学会应付女人，以后你们有了女朋友，有你们受的。”

林乔不以为意，他可不信在老姐霸占了他大部分休息时间之后，自己还能有多少时间去找女朋友。

不过，他刚才在内衣店里好像看到了苏茉和鹿可，不知道是不是他眼花了。

林乔看着暴走的林慕，想了想，还是决定将此事压在心中。

林深地第N次挂断了林慕的电话，并毫无羞耻感地将电话关机然后扔到后座上，看着副驾驶上的鹿可，关怀地问道：“想去吃什么？今天我请客。”

看着笑得风度翩翩的林深，鹿可忍不住揉了揉眼睛。

这还是她认识的那个“逗比”吗？！

林深见她没有回应，难得有耐心地继续问道：“去黄春和怎么样？那里的烤鸭不错。

“去吃法国菜也好。

“我知道有一家别致的蛋糕店。”

……

在林深快要将全市的中高档餐厅都说了一遍，鹿可还目瞪口呆没有任何反应的时候，他努力维持起来的谦谦君子形象终于破功，踩了一脚急刹车，将车停在路边。

“你在逗我不成，老子都说这么多了，你好歹也得选一个吧！”

音调高亢，情绪激动，再配上他那狰狞的表情，这才是鹿可认识的那个林深嘛。

鹿可突然发现，和林深待久了，她似乎已经习惯他动不动就“狮子吼”了。

他一日不吼，她还有些不习惯。

林深刚吼完，就听到有人在敲他的车窗。

林深摇下车窗，就看到一个交警正站在车外。

“先生，这里不许停车，请出示一下身份证和驾驶证。”交警一边说着，一边从胸口的口袋里掏出一本本子来开罚单。

到底是专业抓违章的老手了，交警开起罚单来那叫一个顺手，林深还没来得及把驾驶证拿出来，一张罚款单就已经递到他面前了。

“老子没时间。”林深扫了罚款单一眼，从钱包里掏出几张大钞，正准备递出去，就被交警一手挡住了。

“请您尊重我的工作。请去交警大队缴纳罚款。”

林深简直要被这个交警弄哭了。

这是鹿可第二次陪林深进警察局了……上一次是聚众斗殴，这一次是阻碍交警执法。

警察局里的那位大叔对鹿可和林深印象十分深刻，见到他们还亲切地打招呼：“哎呀，你们又来了啊。来来，坐。”

大叔，你这亲切得跟在自己家里招待客人一样真的好吗？说好的警察叔叔的威严呢？

最后还是鹿可冷静、客观地把事情的经过讲述了一遍，这次林深没有捣乱，乖乖地在一边听着，乖乖地交了罚款。

从警察局出来，林深又提议要请鹿可吃饭。

鹿可不知道为什么他对吃饭会这么执着，好像她在A城第一次看到他的时候，他也是这样，锲而不舍地一定要请她吃饭。

林深眨了眨眼睛，一脸无辜地望着她。

“还能是为什么啊，约会不都得吃饭、看电影和逛街吗！”林深认真地说着。

“逛街已经做过了，现在不就只剩下吃饭和看电影了。”

“那也算逛街？”拜托，陪她的人是苏茉好吗！

“是啊，你不是还给我买了内裤吗！”

说着，林深还一脸得意地从裤兜里将鹿可随手拿的那条大花内裤抽了出来。

闻言，鹿可满头黑线，觉得自己近段时间有必要和林深保持点距离了。

一想到他以后很有可能不分场合、不分时间，随时随地从兜里掏出一条内裤，然后满世界招摇说那是她送他的。

这画面光是想想，就要醉了。

鹿可很理智地拒绝了林深的吃饭邀请，林深的胳膊拗不过鹿可的大腿，只能乖乖送她回家。

在目送鹿可进小区的时候，林深突然出声，叫住了她：“鹿可！”

鹿可回头，一脸不解。

“那部《我和黑土》是你的漫画吗？”

漫画？鹿可偏头想了想，那的确是她的漫画，只不过漫画的文字内容都是公司的文字编辑完成的，当时她和那个编辑沟通说要用这个名字的时候，还得到那编辑好一顿鄙视，说太俗了。

现在想想，一边鄙视，一边帮她填文字的文字编辑，也是蛮萌的。

鹿可点了点头，这是她在微博上更新的漫画，用的就是“黑土”这个账号，林深会知道也不稀奇。

林深突然冲上前来，猛地抱住了鹿可，几秒钟过后又放开，直勾勾地盯着鹿可，眼神里满是不容忽视的坚定。

“鹿可，你等着，我会比男主角做得还要好的！”

男主角？她怎么突然又提起这茬儿了。

鹿可愣了会儿才明白过来。

原来最新一期《我与黑土》的连载已经连到男主角英雄救美帮女主角的桥段了。

其实黑土的原型就是五年前的林深。

唉，也不知道林深以后恢复了记忆，想到自己曾经“二”到和过去的自己争风吃醋，会不会气得撞墙。

刷卡进了小区后，鹿可看到台阶上那一大一小两个身影，心里一惊。

菲利和尼诺听到了动静，纷纷抬起头来看她。

尼诺对鹿可伸出了手，委屈道：“妈咪抱抱，你怎么才回来啊，尼诺都快冷死了。”

菲利也对她伸出了手，有林深那个奇葩的前车之鉴，鹿可可不想再收一个比自己还大的儿子了，伸出手打断了他的话。

“门卫不是把你们列入黑名单了吗，你是怎么进来的？”

菲利朝隔壁努了努嘴，鹿可立马就明白了——这个禁不住诱惑的大妈！

鹿可最后还是败在尼诺那楚楚可怜的小眼神下，松口放他们进来了。她将沙发拼成小床，又从房间里抱了一床被子出来丢给他们。

“饿了冰箱里有泡面，厕所在那边。我先去睡了，没事儿别叫我。”

鹿可刚准备转身，大腿就被人抱住了。尼诺的小脸紧紧地贴在她的长裙上，他仰起头可怜兮兮地望着她，道：“妈咪，你不跟我们一起睡吗？”

“咳咳……”鹿可差点被这个一脸正经说浑话的尼诺呛死，忙尴尬地红着脸摇头。

“床太小了，三个人睡不下，你和爹地睡好吗？”

“可是……”尼诺扬起无辜小脸，一副快哭出来的样子。

“可是……我和爹地都快离开了。”

鹿可：“……”好吧，她实在是没办法抗拒这可怜兮兮的眼神。

鹿可陪着尼诺在沙发旁落座，想把他先哄睡了再离开。尼诺一手抓着她的手，一手抓着菲利的衣袖，很快就进入了梦乡。

鹿可的腿都蹲麻了，站起来的时候虚晃了两下，还是菲利手疾眼快，扶了她一把，才让她免于跌倒的命运。

“谢……谢谢。”

“是我应该谢谢你才是，我……和尼诺，给你添了太多麻烦。”菲利扬起脸，和刚才尼诺求抱抱的表情如出一辙。

鹿可被这眼神看得尴尬，只得赶紧转移话题:“你们就要离开了？”

菲利垂下头，敛起些许落寞。

“我知道你早就希望我们走了……”

鹿可没想到他会这么说，忙反驳道：“哪里……”

“你不用安慰我了，其实我都知道……你喜欢的一直都是林深，我和尼诺是在阻碍你们……”

“唉，其实我蛮喜欢尼诺的。”

“那我呢……”菲利眨了眨眼睛，一脸期待地望向鹿可。

鹿可觉得自己都快被堵死了，面对一脸忧郁的菲利，拒绝的话憋在心里怎么也说不出来。

她还是乖乖地去睡觉吧！

心灵鸡汤什么的，不是她一个失读症患者能做得来的。

一夜平安无事，第二天还难得有个好天气，太阳早早地就升起来了，阳光照进房间里，鹿可收拾好打开房门，才发现菲利正在帮她准备早餐。

土司、煎蛋、培根，鹿可从来都没想过这些东西会出现在她家的厨房里。

正在厨房忙活的菲利见她醒过来了，笑着回头对她说：“你先休息一下，早餐很快就好了。”

阳光从他棱角分明的侧脸照下来，显得格外温暖。尼诺也收拾得干干净净，努力捧着盘子帮自己爹地的忙。

要是菲利口中那个名叫“薇安”的前妻还活着的话，看到这一幕应该会感到十分幸福吧。

这样想着，鹿可就觉得再继续让尼诺这么误会下去也不是办法，这让她心里有种深深的负疚感。

鹿可正想着要不要找尼诺好好谈谈的时候，门铃响了。

这一大早的会是谁?

“来了。”鹿可一边应着，一边前去开门。

门刚打开，一大束夸张的玫瑰花就出现在她的眼前，接着花稍稍挪开，才露出林深那张俊脸。

看得出来，他今天是精心打扮过的。

“你怎么进来的?”

难不成林深这家伙也懂用美男计了?

这不科学!

林深得意地挑挑眉。

“我在你们小区里买了一栋房子，刷门卡进来的啊。”

鹿可：“……”

“老子像个傻子一样站了这么久了，快让我进去啊!”

好吧，这家伙一开口就破功了，白瞎了他这身整齐的西装。

鹿可还没来得及让开，菲利的声音就从她的身后传来：“可可，是我定的牛奶到了吗?”

鹿可心里“咯噔”一下，只觉得腾腾杀气朝她袭来，她知道自己要完了。

林深愤怒地把玫瑰花扔在地上，捶门大吼：“他居然在你家里!他什么时候来的?!”

“昨天晚上，可可邀请我过来的。”不嫌事大的菲利继续火上浇油。

林深像一只超过负荷的气球，菲利的话就是压死骆驼的最后一根稻草，终于……爆炸了。

托林深的福，鹿可再一次在小区里出名了，每个经过她身边的人都或多或少地会带上一些疑惑、鄙夷的神色，就差拿个喇叭呼朋引伴，高喊：“大家快来看啊，这里有个脚踏N条船的‘绿茶婊’。”

不过，这小小的流言会让鹿可感到害怕?

身为学渣中的战斗机，她的心早就钢化了N遍。

唯一让鹿可觉得担心的是林深，自从那日气冲冲地跑出去后，就再没有他的消息。

不只是林深，就连菲利也失踪了……

她唯一还能联系得上的估计就是她的顶头BOSS高翔了，然而身为一个拖稿累累的“装死星人”，她并不想看见他……

而她的顶头BOSS高翔，在她拖稿一个月后，终于忍不住爆发了。

第十一章

主编，我想休假

“你还想不想赚钱了啊？好不容易有点人气了，这个时候拖稿不是作死吗？你知不知道我正在帮你谈出版社啊！”

高翔把桌子拍得啪啪响，那声音听得鹿可心里一抽一抽的，吓得脖子都缩起来了。

“那个……主编……我想休假。”

“你看看网友的评论，都快把你的评论区顶崩溃了……你说啥？”

“我想……休……假？”瞅着高翔的脸色，鹿可小心翼翼地再次说道。

“在这个节骨眼儿上你还想休假？！”高翔拍桌而起，看鹿可又瑟瑟地缩回去了，这才意识到自己的态度可能太冲了，于是整了整衣服，道，“说，你要休什么假。”

“产……假？”

高翔一脸“你在逗我”的表情。

“你才怀孕多久就要休产假？你当我没常识还是没脑子呢。”

“那要不休婚假？”

“婚假”二字让高翔的脸色瞬间变得更加丰富多彩了，他整个身子窝进椅子里，双手搁在扶手上以手撑头，不知道在想些什么。

愣了许久，他才又有幽幽抬头，道：“你已经决定好了吗？你要和谁结婚？”

鹿可的脑海里瞬间蹦出了林深那张欠揍的脸，她挥挥手将他从脑海里赶走，站直身子，一本正经地回答高翔：“一个男人。”

“……”

从办公室里出来，劫后余生的鹿可总算松了一口气。

前台妹子看到她，一脸神秘地凑过来打听：“BOSS怎么了？从没看到他发这么大的火。”

那是因为你们不了解“高狐狸”的本质！鹿可在心里默默吐槽，说出口的却是另一番解释：“还不是因为《我和黑土》拖稿了吗，哎呀，没什么大事，他发发火、出出气就行了。”

“那可不，你现在可是微博名人了，我们公司的宝贝疙瘩，BOSS哪敢真的处罚你啊。”

鹿可笑了笑，不敢苟同。

这“高狐狸”的花招写下来，都能出本书了。

全天下只有他不想惹的，没有他不敢惹的。

“最近我们《最青春》的名气也是一路水涨船高啊。对了，我们杂志社签约作家的小说《念念不忘》要拍成电视剧了，你知道吗？”

“《念念不忘》？”这名字听着有点耳熟，鹿可想了半天才想起来，这不是他们公司出了好几年的书吗，如果她没记错，这本书应该是《最青春》成立之初的第一批作品了。

《念念不忘》是一部现代言情小说，讲的是一个因误会分手，在N年后重逢和好的故事。虽然是一个很老套的梗，但胜在作者文笔好，再加上读者够多，所以在《最青春》连载以来，反响一直都很不错。

不过这书也就在几年前流行，近几年销量已经在走下坡路了。且不说时隔这么多年，这本书还能被人翻出来已属稀奇，一部还不到十万字的小说，能拍成什么电影？拍个微电影都嫌短了吧！鹿可对此表示怀疑。

“听说《念念不忘》翻拍成电影的事去年就定下来了，BOSS的口风也是够紧，就连我们公司的内部员工也是最近才收到消息。对了，听说男主角定的是当红小鲜肉卫锦哦。”前台小妹做捧心花痴状，“啊，一想到马上就能和我家卫锦亲密接触了，就好兴奋哦！你说万一他爱上我了，向我表白怎么办？”

前台小妹的脸瞬间换成了萧时那张浓妆艳抹，表情夸张，不伦不类的脸，鹿可打了一个寒战，抬手拨开她，留下“你想多了”四字评语，便潇洒离去。

请了长假，鹿可自然要先回办公室里收拾东西。刚坐下，她就听见身边的人都在说《念念不忘》即将被拍成电影的事。阴盛阳衰的编辑部传得最多的自然就是“卫锦好帅啊”“不知道什么时候可以见到他啊”“啊啊，我要给卫锦生猴子”……之类的毫无智商的对话。

鹿可在这一片脑补声中，听到了一个名字，忍不住皱起了眉头。

“苏晓？”

文字助理好心凑过来解释道：“就是两年前因为一部穿越剧一举成名的那个女演员，因为怀孕息影了一年，没想到刚出月子，就接戏了，要演《念念不忘》的女主角。”

怀孕？难不成……

鹿可从手机里翻出参加同学会那天大家拍的合照，指着照片中间那个大着肚子的女人问道：“你说的苏晓是她？”

照片有些模糊，文字助理凑过去仔细确认后才点头，道：“嗯，对，这就是苏晓。看不出来啊鹿可，没想到你和大明星是老同学。”

鹿可满头黑线，她也是第一天知道自己的同学居然是个大明星啊！

卫锦和苏晓，这样的明星阵容想不引人注目都难。

乔繁接到消息之后，第一时间敲开了林深办公室的门。

“听说《念念不忘》要拍成电影了，有卫锦和苏晓两大当红明星加盟，肯定会引起不小的反响，我们要不要跟风一把，拿下《念念不忘》的游戏版权？”

正专注地玩着手里魔方的男人头都没抬。

乔繁叹了口气，正准备开口再问一遍，男人抬手打断了她，而后专心投入攻克魔方的伟大事业中去了。

“这个魔方你玩了一年都没完成一个面，与其在这耽误时间，能不能先签个字再……”乔繁的话还没说完，只听“咔嚓”一声，魔方八个面全部归位。

乔繁的下巴都差点惊得掉下来。

这还是她认识的那个能动手绝对不动脑，一年砸坏二十几个魔方的 BOSS 吗？

“怎么，不认识我了？”林深后仰，抬手，刚刚完成好的魔方就“哐当”一声，进了垃圾桶。

“没……没有。”

“《念念不忘》如今被炒得正火，我们已失先机，现在去签游戏版权没有意义。”

“难不成我们就这样放弃机会？”

“不一定……我们不做游戏不就成了。”

“把《念念不忘》的导演约出来吃个饭，问他男二号人选是否已定，如果没定，我们可以零片酬提供演员。”

他们一个做游戏的公司哪来的演员，乔繁刚对林深生出的那几分信任被这一句话毁完了。

林深似是看穿了她心中所想，淡定地吐出两个字：“林乔。”

林乔是以游戏代言人出道的，让他去电影里刷存在感，就相当于给公司和公司的游戏打广告了。

这法子的确比去买《念念不忘》的游戏版权靠谱。

乔繁抬头看了一眼林深，眼神里满是不敢相信：眼前的这个人，还是她认识的那个林深吗？

智商这种东西，也能一夜暴涨？

等乔繁怀着满心的疑虑走出办公室，林深也彻底放松下来。他活动了一下早已僵硬的脖子，站起身看着眼前的一切，邪邪一笑。

“林深，萧时，叶良辰，你们没胆子做的事，就让我龙鼎天来做！这副身体，就先借给我玩几天吧！”

《念念不忘》无疑是年度最热门的话题，自从知情人士爆出卫锦和苏晓即将出演男女主角以后，话题热度一路飙升，短短一个星期已经有十亿的阅读量了。

然而不出几天，《念念不忘》这个话题霸主，就败在了另一条热门消息下。

著名富二代，沈老独子，林氏企业的总裁林深和乔家大小姐乔繁订婚了！就在他们订婚的当日，沈老更是当着媒体的面宣布隐退，将沈氏企业交由林深全权打理。

在这个不缺富二代，更不缺以结婚、绯闻各种由头博眼球的富二代的社会，这样一条订婚交权的新闻自然没有那么大的吸引力让无数人去关注。

真正备受关注的，是某电视台采访视频里那个邪魅狷狂，一眼误终身的订婚男主角——林深。

“听说乔繁从美国毕业后就一直在您的公司为您做事，请问你们是不是早就定好终身了？”

屏幕上的林深邪邪一笑，几乎倾倒老、中、青三代花痴。

“小繁一直是我的左膀右臂，不管是在生活上还是事业上，我都需要她的帮助。”

“说起帮助，听说您和乔家大小姐结婚后，乔老先生会将乔氏企业拱手相送，请问是否确有其事？”

“不管未来的岳父大人要做什么，那都是给小繁的嫁妆，我不会插手。”

屏幕上的男人谈笑风生、气场全开，把一群花痴少女迷得神魂颠倒，屏幕下的苏茉早就恨不得把他剁成肉酱了。

“以前都不觉得，没想到BOSS居然完完全全是个人渣！公司上下谁不知道BOSS就是因为乔氏企业才和乔繁姐订婚的啊，也亏得乔繁姐死脑筋，还肯嫁给她。”说到这里，苏茉总算意识到了什么，回头一脸抱歉地看着蹲在地上正在择菜的鹿可，“可可对不起啊，我……”

鹿可抵着头，让人看不清楚她的表情。

自知说错话的苏茉还以为她是在偷偷伤心呢，忙蹲下去安慰她。

“那种渣男，咱不要也罢，你别生气。”

“生气？”一直在神游的鹿可总算灵魂归窍了，“我为什么生气？”

“BOSS明明……”苏茉又怕话说中了刺激到鹿可这个孕妇，急得团团转，“哎呀，你不要硬撑了，想骂就骂，这种渣男，骂死了活该！”

“渣男？”鹿可抬头看了屏幕一眼，总算和苏茉保持在同一个频道了。

她点点头，表示认同：“对，电视里的这个男人，的确是个渣男。”

但不代表林深是。

鹿可第一次看到这个视频的时候，一眼就认出了视频里的男人并不是林深。

自然，也不会是萧时和叶良辰。

这是一个她之前从未遇到过的人格，看他这几天的大手笔，这个人格比只知道追星的萧时和一心扑在美食上面的叶良辰更难缠。

势不容缓。

鹿可解下围裙，二话不说就要往外走。苏茉忙追了上去，道：“可可你去哪儿？你不会准备去和BOSS拼命吧？你可千万别做傻事啊！”

鹿可看了她手里的菜刀一眼，哭笑不得地回道：“我觉得你才像是想去找人拼命的那个。”

……

有苏茉这个筹码在手，要召唤林乔小天使简直不要太容易。挂了电话不到十分钟，他的车就已经出现在鹿可家楼下了。

苏茉看了已经很自觉地爬上后座的鹿可一眼，将林乔拉到一边吩咐道：“女人发起狠来可什么事都做得出来，你到时候一定要注意一点。”

“注意什么？让她别伤害我哥吗？”

“不不，我让你帮她打掩护，别让别人发现是她干的。”

林乔：“……”

鹿可所在的小区离沈宅所在的富豪区较远，林乔见鹿可坐得有些无聊了，就打开了收音机。

没想到，接下来那主持人说的事，让林乔直接想给自己点蜡。

“本台最新消息，林氏企业总裁，沈氏企业的太子爷今天高调出席了媒体发布会，公开承认了他和乔家大小姐乔繁的婚讯，这让之前盛传他和乔小姐的婚姻可能会取消的传言不攻自破。据本台消息，林深在和乔繁订婚之前，有过一个女朋友，据悉，他的女友已经怀孕，对于此事乔小姐是毫不知情，还是……”

林乔见事态不对，连忙关掉了收音机。

然而为时已晚。

鹿可目光呆滞，神情僵硬，就像是一个木头人。

“那个，鹿可……”林乔想出口安慰，却不知道该从何说起。

“我没事，赶紧带我去见他吧。”

腾腾杀气从后座升起，林乔咽了口口水，偷偷地拨了林深的号码，不出意料，无人接听。

林乔怎么着也是林深的弟弟，门卫都认得他，所以他的车一路开进别墅区。

鹿可料到了豪宅的安保措施会与众不同，只是这里三层外三层的保镖是要闹哪样？她这是进了谍战大片的片场吗？

林乔将她伸出来的小脑袋按了下去，对她比了一个“噤声”的手势。

黑衣墨镜的保镖走过来，敲了敲车窗。

林乔将车窗摇下，摆出冷脸：“怎么，现在我去见我哥也要排查了？！”

这种偷渡的即视感是怎么回事？她明明是光明正大来拜访的啊！

鹿可缩在后座上，看着早就睡得香甜，完全不知外面发生何事的苏茉，突然觉得像她这样没心没肺也挺好的。

保镖拿着手电筒朝车里面照了照，只看到了睡在后座上的苏茉。

“那是？”

林乔白了他一眼，十分霸气地道：“我的女人！你要是敢把她吵醒试试。”

保镖沉默了，不再说话，挥挥手让他进去了。

虽然不知道为什么要弄得如此紧张兮兮，鹿可还是在心里给霸气的林乔点了一个赞。早这样多好啊，别说一个苏茉了，就是十个苏茉也搞定了啊！

林乔将车开进地下室，拉上手刹之后回头对鹿可说道：“你上去吧，我送茉茉回去。”

“你不等我吗？”鹿可觉得很奇怪，进门的时候弄得如此紧张，怎么一下子又放心她一个人在这里了？

“安啦，你放心，外面那群人都是被我哥赶出去的保镖，看样子我哥肯定在发火，现在也就你敢过来触我哥的逆鳞了，其他人问都不敢问。”林乔对她眨了眨眼，继续说道，“再说了，你是我哥喜欢的人，肯定要让我哥送你了。至于我，照顾好苏茉就可以了。”

鹿可：“……”

林乔，你这么重色轻友，你哥知道吗？

鹿可眼睁睁地看着林乔弃她而去，然后一个人在沈家豪宅的地下停车场里乱逛。

地下停车场内停了不少豪车，不过空无一人仍让人觉得瘆得慌，鹿可在里面找了好久，也没能找到电梯，懊恼得只想抓墙。

这个时候犯路痴，简直要人命啊！

那个重色轻友的林乔，你过来，我保证不打死你！

鹿可一边在心里骂着林乔，一边摸着车屁股找出路，结果让她很是郁闷，她没找到电梯口，反倒把来时路也忘记了。

鹿可坐在地上，思考着是砸一辆车弄出点动静来，然后等着门外的黑衣人把她拎出去靠谱呢，还是相信林乔良心发现过来救她靠谱。

可是这样想想……她来这里是为了见林深啊，就这样被拎出去总觉得有点不甘心！

还是等吧……

就在鹿可急得要满地打滚的时候，突然传来“嘎吱”的开门声，鹿可方向感不好，但听觉还不错，那开门声虽然很远，却还是落入她的耳中。

鹿可循着声音的源头望去，终于让她找到了一扇门。

只是……这扇门怎么这么奇怪？

这扇门用厚厚的钢板铸造，以至拉动的声响她隔得这么远都能听得见。

鹿可犹豫了一会儿，还是决定进去看看，怎么着也比她在地下停车场里转圈圈要好。

门虚掩着，鹿可身体瘦小，很容易就钻进去了。可是当她走进门内，看到里面的情况时，整个人都惊呆了。

一排排的红酒正安静地待在红酒架上，空气里都是浓郁的酒香。

原来这并不是什么楼梯口，而是林深家里的酒窖！

整个酒窖大得吓人，一眼望去甚至看不到头，这要不是确定沈氏企业没有涉及烟酒业，鹿可都要以为自己进了一家酿酒厂的存货仓库了。

鹿可再一次感受到来自“土豪陆”的深深恶意。

这么多红酒，得值多少钱啊！

鹿可一排排地数过去，最后视线停在了最后一排那个瘫倒在地上，如一摊烂泥的男人身上。

林深！

他怎么会在这里？

鹿可刚走近几步，一股冲天的酒气就朝她扑过来，她捏着鼻子凑近些，才发现林深已经醉得不省人事了。

他的脚边扔着好几个酒瓶，没有喝完的酒水流了一地，鹿可扫了那些瓶子一眼，都是世界级名酒！

果真是有钱任性好浪费啊！

林深呻吟着翻了个身，咂了咂嘴。

敢情这家伙是醉得睡糊涂了，亏她刚才还以为他出了什么事呢。

不过地下室里太凉，鹿可脱下身上的外套，替他盖好，刚准备扶他起来，手腕就蓦地被人捉住了。

林深睁开眼睛，眼底一片清明，哪里还有醉意。

已经有了多次经验，心理强大到见怪不怪地步的鹿可很快就明白了过来。

如果她没猜错，这是林深在酒精的作用下，再一次“变身”了！

林深顺手把她拉过去，将她“壁咚”在酒架上。

“小可？你怎么过来了？”

不知道是不是因为喝了太多酒的原因，林深的眼睛里充满了疲倦，眉头紧皱着，一副十分困扰的样子。

鹿可抬头望着他，担忧之情溢于言表：“我很担心你……我……”

“嘘！”

林深伸出手指抵在鹿可的嘴上，这时候，门口传来“嘎吱”一声，老管家的声音在门口响起：“少爷？”

“滚！都给老子滚！”林深暴吼一句，用的是那个“逗比”林深常用的语气。

老管家身形顿了顿，好半天才开口劝道：“少爷，乔小姐来了……”

林深缓下语气道：“老子等会儿就来！”

没有见到林深的人，老管家还有点不相信，又问了一句：“少爷……您……没事吧？”

“难道你还希望老子有事不成！”

老管家最后还是很英明地选择了默默离开，开启了狂躁模式的林深真是惹不起。

听着老管家的脚步越走越远，林深才松了一口气，看着眼前呆若木鸡的鹿可，执起她的手软语安慰道："不要怕，等会儿我想个办法送你出去。"

喂，这么任性地切换交流模式真的好吗？

鹿可将自己的手抽出来，一脸怨念地看着他。

"你所谓的人格分裂都是骗我的吗？其实这一切都是你自导自演的一出戏吧！"

林深有点头大，女朋友发散思维太强大，果然是一件很恐怖的事。

"你怎么会这么认为？就因为我刚刚演了一出戏骗过了管家？"

"对。"

林深："……傻丫头，你和那个林深之间发生的事，我都知道，我拥有他的记忆，但是他没有。而且最近……"他突然想到了什么，连忙转移话题，"你真觉得蠢成那样的林深，我能装得出来？"

林深睁大眼睛，仔细观察着鹿可的反应，只见她一会儿皱眉，一会儿喃喃自语，看样子已经陷入了困境。

不到一分钟的时间，林深却觉得比过了一个世纪还漫长。他比谁都要了解鹿可，这是一个爱上一个人就会付出全部心意，但是也很害怕受伤、异常敏感的女人。

她会全身心地对你好，相信你说的任何话，不要小脾气也绝不会疑神疑鬼，她会给予另一半绝对的信任与自由，希望收获的自然是绝对的真诚。

这是个一根筋的姑娘，偏偏他就是喜欢她的这份傻气。

鹿可想了想，觉得以"逗比"林深的那种程度，一般人别说演了，就是想都想不出来，他的世界观简直分分钟就能刷新人的下限啊。

"不过……"释怀了一件事，另一件事又来了，鹿可道，"你说你知道另一个你的全部的事？"

见鹿可这么问，林深知道她这是相信他了，刮了刮她的鼻子。

"是的。"

"那你也记得那天晚上到底发生了什么事喽？"鹿可上前两步，一把捉住林深的衣领，"说！那天晚上到底发生了什么事！"

林深的脸“唰”地一下，红了。

“那个……你知道的。”

鹿可无语，知道还会问你啊！

看林深又开始别扭了，鹿可果断决定换个问话方式：“那好吧，我这么问你，我向你求婚是不是真的……”

林深羞涩地点头。

“那你那天晚上也喝酒了？”

林深继续羞涩地点头。

“所以……”

“所以……此地不宜久留，我们出去说。”

林深牵着她的手，刚走出两步就“扑通”一声摔倒在地上，鹿可被他连累，也没站稳，跟着跌倒在他身上。

有林深这个人肉垫子，鹿可并无大碍，可是被压的那个人就不同了。

林深呻吟了几声，鹿可手忙脚乱地爬起来扶他，没想到这满是酒水的地窖地面滑滑的，她还没站稳就又倒了下去，对林深造成了二次伤害。

“老子对女人没兴趣，别压在老子身上！”

这熟悉的自称，这熟悉的语调，还有这熟悉的搔首弄姿……

鹿可最不想面对的那个人格出现了……

萧时！

“啊啊，我是制服控啊，保镖哥哥好帅，你别拦我，我要去给保镖哥哥生猴子！”

鹿可：“……”

你一个男的，怎么给保镖哥哥生猴子？

鹿可费了九牛二虎之力，才拉住一门心思往外冲，只想去扑倒保镖的萧时。这要换作是其他任何一个人格，鹿可肯定都巴不得马上带着他出门。

可是萧时……鹿可觉得还是把这惹事精塞回地窖比较靠谱。

“车库怎么有声音？哥儿几个，下去看看。”

不远处传来保镖的声音，鹿可吓得一个哆嗦，忙捂住萧时的嘴，拉着她躲到了一辆车后面。

帅哥当前，萧时早已经失控，一心只想着冲出去，却被鹿可拉着动弹不得，便张嘴就咬。

“呀！你属狗的啊！”

鹿可这声轻呼逃不过保镖的耳朵，眼看着他们就要朝这个方向来了，鹿可只能抱着最后一丝侥幸，拼着被咬死也不松手的劲儿，死死地捂住萧时的嘴。

近了，近了，三步，两步，他们只要转个身就能发现她了！

鹿可吓得心都提到嗓子眼儿了。就在她想着要不要干脆放萧时这个花痴出去干扰视线的时候，凭空出现一个熟悉的声音。

“你们在这里干什么？”

是刘秘书！鹿可长舒了一口气。

总算是遇到救星了！

“原来是刘秘书，我们听到了声音，下来看看。”

“声音？”刘秘书笑着按下车锁，“那应该是我刚刚在找车时弄出来的，这车库太大了，来了这么多回还是会忘记自己的车停在哪里。”

闻言，保镖和刘秘书寒暄了几句就离开了。确定他们走了，鹿可才松开了手，整个人都要瘫成一团烂泥了。

“鹿小姐……”

刘秘书对他们做了一个上车的手势，鹿可会意，一把扯住正准备逃跑的萧时，将他拖进了车里。

刘秘书经常进出沈宅，保镖一看是他连盘问都省了，直接放行。

直到车子开出别墅区，鹿可摇下车窗，总算松了一口气。

“刘秘书，好久不见。”

鹿可去林氏企业的时候还特意打听过刘秘书，那时候才知道刘秘书原来是沈氏企业的人，只不过经常被沈老派来辅佐林深，所以和林深走得近些。

但是看刘秘书对林深多重人格十分了解的样子，又不像是单纯的上级和下级的关系。

想到这里，鹿可试探着问了一句："这段时间一直都没看到你啊，刘秘书，你去忙什么了？"

"我去了一趟法国，没想到一回来就……"通过后视镜，刘秘书打量了一下鹿可的脸色，很是自觉地主动坦白。

"我妈以前是 BOSS 的奶妈，我很小就和 BOSS 认识了。鹿小姐，你可以放心，我绝对是站在你们这边的。"

林深既然会让刘秘书来帮他，自然有他的道理。

想通这一点，鹿可就释怀了。可是看着旁边噘着嘴，满脸写着"我很不爽"四个大字的萧时，又头疼起来。

"沈宅那边的安保一直都如此恐怖吗？"这么多人日日夜夜守着，这宅子里难道还藏了一个金库不成？

"这些人都是在沈老宣布 BOSS 和乔小姐的婚礼之后安排的，一方面是为了防止别有用心的娱记，另一方面……"刘秘书没说下去，而是看向萧时。

鹿可会意，这另一方面只怕是沈老怕节外生枝，所以在林深和乔繁真正步入婚姻殿堂之前，都不打算放他出来吧。

"哼！那群人都是一个鼻孔出气！"萧时不满地"哧"了一声，"还有那个龙鼎天，我最讨厌他了！"

"龙鼎天？"这么酷霸狂跩，与龙霸天只有一字之差的名字，是属于哪位大侠的？

想了一会儿，刘秘书扶额，头疼地解释道："那是最近才出来的新人格，让林乔少爷去出演《念念不忘》的男二号、和乔小姐订婚，这些都是他的手笔……我以前也不知道有这个人格的存在，等发现的时候已经迟了。"

果然又出现了一个新人格，而且一个比一个难对付！

鹿可也发愁了。

"林深已经病得这么明显了，为什么沈老不去带他去看心理医生？"

“他……”

“好啊，我就知道你们没安好心！”萧时一把抓住鹿可的马尾辫，将她的头往座位上砸，这架势简直深谙吵架的精髓，“你和林深那个家伙一样，一心想消灭我们是吧！”

“不……不是！”

“哼，他难受的时候就把我们喊出来擦屁股，时过境迁了就想着要过河拆桥了。老子帅哥还没泡够就想赶老子走？没门！”

后座上已经打成一团了，刘秘书把车停在路边，想下车来劝，萧时见情况不妙，已经先一步打开车门，跳下车，一溜烟地跑远了。

看着萧时妖娆的跑姿，鹿可欲哭无泪。

她真是上辈子欠他的！

披头散发的鹿可足足追了萧时三条街才把萧时逮住，顾不得什么形象，拎着他的耳朵就往车厢里塞。

这年头爱看热闹的人不少，他们当街一闹，很快就上了新闻，没多久，就有人认出了这一出“泼妇当街抓人”的戏码中的男主角就是时下最火的富二代林深。

很快，关于他们的新闻占据了各大新闻门户网站的头条：

沈老金孙新欢秘爱大公开？

神秘女初现身，是正牌后宫还是背后三儿？

泼妇当街怒打富二代，林少劈腿出轨渣男行径暴露无遗。

豪门秘恋大揭秘，盘点林少的那些旧爱们。

……

种种标题，分分钟就能凑出一部狗血大戏。

林深还没来得及把消息翻看完，鹿可的身份就已经被人公布出来了，甚至连她就是漫画家黑土，以及她曾经进入林氏企业做测评师的事，都被好事者挂在了网上。

鹿可的人气再次达到顶峰。

只不过这一次推她上热搜榜的都是黑粉，而且评论以骂她居多。

这一切发生得太快，文字助理编辑给鹿可打电话的时候忍不住抱怨起来："我就十分钟没有登录微博，后台的私信和评论就爆满了，而且大多是黑你的。现在怎么办？"

鹿可现在只知道要抓住萧时，一刻也不能松手，哪里还有心思管微博。

"你去问高翔，他怎么说你就怎么做。"

"主编说不用管那些评论，让你先回《最青春》一趟，有一场《念念不忘》主创人员见面交流会，你也必须参加。"

"主创人员见面关我什么事？"

鹿可觉得有些莫名其妙，她一不是《念念不忘》的作者；二不是参演明星，主创人员见面会她去了有什么用啊！

"《念念不忘》的作者不能到场，她说委托你全权处理此事。"

"作者是谁啊！她委托我，经过我的同意了吗？"

"作者七七，真名叶锦。她说你认识她，所以……"

原来是她！

果然能写出这种天雷滚滚、狗血满地的惊世奇文的人，非叶锦莫属！

鹿可被叶锦气得气都不顺了，一抬头就对上了萧时那张放大了数倍，被夸张的烟熏妆毁得乱七八糟的脸，吓得立马跳下了车。

"鬼啊！"

萧时从车窗里探出脑袋来，不满地嘟囔："说你是村妇你还不信，老子的烟熏妆你这种凡人不会懂得欣赏的。"

一天被吓了这么多回，鹿可整个人都快虚脱了。

"管你是烟熏妆还是火熏妆。"鹿可做好了心理建设才重新爬上车后座，望着前座正在对着看手机导航的刘秘书，问道，"刘秘书，你导航好了吗？"

是的，在他们被一群认出他们的群众围攻了一路之后，终于成功突围之后才发现，已经不知道开到什么地方来了。

老司机刘秘书也陷入了迷路的困扰之中。

“我记得BOSS在这附近买了一栋别墅，要不我先把你们送过去？”刘秘书放下手机，提议道。

鹿可点点头，现在只要能找个地方把萧时这个惹祸精关起来，就算是让她上刀山下油锅都行。

可萧时不干了。

“我不去！”

“理由。”

“我要去见卫锦。”

就知道他只有这点出息！

“卫锦的经纪人估计早就把你列入黑名单了，你休想出现在他的视线范围内。”

“我知道啊，所以我要跟你去《念念不忘》的主创见面会啊，卫锦身为男主角，肯定也会到场的。”

“你居然偷听别人讲话！”

“我还需要偷听吗？你这个女人嗓门大得吓人，我就算不想听都不行。”萧时一脸鄙视道，“你说说你，哪里还有一点女人的样子！”

“不行！我不能再让你毁了见面会，我不会带你去的。”鹿可拒绝道。她要告诉萧时，她也是个有原则的女人。

“带我去，我就告诉你林深为什么会创造我们出来。”

“成交！”

……

把萧时带到《最青春》杂志社大楼下的时候，鹿可整个人都是恍惚的。她一开始让林乔带她去沈宅，明明只是为了了解一下林深的情况，怎么就走到这一步了呢？

不过让鹿可更匪夷所思的是站在《最青春》杂志社大楼下那黑压压的一群人。

这些人是吃饱了没事干，集体跑到这里来欣赏风景吗？

“那不是鹿可？”

“就是她就是她！”

……

看着他们如洪水猛兽一般扑向自己，还有人拿着臭鸡蛋扔过来的时候，鹿可终于反应了过来。原来这群人不是跑来欣赏风景，而是跑来欣赏她这个一不小心就出了名的“泼妇”的。

刘秘书去地下车库停车，一时半会儿也来不了，鹿可望着黑压压的人群，有些不知所措。

突然，一道身影跑过来，萧时用他那伟岸的身姿将所有人探究的目光都挡在了身后。他拉着鹿可的手就往外跑，那群人好不容易逮着鹿可，自然不会这么轻易放过她，于是跟着围了上来。就在千钧一发之际，一辆黑色的面包车停在他们的面前。

车门“咔嚓”一声打开。

“上车！”

是高翔！

萧时最先反应过来，拉着鹿可就钻了进去。

萧时化了浓妆，又穿着一身中性休闲装，是以当他们钻进来的时候，大家都以为他是一个身材伟岸的女人，再加上车厢内光线昏暗，谁都没有认出萧时就是林深。

高翔怒道：“在全民口诛笔伐的风口浪尖上还敢出来晃悠，说得好听叫心大，说得难听就叫没脑子。”

鹿可撇撇嘴，虽然高翔的话难听，但是他说的是事实。

其实对外人的看法，她一向没那么在乎，她看不懂文字，网上的攻击再恶毒，对她而言也没什么影响。至于这些所谓的“微博观光团”八卦者们，她也没心思应付，难道打不过还躲不过？以她早已经练到十八层的“宅家技术”，十天半个月不出门！

不过她没准备反驳高翔，毕竟她给《最青春》带来不可消弭的影响是事实，他想说就让他说几句吧！

她嘴上没动，眼睛却没闲着，仔细打量着面包车里的环境。面包车的空间很大，除了她、萧时和高翔，还有一个男人。

一个漂亮得让人挪不开眼的男人。

一个漂亮得让萧时疯狂流口水的男人！

要是知道卫锦也在车上，鹿可怎么也不会让他上车的。

万幸萧时一个人缩在角落里，正好坐在卫锦的后方，一时半会儿发现不了他。不然在这狭窄的车厢里，她可真不敢保证萧时会做出什么事来。

其实刚刚和萧时做交易的时候，鹿可是留了一手的，她会带萧时去见面会，至于能不能见到卫锦，她就不能保证了。

万万没想到的是，这么凑巧，卫锦竟然在高翔的车上。

卫锦本来闭着眼睛，在听到动静后睁开了，瞟了鹿可一眼。

高翔见状，还以为他们不认识，做起中间人介绍起来："这是鹿可，《念念不忘》漫画版的画手，这位是……"

"啊，我知道，幸会幸会！"在高翔说出卫锦的名字之前，鹿可忙打断他。

听到她的名字，卫锦的双眼突然大亮，他紧紧地盯着鹿可，难以置信地打量着她："你就是鹿可？"

鹿可点了点头，回头瞥了萧时一眼，见他还没有听出卫锦的声音，才稍稍放下心来。

"你就是鹿可？"

鹿可再次点头。

"你真的是鹿可？"

鹿可不点头了，双手环胸看着眼前这个像个复读机一样的大明星。

卫锦两眼放光，看着她就像是看到了一盘上好的回锅肉，哪里还有大明星该有的高冷范？

"哎呀，你好，看见真人有点太兴奋了。"卫锦笑嘻嘻地和鹿可打招呼。

鹿可："……"

高翔看出了端倪，疑惑地问道："你认识鹿可？"鹿可这种"万年宅"也会认识大明星？

卫锦不迭地点头，笑得像朵花儿似的："哎呀，早知道你是鹿可，第一次见面就不会闹出那些误会了。‘黑土’你好，我是你的粉丝。”

知道他是鹿可，卫锦的话匣子一下子就打开了，缠着鹿可问东问西，从漫画问到她的感情生活。

“《我和黑土》画得好萌啊，漫画男主角应该是你暗恋的人吧。”

鹿可一脸正经地回道：“不是。”

“怎么可能！”卫锦显然不能接受这个结果，“哎呀，别这么小气嘛，透露一下又不会掉块肉。”

鹿可有苦难言，大哥你能不能别说话了啊，你知不知道说多错多啊，你知不知道要是被萧时听出你的声音来，会出人命的啊！

鹿可见没办法避开他，只能煞有介事地说道：“你真想知道？”

卫锦忙点头：“说说。”

“他要抛弃我和别的女人结婚了，你满意了吗？”

鹿可的话如一盆冷水，成功地浇灭了卫锦追问的热情，车内的气氛瞬间凝结。

鹿可觉得，这气氛好多了。

终于打住了话痨卫锦，鹿可回头，才发现萧时不知道什么时候已经睡着了。

也是，跑了一天了，他也该累了。

鹿可打了个哈欠，靠在萧时的肩膀上，很快就进入了梦乡。

第十二章

女人的话你也信

鹿可难得睡了一个好觉，迷迷糊糊中她还以为是在自己家里，才翻了一个身就“扑通”一声掉到了地上。

她揉着发痛的屁股睁开眼睛，正好对上高翔的脸。

“这样吓人有意思吗？而且从我这里看过去，你长得还真丑！”鹿可毫不留情地道。等她手脚并用地从地上爬起来，才发现这里竟然是高翔的办公室，而她刚刚就在他办公室的沙发上睡了一觉。

不对啊……没记错的话，她明明是在车上睡着的啊。

不好，萧时！

“那个……萧时，就是跟我在一起的人，有没有做出什么很疯狂的举动？”

“你想说的是林深吧。”高翔翻了个白眼，想他第一眼看到化妆化得跟鬼一样的林深时，差点吓晕过去，“他被他的秘书接回去了。”

萧时居然会乖乖跟刘秘书走，这不科学？

“那卫锦呢？”

“卫锦？”高翔一头雾水地道，“他现在正在会议室里开会啊。”

被萧时蹂躏了还能坚持去开会？娱乐圈真该给卫锦颁发一个敬业奖，此人忍耐力如此强大，日后必成大器。

“那个……我可不可以问问中间到底发生了什么？”鹿可还是按捺不住内心的八卦因子，要知道萧时的杀伤力绝对是恐怖级别的，错失现场版真是遗憾啊！

高翔自然不知道鹿可在脑补些什么，但是中间发生的事，他是怎么也不会告诉鹿可的。

他们开车在城里绕了一圈，确定娱记没追上来之后才敢从后门绕进《最青春》杂志社大楼停车场。车一停稳，卫锦就在经纪人的护送下上了楼，高翔则负责叫醒鹿可。

可没想到他刚打开车门，看到的就是林深那双黝黑的眼睛，配上他那满脸花花绿绿骇人的妆容，拉进片场都可以直接去演恶鬼了。

林深一开口就宣示主权：“我的人很快就会到了，可可不用你管，我带她回去。”

“她是我的员工，我不管她谁管！”高翔伸手去抢鹿可，林深不依，一手揽着她，死活不肯松手。

“她是我的老婆。”

“你明明已经订婚了！”

“那是……”

这句话刺痛了林深，也刺痛了鹿可。

是啊，林深都订婚了。

趁着林深走神的时候，高翔一把抢过鹿可，道：“你先把自己的烂摊子收拾好吧，鹿可在我这里比在你那里安全。”

……

比起五年前的林深，现在的他的口才可真是差得一塌糊涂。

虽然在嘴皮子上赢了林深，可是高翔心里清楚，早在当年看着鹿可在图书馆里一遍遍查字典熬夜写情书的时候，他就已经输了。

看着仰着小脸，像一朵小花等着八卦之雨滋润的鹿可，高翔没好气地抬手，对着她的后脑勺就是一掌。

“你还有心思担心这个，想想待会儿的主创见面会怎么办吧？你那失读症能不能骗得过导演的火眼金睛都是问题。”

鹿可闻言瞬间暴走：“所以到底为什么要让我来参加这个会啊！”

当鹿可和高翔一起出现在会议室的门口时，原本还热闹非凡的会议室一下子安静下来，里面的人的脸色齐齐变得晦暗起来。

鹿可伸头打量了一下整个会议室，除了苏晓和卫锦还算眼熟，其他人她一个都不认识。

不看电视好多年，她果然已经落伍了。

苏晓就坐在靠门边的位置，那个吓人的大肚子已经消下去，恢复了凹凸有致的曼妙身材，再加上她今天穿着一身复古旗袍，身体曲线一览无余。

当苏晓站起身来和鹿可打招呼的时候，鹿可一想到自己肚子上的游泳圈，就恨不得找个地洞钻进去。

苏晓热络地牵着她在自己身边坐下，为她介绍哪位是导演，哪位是编剧，以及几位主要的演员。

主持会议的，也是本片的最大投资商还没来，会场里正处于群龙无首的状态，所以片刻安静后，大家又开始讨论起来，只是这次声音明显小了很多。

“这个女的怎么来这里了？”

“不是说她是林少的小三吗？”

“难不成她还和《最青春》的主编高翔有一腿？听人说在门口看见她上了卫锦的车，估计他们也……”

“别乱说，卫锦怎么会看得上她！”

……

这些议论声说大不大，说小不小，刚够鹿可和苏晓听个七七八八的。

只不过鹿可这个当事人还没说什么，苏晓先变了脸色，看着鹿可的眼神有几分尴尬：“对不起啊可可，他们不了解你才会这样。”

鹿可笑着摇了摇头，示意自己根本不在意。

她又不是在这个圈子里靠脸吃饭的人，就算被流言逼得没办法在漫画界立足，她也能活下去，不就是换个马甲嘛，多大点事。

想到这儿，鹿可用手机绘图软件给高翔发了一条彩信过去，示意他快点带她去找林深。

要不是她是个路痴，现在又没办法在街上露面，她肯定早就自己找过去了。

高翔给她回了一个“摸摸头”的表情，然后气定神闲地坐直身子，和导演聊起剧本来。

虽然高翔没理鹿可，但是另一个人的视线一直没从她身上挪开过——

卫锦凑上前问了一句：“在看什么？”

尽管他的动作不大，可在这个全民八卦的年代，身处八卦旋涡中心的两位主角，一点风吹草动都能吸引全场的目光。

鹿可还没动手推开卫锦，跟他保持距离，卫锦自己先捋了捋衣袖坐正，用只有他们两人能听见的声音道：“呵，我还以为是那家伙联系你了呢。不过你身边围着这么多男人，他居然也能沉得住气？”

喂！怎么说话的呢！

鹿可正要出口反驳的话被开门声打断了。

门外走进来一个西装革履，四五十岁的中年人，还有……跟在他身边，手拿文件袋，一身正装打扮的乔繁。

她怎么会出现在这里？鹿可有些惊讶。

乔繁也看见了鹿可，眉头微不可察地皱了皱，帮中年人拉开椅子后，在他身边落座。

“这位是爱女乔繁，《念念不忘》这个项目，将由她全权负责，希望大家看在我的薄面上能够多多帮忙。”

乔繁站起身，向大家致敬之后调暗了灯光，放出了她早就准备好的PPT。

到底是久经商场的女强人，乔繁的市场报告和评估见解精辟，完美独到，别说在场的那些大老板和投资人，就是鹿可这个看不懂文字，听不懂那些专业名词的失读症患者，也对她佩服得五体投地。

“我们已经聘请了专业的剧本团队，还希望《最青春》那边能够帮忙协助剧本修改。”

被点名的高翔笑了笑，握起桌上的茶杯，道：“原著作者将一切事宜全权委托给了鹿可，剧本方面有什么不懂的，问她就可以了。”

尽管鹿可是一千个一万个不乐意，奈何她人微言轻，再加上高翔怎么说也算得上是她的领导，她还没傻到当着这么多人的面反驳高翔的话，所以只能任他们定下剧本流程。

散会之后，鹿可正想着去联系叶锦把委托授权撤掉，刚走出会议室的大门就被人叫住了。

鹿可回头，就见乔繁抱着文件夹站在她身后。

“鹿小姐。”

“叫我鹿可就好。”

此时会议室里的人差不多已经走光了，没走的见到她们这副样子也识趣地赶紧离开，给她们让出空间。

“鹿小姐。”

“有事请讲。”见对方如此固执，鹿可也不再强求，只希望赶紧说完去找叶锦。

“我不是个喜欢拐弯抹角的人，我相信鹿小姐你也是。”乔繁往前走了两步，用只有她们两个人能听见的声音说道，“我希望鹿小姐能离开林深。”

还真是……简单粗暴直奔主题啊！

“为什么？”

“不为什么。就算你不离开，对我和他的关系也不会造成任何影响。”乔繁站直了身体，回道，“我只是看在我们曾经做过一个月同事的分上给你提个醒。”

乔繁信誓旦旦的样子惹怒了鹿可，虽然她说得很有道理，但是这么藐视人，简直不能忍！

“要我离开林深可以，让他当面来跟我谈，只要他一句话，我绝不再纠缠。”这是鹿可的底线，也是她多年来的坚持。

只要林深让她放手，她一定不再继续坚守！

“对一个出尔反尔，连自己婚姻都做不了主，被软禁在家里只能发发脾气撒撒火的男人，你觉得你的坚持还有什么意义？”乔繁说话时眉毛上扬，满是不屑。

“既然你这么嫌弃他，干吗还要答应这场婚约？”鹿可道。如果林深真的像乔繁说的那样一文不值，她又何必要嫁给他。

“林深的人格魅力的确不咋样，不过他身为富二代这一点，填补了他所有缺点。”

鹿可：“……”

乔繁还真是……坦诚得让人哭笑不得啊！

不过接下来乔繁更坦诚的话让鹿可陷入了深深的震惊中。

“沈老是一个处女座，他习惯所有的事都按照他的命令按部就班地进行，所以对于生活中的变量他会一一除之。”见鹿可一脸茫然，乔繁说得更直白，“你和林深的事上了头条之后，网友对你的态度一边倒，你难道就不觉得奇怪？”

乔繁看她被吓得不知所措，摇摇头上前，拍了拍她的肩。

“小丫头，和沈老斗，你还嫩了点。”

“乔小姐，你和林深不过订婚了而已，会不会结婚还不一定呢，这么早就来宣誓主权，未免太着急了一点吧。”

突兀的男声响起，鹿可和乔繁齐刷刷地回头，就见高翔噙着邪笑，倚靠着会议室的玻璃站着，见他们望过来才站直身子，闲庭信步地朝他们走去。

乔繁冷着一张脸回他：“我不过是在阐述事实，高老板你误会了。”说完，她甩头转身，抱着文件夹踩着“恨天高”走了。

乔繁刚走没多久，鹿可的额头上就被人赏了一个栗暴。

“啊，痛！”鹿可摸着额头，愤愤地看着高翔。

“现在知道痛了，死皮白赖地倒贴林深，被他抛弃还不死心的时候怎么不知道痛？人家正牌未婚妻都找上门来挑衅了，傻丫头！”高翔又气又急道。

“挑衅？什么时候？”鹿可一脸不解。

“真想敲开你的脑袋看看到底是什么做的！怎么就这么不开窍，一定要在林深这棵树上吊死！”高翔恨铁不成钢地说完就走了。

看着高翔气呼呼地离开，鹿可站在原地摸着后脑勺，一个人纳闷了许久。

林深明明是个人，高翔为什么要说他是树呢，好奇怪。

鹿可想破了脑袋也没能找到答案，只能迷迷糊糊地先回家。

当她魂不守舍地走近家门的时候，突然被楼梯口肉乎乎的白团子吸吓了一跳。

这是谁啊，怎么睡在她家门口？她刚才差点就一脚踩下去了。

鹿可伸出手，刚想将那白团子从地上扶起来，隔壁就传来了开门声，菲利和隔壁大妈走了出来，两人见到鹿可的时候都是一愣。

还是菲利先反应过来，对大妈说道：“大妈，她已经回来了，那我就不麻烦您了。”

大妈每次见到菲利的时候，脸上都笑开了花。这次也不例外，她依依不舍地送他出了门，还不忘回头交代鹿可一声：“大妹子啊，以后记得早点回来啊，这都被关第三回了。”

鹿可点了点头，抱起躺在地上熟睡的尼诺，掏出钥匙开门走了进去。

大妈满腔热情被鹿可这一盆冷水浇灭了，脸色也有些不好看了。

菲利看了她一眼，笑着解释道：“她这两天在跟我生气呢，大妈您别往心里去。”

“这也就看在你的面子上。”大妈对他挥了挥手，道，“这女人啊，还是要管管的，总这么使性子可不行。”

菲利没有回话，笑着和大妈告了别，就推开了隔壁鹿可家的门。

他推门走进去的时候，鹿可正把尼诺放到沙发上，并顺手拿出薄毯，替尼诺盖好。

菲利被这一幕触动了。

这一幕曾无数次出现在他的梦中，他已经想不清有多久没见过如此温馨恬淡的画面了，就像是一场梦，一切又回到那年他的妻子还在身边的时候。

他其实一直都知道，鹿可的心里只有林深，可是他舍不得放弃，如果一定要让他说出原因，那只有一个——就是眼前的这一幕。

因为他不愿意放弃眼前的美好，不愿意放弃这好不容易找回来的，来之不易的幸福。

所以，他要争到底！

菲利放缓了脚步，并不准备打扰这份和谐。

倒是鹿可，在安顿好尼诺之后，主动开了口："你上次来不是说要离开了吗？"

"是啊，我回了一趟法国又回来了呀。"

鹿可："你下次还是少来这里吧，要懂得避嫌。"

菲利嗅到一丝异常，盯着鹿可问："出什么事了吗？"他看着她，连她一个细微的表情都没放过，最后，他像是看出了什么，冷冷地笑了一声，"让我猜猜，是因为林深吧。"

鹿可猛地抬头，难以置信地看着菲利。

他一不是她肚子里的蛔虫，二不知前因后果，怎么会提到林深的？

菲利对她做了一个"请"的手势，邀她在沙发对面落座，一双深邃的碧眼直勾勾地望着她，才道："可可，你相信我吗？"

"你怎么会这么问？"鹿可不解地道。

"你就回答相不相信吧。"

鹿可回望了他几秒，然后认真地回答道："不相信！"

菲利："……"还能愉快地聊天不！

菲利决定不再追问鹿可不相信他的原因来自取其辱，换了一种说法道："我知道林深已经和乔繁订婚了，如果我没猜错，这个消息就是造成你现在这个状态的主要原因吧。"

鹿可双手撑着下巴靠在茶几上，精神不振："是又怎么样，别说得你能帮我一样。唉，要是这个世界上从来没有林深这个人就好了。”

想到菲利并不是可以诉说小女儿心事的闺蜜，鹿可很理智地选择了闭嘴，没有继续说下去。

菲利当然知道鹿可的想法，苦笑一声，道：“如果我说，我能帮你呢？”

闻言，鹿可一下子就来了精神，猛地从趴着的软骨头状态，竖起身体，端端正正地坐着，道：“你是要带我去抢新郎还是现在就去向乔繁摊牌啊。”她抓着菲利的手，就像是瞬间活过来了一样，充满了元气。

菲利摇了摇头，拿开那两只快把他的胳膊掐紫的手，而后才不急不缓地说：“我能帮你忘了林深。”

“别逗了，这话比你带我去抢新郎还不靠谱！”

“我说的是真的。”菲利似是终于想到了什么，站起身来对鹿可鞠了一个礼貌的躬。

“或许我一直忘了介绍自己，拍电影只是我的副业，我主业其实是心理咨询师。”

心理咨询师？

鹿可显然不信：“我现在没有心思听你这些胡编乱造的故事，我要去休息了，等尼诺醒了，你就带他离开吧。”

如果刚才还只是想帮鹿可的忙，这时候已经有赌气的意味了。菲利拉着她，不让她回自己的房间，然后从口袋里拿出一块怀表。

怀表是金色的，金色的圆坠，金色的长表链，看样子，有些年头了。

“你不会以为我真的会相信电视里那套心理师能把人催眠，然后消除记忆之类的假话吧。”鹿可站起身，不想再陪他玩下了。

她没时间，也没心情。

“你难道不想试一试吗？兴许死马能当活马医呢。”

菲利的一句话就把鹿可惹怒了，她怒道：“你说谁是死马呢！”

菲利觉得，自己和鹿可越来越难沟通了。

是不是鹿可和林深待久了，被他影响到了？

最后，鹿可还是同意菲利试一试——以菲利从此退出她的世界，不再来打扰为条件。

菲利拿出怀表，在鹿可的面前晃来晃去。

“现在什么都不想，把脑子放空，看着这块表。”

鹿可尝试着按他说的去做，却怎么也不得要领。

没办法，她现在满脑子都是林深，不是他就是他和乔繁订婚的消息，让她怎么放空得了！

菲利从她的眼神里看出了不专心，对她打了一个响指，将她的注意力吸引了过来。

鹿可总算进入了状态，盯着怀表望了十多分钟，直到上下眼皮开始打架。

菲利趁热打铁追问：“你还记得你是谁吗？”

“我是鹿可。”

“你最恨的人是谁？是谁背信弃义弃你而去。”

“我恨林深。”

“既然你这么恨他，那你就把他忘了吧。”说着，菲利用手盖住鹿可的眼睛，一边扶着她倒下睡好，一边轻声地在她耳边继续说，“睡吧，睡一觉起来，你就会忘了林深是谁。”

鹿可很快就倒在沙发上睡着了，菲利本想抱起她，让她回房间去休息，谁知门口传来一声怒喝：“放开她！”

林深居然破门而入！

短暂的失神之后，菲利将怀里的鹿可抱得更紧了，道：“你没资格管我们的事。”

“你这个伪君子！”林深气冲冲地上前，正想从他怀里抢过鹿可，就被他转身避开了。

“现在你们已经没有任何瓜葛了。”菲利挑挑眉，挑衅的意味十分明显。

“谁说没瓜葛！鹿可肚子里的孩子是我的，她人也是我的！”林深说完，一拳抡了过去。由于攻势太猛，菲利一时有些招架不住，虚晃了两步，最后才勉强稳住身子。

菲利将鹿可轻轻地放到沙发上，才腾出手来去擦嘴角的血丝。

“不管你承不承认，反正明天她就会忘了你，跟我远走高飞。”菲利不怒反笑，“林深，如果不是你先背叛她在先，我可能永远也没有得到她的机会。”

菲利说的是真话。鹿可对林深毫无理由的崇拜和盲目的相信，让她在心里筑起了一道坚不可摧的高墙，除非在墙内的林深主动打破它，不然外人很难攻下她的心防。

林深皱眉，一双拳头攥得死死的，随时准备给菲利来一拳。

其实对菲利，他还是有几分害怕的，特别是在看到他拿出那块怀表的时候。

林深认得那块表。

一直以来，林深觉得自己处于一种记忆断层之中，五年前的记忆太模糊，他实在想不起来。不仅如此，只要他一想得深了，脑海里就会出现那块怀表。

摆动的怀表就像是一道门，死死地堵在他和回忆之间。

所以当菲利拿出那块表的时候，他心里“咯噔”了一下，早就准备冲进来拦住他了。

可是他不敢，他不敢面对鹿可。

林深也不知道自己发哪门子疯，居然会答应爷爷和乔繁结婚这件荒唐事。都说醉酒误事，在他看来，不仅误事，还误终身！

特别是在高翔那天在地下停车场对他说了那样的话之后，他更没脸来见鹿可了。

然而越不得见越想念，他最后还是没能控制住自己，扛着过路大妈“此人多半是变态”的眼神，一路跟着鹿可进了小区，有好几次都想叫住她，却怎么也开不了口。

如果不是看到菲利想对鹿可不轨，他这会儿已经安安静静地离开了。

林深朝菲利胸口的怀表链子瞥了一眼，眉头紧蹙。

“别以为我不知道你做了什么，说，你到底是干什么的！”

菲利将自己的西装替鹿可盖好，才站直身子对林深挑了挑眉，道：“我早就说过了，我是可可的丈夫。”

“丈你个头，你个流氓！”

鹿可再次睁开眼睛的时候，已经是第二天早上了。她难得地睡了一个好觉，一睁开眼就觉得神清气爽。心情大好的她正准备起床去上班，一转头就看到一个躺在她身边的毛茸茸的小家伙，吓得立马滚到了沙发底下。

一声巨响，惊动了屋内的人，菲利端着一盘煎蛋走过来，见鹿可倒在沙发下面，忙伸手将她扶起来：“你没事吧。”

鹿可抬头，看到的就是一张如刀削般的侧脸，阳光打在他的脸上，映得他的皮肤通透晶亮。

一个大男人居然比女生的皮肤还好，这不科学！

鹿可抱着被子爬起来，站稳了往沙发上一瞟，这才看清刚才将自己吓得魂飞魄散的那个毛茸茸的家伙不就是尼诺吗！

鹿可眨巴着无辜的大眼睛，一脸疑惑地看着菲利道：“你不是说你要离开这里了吗？”都说了好几遍了，每次都是“雷声大雨点小”是怎么回事？

菲利将手上的水渍在围裙上擦干净，才伸出手来揉乱了鹿可一头碎发。

“不是我，是我们。今天晚上的飞机，我们三个人一起回法国。”

“慢着……”鹿可道，“我为什么要跟你们走？”

她现在巴不得送这一大一小两个瘟神赶紧走呢，她傻了才会跟他们一起走。

“可可，你就别逗我了，我们一家三口，哦，带上你肚子里的那个，我们是一家四口，当然要一起走了。”

“谁逗你了，谁跟你一家四口！”鹿可瞪大了双眼看着菲利，一脸恼怒道，“你说话不算数，昨天不是说了过了昨晚就走的吗？每天早上看到你们出现在我家里，我迟早会被吓出心脏病的。”

一句心脏病让菲利变了脸色，他拉下脸来斥责道：“不许胡说！”

“喂！”鹿可哭笑不得，他的意思是只能他胡来，不许她胡说喽！

菲利的智商终于上线，发现了鹿可的不正常，他看着鹿可的眼睛，好半天后才问了一句：“你没被催眠？”

“催眠？什么催眠？”

“你不是说你要忘了林深吗？”天知道他从她嘴里听到这句话的时候有多高兴，不然也不会帮她催眠了。

“哎呀，女人的话你也信！”鹿可摆了摆手，说道，“说好听点我这是锲而不舍，说不好听点我是个不撞南墙不回头的人。昨天你拿着一块怀表和我说话的时候，我就已经想通了，我认识的那个林深，绝对干不出劈腿的事，他会和乔繁订婚十有八九是沈家人逼的。所以我决定今天就去找他，就算林深真的如此不堪，我也要当着他的面说！”

听了半天，菲利只抓住了一个重点：“所以，你现在还记得林深？”

“对啊，记得清清楚楚。”

菲利都快抓狂了，问道：“那昨天我帮你催眠的时候，你在想些什么？”

鹿可歪着头想了想，回道：“想林深啊！”这下，她才明白，“哦，原来你那是在催眠啊。我就说你怎么了呢，跟个神经病一样拿着块怀表跟我讲话。”

菲利……吐血而亡！

凑得近了些，鹿可才看清菲利脸上的瘀青，不禁有些疑惑，昨天晚上他干什么去了？

菲利别过脸去，将手里的盘子塞到鹿可的怀里，道：“算了算了，我认输了，不过我不是输给了林深，我是输给了你。”他居高临下地望着她，“鹿可，我等着你对林深死心的那天。”

鹿可语塞，一时间也不知道该说什么。

菲利解下围裙，将自己收拾了一下，这才抱起还在熟睡的尼诺。走了两步，他又回过头问了一句：“可可，如果亲子鉴定结果出来，显示你肚子里的孩子是我的，你会怎么办？”

鹿可皱眉，很认真地想了想，道：“我会保留你做父亲的权力。”

菲利的脸再一次青了，他一言不发地抱着孩子离开了鹿可的家。

鹿可看着他的背影，有些不解。

难不成她说错什么了吗？

鹿可抱膝坐在沙发上，认真整理起事情的前因后果来，不对啊……菲利一个导演怎么会催眠术？

菲利？费力！一个音译只是语调不同，她怎么没有想到呢！

原来菲利就是那个法国著名的心理学家，亏她还一直想去找他呢！

鹿可赤脚跳下沙发，夺门而出，可偌大的小区，哪里还有菲利和尼诺的影子。

鹿可对着自己的脑门就是一巴掌。

真是蠢，菲利，费力，这么明显的事，她居然现在才发现！

菲利说到做到，就这样从鹿可的世界里消失了。

然而关于林深的消息一直未见消停。

他和乔繁订婚的消息传得沸沸扬扬，在相关话题连续占据微博热门榜单之后，鹿可——这段复杂的三角恋的其中一位主角的家庭信息也被好事者挖了出来。

跟她的信息一起被挖出来的，还有菲利。

来自五湖四海的网友很快就扒出了一张长得与鹿可一模一样的女人和著名心理学家费力的亲密合照，有好事者甚至还不厌其烦地撰文深扒：著名心理学家费力的研究有重大突破，其坦言妻子功不可没。

鹿可和林深被娱记拍到的事还没有过去，两张照片放在一起，成了供网友脑补的最佳素材。

网友的猜测五花八门。

关于鹿可如何抛夫弃子，如何插足林深和乔繁之间当小三，毁了一桩良缘的全过程，有N个版本，每一个版本都百转千回，简直能写成一部狗血的“白莲花”堕落史。

不管情节如何多变，这些故事的中心思想只有一个——犯错的只有鹿可，林深只是一时鬼迷了心窍；而费力也只是一个爱错了人的痴情种。

造成局面如此一边倒的原因只有一个：颜值！

谁让林深是富二代中长得最好看的，谁让费力是催眠师里长得最帅气的……在这两个高颜值的人面前，她这个颜值低的，就只能沦为炮灰了。

鹿可都已经这么可怜了，某资本家还不愿意放过她。她才在家里休息了几天，高翔的电话就打过来了。

《念念不忘》要开始走定剧本流程了。

因为失读症，鹿可的合同都是全权委托高翔代签字，没想到这回竟让他算计了一把，签了授权转让书。

唉，智商差别果然是友谊的鸿沟啊。

鹿可不死心，讨价还价：“高大BOSS，请你为你家员工的生命安全着想。特殊时期，你就不能让我在家里……”

高翔无情地打断她：“哦，是我忘了提醒你，授权书上还有一条，如一方未经对方允许擅自放弃合约，将承担全部损失并赔偿对方三十万。”

“三十万！高狐狸，老娘跟你势不两立！”鹿可这一辈子都没见过三十万，高翔这招真毒！

“那剧本……”

“我去！”鹿可咬着牙齿说出这两个字，如果高翔在她面前，她一定立马把他大卸八块！

鹿可又一次迷路了，手机导航里机械的语音在重复：“您已偏离航线，正在为您重测引导路线……您已偏离……”

“偏离你个头啊！”她觉得自己就没找对过！

鹿可捏了捏手机，从通讯录里翻出高翔的号码，可一想到那个小人得志的表情，她就不甘心。

哼，她就不信，没了高翔她出不了门！

林氏企业。

林深驱车赶到林氏企业大楼的时候，意外在门口发现了一个熟悉的身影。

他看着那个抱膝坐在马路边上，缩成一团的女人，心里一紧，连忙将车停在路边，然后下车大跨步地朝她走过去。

“鹿可？”

女人闻言抬起头，露出那张藏在膝盖里的小脸——不是鹿可是谁。

“你怎么来了？”林深蹲下身，看着她，神色有些复杂。

“我……”鹿可看着林深，就像是看到了救星一样，小脸红扑扑的，“我迷路了……我不知道去哪儿……稀里糊涂地坐了一辆大巴车，就到这儿来了。”

“这里不是说话的地方。”林深揽着鹿可的肩，扶着她往车里走，上车前还四处看了一下，确定没人发现他们才驱车离开。

“怎么了？”察觉到他的不对劲，鹿可小心翼翼地问道。

“外公在我身边安插了不少人，要是被他们发现你来找我，你就危险了。”

“可是……”鹿可很想问他和他的外公到底发生了什么事，可是看到林深冷凝的脸色，又把话咽进了肚子里。

直到汽车开到荒野，眼看着环境越来越陌生，饶是对林深信心十足的鹿可也有些怕了，忍不住问道：“你这是要把我带到哪里去啊？”

“我在郊区有栋别墅，连我外公都不知道，我们今晚可以住在那儿。再等一会儿，很快就到了。”

“别墅？你带我去别墅干什么？”想起那三十万违约金，鹿可有些急了，“你把我送去《最青春》杂志社大楼就好了，喂，林深……”

突然，轮胎与地面摩擦发出尖锐声音，林深这个刹车踩得急，不仅鹿可无法避免地往前扑，就连他自己都差点磕在方向盘上。

好在有惊无险，车子在颠簸几下之后平稳地停了下来。

林深捂着太阳穴，喘着粗气，他扭曲狰狞的模样把鹿可吓了一跳，她忙问：“林深，你怎么了？”

“快……”林深指着控制面板上那个双闪灯标志，一阵针刺的疼痛再次袭来，他整个人像触电了一样往后倒去，忍不住痛苦地骂了一声。

“你……你没事吧？”鹿可忙伸手将他扶住，扶住他之后才发现，他浑身滚烫得惊人，吓得她连忙抱住他，就要哭出来了。

“你怎么这么烫？怎么办，怎么办？不会死吧？”鹿可手足无措，一想到林深很有可能会死掉，孤独无望的感觉就如潮水般涌上心头。

她环顾一周，这是河边，一向冷清，除了风还是风。

没有人能帮她，也没有人愿意停下来帮她。

“我记得桥头有个诊所，你扶我过去就可以了。”林深看出了她的慌张，强打起精神，轻轻拍着她的手，给她力量。

鹿可这才回过神来，忙听他的话下车将林深的手搭在自己的肩上，自觉地当起拐杖，扶着人高马大的林深沿着桥一步步地往前走。

走了百来米，鹿可忍不住感叹了一句：“没看出来，你还真轻呢。”

林深哑然失笑，哪里是他轻，他是怕压到她，所以没将重心放在她的肩上。

“不是我轻，是你很棒。”

第十三章

你只要说“我愿意”

林深的记性很好，桥头还真有个小诊所。

诊所不大，所谓的病床就是一张掉了漆的木沙发。坐诊的老医生给林深开了一瓶生理盐水，然后让他躺在木沙发上，又嘱咐道：“头疼可不是小事，我只能先开点止痛药，最好还是去大医院检查一下。”

鹿可忙不迭地向医生道谢，送医生出门后，回头看着半眯着眼躺在沙发上的林深，接着替他将床尾的被子散开，盖在他身上。

“可可。”林深拍了拍身边的位置，示意她坐下来。

“嗯？”鹿可没有听他的话，强装镇定地转过身去替他倒水，可是颤抖的手出卖了她。

“可可。”

“嗯……我……我去卫生间。”

林深伸手将急于脱逃的鹿可拉住，一使劲儿，鹿可就跌在了他的身上。

果然不出他的所料，此刻鹿可已是满脸泪痕，看来刚才一直背着他在偷偷落泪呢。

林深心里又是心疼又是好笑："我这不是没什么事吗，你干吗还哭成这个样子？"他将鹿可揽进怀里，安抚道，"好了，我这不是没什么事吗，你不用担心了。"

林深温柔的声音在头顶响起，鹿可终于控制不住，趴在他的胸口哭出声来："你个自恋狂，我才没有担心你呢……呜呜。"

"好，好，是我自恋。"

"呜呜，人家这么担心你，你却一点也体会不到。"

林深在心里感叹，果然和女人是没什么道理可讲的，于是道："可可，你不是还要去参加什么会吗，赶紧打电话给高翔让他来接你吧。"

鹿可整张脸都埋在被窝里，头摇得跟拨浪鼓一样，道："什么剧本，什么《念念不忘》，让他们都见鬼去吧！"

林深叹了一口气，看着鹿可的眼神里有几分无奈，还有几分不忍。

也不知道过了多久，鹿可的呜咽声终于停了，等林深抬头看过去，才发现这丫头哭累了居然就这么趴着睡着了。

他哭笑不得，腾出另一只没被她压着的手，将自己的外套盖在她的身上。做完了这一切，他才拿出手机拨了一个电话："喂，高翔吗？对，我是林深……你现在快点来接可可，她在我身边很危险……你别管那么多……快……"

然而他的话还没说完，熟悉的头疼袭来，"啪"的一声，手机掉在地上。

林深疼得冒了一头的冷汗，想抬手推醒鹿可，身体却根本不听他的使唤，动弹不得。

"可可……快走……别相信龙鼎天……快走……"

奈何他的声音太小，气若游丝的几句飘在半空中，根本传不到鹿可的耳中。

鹿可做了一个梦，梦里有一场盛大的篝火晚会，大家聚在一起聊天喝酒，而她举着一枚易拉罐拉环做成的戒指单膝跪地在众人的起哄声中求婚。

被求婚的那个男人逆着光，看不清脸，鹿可揉了揉眼睛，试图看清那人的时候，对方的脸突然放大了数倍，一双熟悉又陌生的眼睛近在咫尺。

"可可。"林深邪邪地笑着，身体大半隐藏在黑暗中，整个人就像是从地狱里走出来的恶鬼。

不，他不是林深！

他是……龙鼎天！

鹿可猛地从梦中惊醒，一睁开眼睛，看到那张放大了无数倍的俊脸之后，再一次被吓到了。

林深伸手，将险些跌到床下的鹿可揽回怀中，然后笑着和她打招呼："早啊，可可。"

"早你个头！"鹿可推开他从床上爬起来，环顾四周之后才发现这哪里是那个破旧的小诊所。落地窗，木地板，高档的家居，近两米宽的大床，柔软的羊毛地毯，这分明是豪宅。

"这是哪里？"鹿可双手叉腰，望着一脸无辜的林深。

"这是我家，昨天晚上我叫过你，可是你怎么叫都叫不醒。我怕你感冒了，才自作主张把你抱过来的。"

他叫过她？为什么她对此一点印象都没有？

"好了，早餐已经做好了，快下来吃吧。"

看着林深起身离去的背影，鹿可心里涌起一股奇怪的感觉，觉得今天的这个林深有点温柔得过头了。

唉！看来她真是个受虐狂，林深稍微对她好一点，她就开始乱想。

赶走脑海中那些奇奇怪怪的想法，鹿可跟着林深下楼，这是一栋复式小楼，空间不大，不过从家具到拖鞋，都是她喜欢的样式。

毫不夸张地说，这简直就是她梦想中的房子。

鹿可像是进入了一个新世界，这里摸摸，那里看看。

林深笑着跟在她身后，看着她高兴得像个小孩一样在房间里乱转，好不容易才收敛起情绪，装模作样地负手点头道："嗯，这房子不错。"

"你喜欢就好。"林深脸上的笑容虽然灿烂，却并没有达到心里。

早餐很合鹿可的胃口，所以她一口气吃了两大碗面条，直到吃得肚子圆滚滚的才没好意思继续让林深帮她盛。

吃饱喝足之后，鹿可又开始纠结了。她小心翼翼地问：“你什么时候送我回去啊？”

此话一出，林深的脸一下子就垮了下来。

鹿可以为他是在气她不愿意和他待在一起，忙解释道：“我还有一个很重要的会要参加，不去要扣钱的……我……”

林深回头，面无表情地望着她。

鹿可一愣，被他的表情吓坏了：“林……林深……”

她的话说了一半就被堵了回去，因为嘴上已经多了两片温热的嘴唇。

“你干什么？”这么热情的林深让鹿可又是羞，又是恼，她伸手就要朝林深抡去，却被他轻飘飘地躲开了，于是涨红着脸回头看他，他也笑意盈盈地回望着她，完全没有反省的自觉。

“答应我，这段时间就待在这里好吗？不要让我担心！”

“哎呀，你不用担心我，我会跆拳道啊，一般人根本近不了我的身，我没关系的……”

“鹿可！”

林深怒目圆睁，表情极其恐怖狰狞，鹿可吓得连退了几步，她反应再迟钝也察觉出了异样：“你……你不是林深。你……你是……”想起梦中那个同样恐怖的眼神，她脑中灵光一闪，“你是龙鼎天！”

身份被揭穿，龙鼎天也没心思玩伪装游戏了，他双手环胸，在沙发上坐下，一副“你奈我何”的模样。

鹿可转身就往门口奔去，在看到门上的密码锁时停了下来。门是由密码控制的，不管是出去还是进来，都必须输入密码。

他既然特意带她来这里，就摆明了不想让她离开。

“你到底想干什么！”鹿可只能硬着头皮和龙鼎天对峙。

虽然是第一次见到龙鼎天，可是鹿可心里很清楚，他绝对是所有人格中最难对付的一个。

“我想干什么？”龙鼎天不紧不慢地拿起桌上的茶杯，淡定的模样和如临大敌的鹿可形成鲜明的对比，“我不过是要帮林深争取本该属于他的东西，沈氏、林氏企业……百亿家产他不去争，在这里为了一个女人要死要活。他不振作，那我来帮他。”

“这些从来就不是林深追求的东西！”鹿可大声反驳，“他的理想是当一位追求真相的记者，揭露世间的险恶，你根本不了解他，凭什么替他做决定！”

“我不了解他？！”龙鼎天冷冷地瞥了她一眼，“如果他真的有你说的那么坚定，我们就不会被创造出来。追求真相……嗬！这简直是我听过的最好笑的笑话了，一遇到痛苦就只会缩到自己的壳里，如果不是我们，他早就崩溃了！现在倒好，你一出现他就想把我们都消除，过河拆桥，哪有那么便宜的事！”

“你说什么？林深当年到底发生了什么事，他……”

“想知道吗？”龙鼎天站起身，步步逼近。

鹿可不再后退，像一棵青松一样立在原地，直面龙鼎天，重重地点头：“对，我想知道，我要帮他走出来。”

“哈哈。”龙鼎天斜眼看她，一脸不屑，“你当我是傻瓜吗？”

上一秒还面带笑容的龙鼎天，这一秒就变得严肃狰狞起来，其变脸速度真让人叹为观止。

“要知道真相，你让他自己说啊！”

龙鼎天显然很忙，没多久就被一通电话叫走了。透过钢化玻璃看着他驱车离开的背影，鹿可心里一阵后悔，刚才他输入密码出门的时候，她忘记偷看了！

林氏企业。

“这是财务交上来的收支均衡表，这是年会活动策划书，这是……”一个接着一个的专业名词像连珠炮一样从乔繁的嘴里蹦出来，这要是一般人早就听晕了，然而龙鼎天不为所动，一脸悠闲地盯着乔繁。

“BOSS，我的脸上没有文件，您不用如此专注地‘审阅’。”乔繁面无表情地挖苦他，将手上的一摞资料扔在他的办公桌上。

“你为什么会答应嫁给我？”龙鼎天对她的兴趣显然比对资料要大得多。

“和您娶我的理由是一样的。”

“没劲啊，我还以为你多少有点喜欢我呢。”

乔繁毫不给面子地翻了个白眼，道：“看来您还没有足够的自知之明。”她站得笔直，脸上的表情没有半点波动，“自恋是种病，您不要放弃治疗。”

“林深，你给老子滚出来！”办公室的门突然被人大力撞开，怒发冲冠的高翔不顾几个秘书的阻拦直接冲了进来。

龙鼎天摆了摆手，示意一干闲杂人等都先出去，等场子清得差不多了，才不急不缓地问：“高大主编大驾光临，所为何事啊？”

“该死的，你还好意思问我什么事！”高翔猛地冲到办公桌前，一把抓住龙鼎天的领带，“你把鹿可藏哪儿去了，快给老子交出来！”

“鹿可？”龙鼎天冷笑一声，“我把她杀了。”

“你说什么？”高翔的脸色瞬间变得惨白，一双眼睛瞪得比铜铃还大，其中的血丝隐约可见。

“要杀她简直太容易了。她最相信我，昨天想都没想就上了我的车，我把她拖到一片荒地里一刀就解决了……”龙鼎天眼里闪过嗜血的光芒，他昨天的确是这样计划的，如果不是林深强行冲出来捣乱，这世上早就没有鹿可这个人，他唯一的威胁也能解除了。

但是现在只要他一对鹿可动杀心，其他几个人格就会蠢蠢欲动，他好不容易才掌握身体的控制权，可不想在这时候半途而废，等他把沈氏和林氏企业都握在手里了，有的是时间收拾鹿可。

“林深！”高翔急得双眼泛红，掐着他的脖子恨不得把他碎尸万段，“我杀了你！”

“高翔！”一直在外面偷听的林乔忙冲进来救场，然而他和苏茉合力也没能把高翔扯开。看着龙鼎天的脸由白转红再转紫，林乔急了，对着龙鼎天喊道，“哥，你别逞强了，快跟他解释你没有动鹿可啊。”

龙鼎天扯动嘴角，露出一抹残忍的笑容："我说的都是真话，没什么好解释的。"

林乔和苏茉也震惊了，他们甚至忘了自己是来劝架的。

"哥……"

"BOSS……"

高翔在听到他这话时镇定下来，松开了掐着他脖子的手。

"林深，鹿可要是真有个三长两短，我会把你和她一起送进火葬场的！"高翔用力一推，龙鼎天连退了几步，最后跌坐在椅子上，"不管你把鹿可藏到哪里去了，我都会找出来的。这次，我不会再让步了。"

终于得以自由呼吸的龙鼎天连咳了好几声，好不容易才平复呼吸，桌上的电话就响了。

电话那头十分嘈杂，刘秘书的声音又有点急，一时之间，龙鼎天根本听不清楚他到底在说什么，只听到"火灾""救人"等字眼。

"什么火灾，什么救人，你说清楚一点。"

"火灾"这个词让所有人的心都提到了嗓子眼儿，大家都屏息盯着龙鼎天手里的手机。

"您郊区的别墅发生了火灾，鹿小姐一个人困在二楼，门窗我都打不开，您赶紧过来吧。"

龙鼎天甚至来不及挂断电话，拿起外套就冲了出去。

不明所以的三位围观群众面面相觑，但是一想到刚才龙鼎天口中的"火灾""救人"，想了想，也跟了上去。

龙鼎天的黑色法拉利在公路上高速行驶着，严重超速的他早就引起了交警的注意，一路上警笛声不断，他视而不见，一直往前冲。

他还没赶到事发现场，就已经看到别墅所在方向冒出来的滚滚浓烟，可见火势不小。

龙鼎天心里着急，脚下再使劲，汽车如离弦之箭冲了出去，没用一分钟，就到了火灾现场。

"BOSS，"刘秘书看到他，忙迎上去，说道，"火势太大了，我冲不进去，我……”

龙鼎天没有心思和他废话，抢过他手里装着半桶水的水桶就往头上浇。

“BOSS，消防队一会儿就来了，您……”

等刘秘书反应过来，龙鼎天的身影已经消失在熊熊烈火之中。

随后赶到的林乔和高翔，看到这场景也惊呆了。

“刘秘书你怎么不拦住我哥啊，你不知道他这么冲进去有多危险吗？”林乔急了，如果不是苏茉拦着，他也会冲进去找龙鼎天。

“BOSS 要去救鹿小姐，谁拦得住啊！”

“你说什么？鹿可没死？”

刘秘书担忧地看了二楼的房间一眼，道：“现在是死是活就不知道了。”

……

别墅里面的火势比外面还要大，房间里应该还发生过爆炸，楼梯都被炸毁了，只剩一小截还挂在墙上，人要上楼，必须要贴着墙往上。

龙鼎天来不及多想，扔下已经被烧得差不多的大衣，二话不说就跳上了楼梯。

当背部贴上滚烫的墙面，龙鼎天忍不住哆嗦了一下，差点从楼梯上掉下去。

“该死的女人！”龙鼎天咬牙骂着，忍着剧痛往上。每一步都像是走在刀山油锅里一样，没走几步，他就痛得出了一身冷汗。汗水流进背部的伤口里，无异于雪上加霜。

“鹿可！”龙鼎天边喊，边踹开唯一没有被大火吞没的房间。

鹿可果然在里面，倒在窗户边上，奄奄一息。

“你是不是傻！”龙鼎天一边骂着，一边从外面的消防设备里摸出一把消防斧，经烈火炙烤，消防斧也烫得吓人。

为了防止鹿可跳窗逃跑，这个房间里所有的窗户都被龙鼎天锁上了。一场大火把电力系统烧坏了，现在要开窗只能靠砸。

可钢化玻璃岂是那么容易砸开的，龙鼎天这次算是切身体会到什么叫“不作死就不会死”。

“你说你这个女人就不能让人省点心！什么叫蠢死的，你就是！”

鹿可的神志早就已经被熏得有些模糊了，迷迷糊糊中听到有人在骂她，她弱弱地开口辩驳：“我只是想做顿饭，没想烧厨房的。”

龙鼎天刚把玻璃敲开，正蹲下来想抱着鹿可一起跳，所以她的话一字不差地落入了他的耳中。

现在，只有两个字能形容他的心情——我去！

龙鼎天的声音穿过遥远的梦一点点靠近，鹿可听得心烦意乱，想挥手赶走那声音，结果一阵剧痛从肘上传来，声音没赶走，人先被痛醒了。

鹿可睁开眼睛，看到一片白色，白色的墙壁，白色的被套和穿着白大褂的医生，问道：“你们是谁，这是哪儿？”

“你……”穿着白大褂的医生正想走近，鹿可忙从床上坐起来，动作一大就扯痛了伤口，她“嘶”了一声，这才发现不只是手肘，她的腿上也被打了厚厚的石膏。

记忆慢慢恢复，她饿了，想自己煮面条，结果忘了关天然气，发生了爆炸。然后……

对了，好像有人来救她了。

那人是谁？鹿可一激动，感官终于全面复苏了，酸痛感齐齐袭来。

“小心！”

一只手伸过来，护住了鹿可险些砸到墙上的头，鹿可抬头一看，高翔那张俊脸就出现在她的上方。

不是林深……

鹿可环顾了病房一周，苏茉、林乔、高翔都在，就是没有林深的影子。

难不成龙鼎天还控制着林深的身体？

说不失落是骗人的，鹿可的脸瞬间就垮了下去。

和鹿可做了这么多年的朋友，她的那点心思，高翔又怎么会不知道。他替她掖了掖被角，头一次心平气和地提起林深：“林深为了救你受伤昏迷了，等他从急救室出来了，我再推你去看他。”

“他怎么样？严不严重？”鹿可顾不上自己，掀开被子就要下床，被众人合力拦住了。

“你现在去也看不到他，等他从急救室出来了，我们就带你过去。如果你现在不乖乖听话养伤，那你也别想我们带你过去。”

还是高翔最了解鹿可，一句话就打住了她要下床的念头，她乖乖地躺回床上，眼睛却直朝门外瞟。

高翔无奈地弹了弹她的额头，认命地起身，道：“我知道了，我这就去帮你守着，他一有消息我就来通知你。”

走出病房，高翔脸上的笑意才淡下来，眉头紧皱，气场瞬间变得不一样。

“高主编。”林乔叫住了他，“我哥昏迷前不是……让你带着鹿可离开吗？你……”

那时候他们都在现场，亲眼看着浑身是血的林深，拼着最后一口气把鹿可的手放到高翔的手里，让高翔带着鹿可离开。

“冲进火场里，不顾性命救出鹿可的人是林深而不是我，这是不争的事实。对，我现在瞒着鹿可，的确能够把她带走，可是以后呢？我不说，林深不说，她就不会知道了？”高翔回头，朝鹿可的病房望了一眼，“真相并不会因为谁的刻意隐瞒或者回避而消失，面对它才是解决的最好办法。如果鹿可在知道真相之后仍然决定和我离开，我会一辈子好好照顾她；如果她决定留下来，那我也会留在她身边，为她扫清一切障碍。”

林乔目瞪口呆地望着高翔，好半天才默默地叹了一句：“这个说辞，我打满分！”

……

经过一天一夜的抢救，林深暂时脱离了危险，被抬进了隔离病房观察，探视的人不能进去，鹿可只能站在病房外，远远地望几眼。

没想到第二天，这一幕就出现在各大娱乐新闻的头条上：

——富二代舍命救情人，是小三还是真爱？

——传林少与情人相约殉情未果，至今昏迷不醒。

他们这段年度最纠结的三角恋再次登上热门话题的榜首，全民展开了一场关于“真爱还是出轨”的讨论。估计鹿可怎么也想不到，她不过想安安静静地谈恋爱，居然会引发全民关注。

如果说之前在“林少豪门婚恋”大戏里只能充当女配角，那么在这场“殉情”大戏里，她就是彻头彻尾的女主角，如今更是大火了一把，每天借各种理由从她的病房前经过的医生、护士都能绕地球三圈了。类似“就是这个女人啊，长得也不怎么样啊，怎么就能让林少这么死心塌地”“狐狸精果然都是表面看来单纯的……”这种窃窃私语每天都能听到。

“你现在正在风口浪尖上，确定要让漫画这么结局吗？”文字助理编辑目送又一批“八卦观光团”离开后，看着手上的画稿，叹了一口气，问道。

鹿可道：“这部漫画本来就是为我和他而画，现在他这个样子，我实在是画不出大团圆结局来。”

“可是……”漫画的结局就是男主角为了救女主角冲进火海，结果受伤严重昏迷不醒，女主角守在他病床边等着他醒过来。

只要稍微关注他们八卦的人都知道漫画里男主角的原型就是林深，女主角就是鹿可。

助理编辑甚至不用想都知道，这个结局一旦发出去之后，那群“键盘侠”肯定会说鹿可打着真爱的名号，借漫画来洗白自己。

鹿可原本觉得助理编辑太过杞人忧天了，可是当她被人骂得狗血喷头的时候，她不得不佩服助理编辑强大的预测能力。

这预言之准确，完全可以去摆地摊帮人算命了！

《我和黑土》的结局拖了好几个月，读者和助理编辑一直在催，鹿可这才拖着病躯画了出来，本来只想早点交差，没想到会给自己招来这么多骂声。

“鹿可，拜托你下次要作死之前，先出个声行不行！”高翔气得在病房里直跺脚，不知情的还以为他们病房在装修呢！

“也不算坏事啊。”助理编辑在一边替鹿可说话，“不是有好几家出版社来联系我们了吗，这证明我们的漫画火了啊。”

“漫画是火了，但漫画家要被黑出宇宙了！”高翔叹了口气，无奈地摇了摇头，“事到如今，你也只能以死谢罪了。”

“不是吧！”鹿可吓得差点从床上跳起来，“漫画画得不好也不能要我的命啊！高翔你这暴君，枉我为你画了这么多漫画，早知道你是这种人，我就……”

“收收你的脑洞！”高翔没好气地赏了她一个栗暴，“我的意思是你这个马甲要封号了，过两天让你助理编辑发个声明，就说你不堪重负，决定退出漫画圈。反正你这‘黑土’的马甲不‘死’是无法平民愤的。”

“哦。”尽管有些不舍，鹿可也只能接受高翔的安排，谁让他是领导，是老大呢。

“醒了，我哥醒了！”林乔伸进来半个脑袋，兴高采烈地嚷嚷道。

“啊，快带我去！”原本还闷闷不乐的鹿可就像是刚施过肥的小白菜，瞬间就精神抖擞了。

看着鹿可被林乔扶着一蹦一跳地离开的身影，高翔无奈地扶额：“唉，就不见她对漫画这么上心！”

助理编辑在一旁“补刀”：“主编，如果您有林深那么帅，鹿可肯定也会很用心画漫画的。”

高翔：怪我喽。

鹿可和高翔才走到加护病房的门口，一阵尖叫声就从房间里传了出来。

“啊，好帅！”

如果这话出自一个女生之口，那自然是没什么问题。可是这声尖叫中气十足，浑厚中带着一丝粗犷。简而言之，这是一个男人的声音，还是鹿可和林乔都很熟悉的声音。

此刻，鹿可和林乔的内心都是崩溃的。

鹿可：糟了，肯定是萧时又跑出来了。

林乔：我哥是疯了呢，还是疯了呢，还是疯了呢！

鹿可一掌拍开病房门，就见林深正盘腿坐在床上，医院里没有化妆用品，他倒是没顶着烟熏妆，只是跷着兰花指，一只手拿着一包沙琪玛，另一只手拿着一包葡萄干，盯着电视屏幕看狗血婆媳伦理剧看得津津有味。

这情形……鹿可无力扶额，果然萧时这家伙又跑出来了。

看到鹿可，萧时先是愣了一秒，然后发疯般向鹿可扑过去："你个狐狸精，居然还敢勾引我家男神，我要掐死你！"

鹿可被萧时"静如处子，动若疯兔"的作风吓了一跳，要不是她经验丰富，还真躲不过他这个熊扑。

林乔就没有那么幸运了，鹿可这一闪，萧时就直直地落到了他身上。

"哇，帅哥！"萧时伸出手指勾住林乔的下巴，极尽挑逗之能事。

林乔整个人都呆滞了，只能死命推开林深："哥……哥，我不喜欢男人，请自重。"

"没关系，我喜欢就行了。"

林乔："……"

最后还是鹿可英勇神武地拎着萧时的衣领，将他赶回了病床上。萧时坚持要林乔待在自己身边，不然就不肯乖乖躺在床上养伤。林乔一脸要哭的表情，将求救的目光投向鹿可。

"他这么说，你就先留下来吧。"鹿可道。

唉，以萧时这"中二"又娘娘腔的个性，如果不放个帅哥在他的病房里，他是绝对不会乖乖养伤的。

迫于两人的淫威，林乔缩在房间离萧时最远的角落里瑟瑟发抖。萧时虽然不再对他动手动脚，可是目光一直在他身上扫来扫去。

"那个……你刚在看什么节目？"鹿可本来只是想转移萧时的注意力，结果不说还好，一说就麻烦了——萧时猛然回头，怒瞪着鹿可。

"瞧瞧你干的好事！"

萧时摁下遥控器，换了个电视频道，卫锦的帅脸出现在屏幕上，显然是在接受媒体的采访。

主持人：“听说您即将出演《念念不忘》的男主角，据悉，《念念不忘》就是根据《最青春》畅销小说改编的，而《最青春》让现在正处在风口浪尖的漫画家黑土来进行剧本沟通工作，请问此事是真的吗？”

卫锦：“是。”

主持人：“那您对黑土和本市著名企业家之孙林深的恋情有什么看法？”

卫锦脸色明显有些难看，经纪人见状，想岔开话题，卫锦摆了摆手，打断了经纪人的话：“我与黑土本人见过几次面，她是一个十分和善风趣的人。至于她和林深的恋情，我觉得我没资格评价。”说着，他转向镜头，直面镜头前所有的观众，一脸严肃道，“我不知道网上那些铺天盖地的流言是确有其事还是子虚乌有，但是我敢肯定，这些传流言的人中，十个里有九个人并不认识黑土，甚至对她一无所知。既然不了解她，又凭什么去批判她？”

卫锦的话太直，弄得主持人的脸色也有些难看，主持人连忙拿起话筒打断了他：“好了，我们今天的采访就到这里了……节目的最后，卫锦，你还有什么想和支持你的观众说的吗？”

卫锦站起身，举着话筒，看着正对着自己的那台摄像机，一字一句掷地有声地道：“我们凭借着想象肆意地去散播谣言的时候，往往容易忽略一件事，语言有时候比核武器还可怕，它能瞬间把人打入万丈深渊。”

这时，一段广告强行插入，看来是节目组为了不让卫锦说出更激进的话，采取了强制措施。

萧时闷闷不乐地丢开遥控器，道：“我家男神居然帮你说话，不开心！”

鹿可满头黑线地跟这个难缠的家伙解释：“放心吧，我对你们家男神没兴趣。”

萧时双手环胸，一脸惊恐地看着鹿可，道：“难不成你是对我有兴趣？”

鹿可：“……”她是应该回答“是”还是“不是”呢？

还没等她回答，萧时就先拒绝了她：“我对女人没兴趣，对你这种傻女人就更没兴趣了，你不要白费心机了。”

鹿可：“……”

欲哭无泪的不止鹿可，林乔这个耿直的孩子在一边也听得泪流满面。

这个有人觊觎自己美貌的世界太危险，他想回家！

夜幕很快就降临了。

照顾鹿可睡下后，高翔才动身离开。

鹿可满脑子都是林深，她其实没睡着，翻了个身，继续胡思乱想。

没多久，有开门声传来，鹿可还以为是高翔又折了回来，一转头就发现门口逆光站着一个男人。

虽然看不清脸，但鹿可不用想也知道是谁。

萧时这家伙折腾了一下午，还没闹够吗？

萧时噘着嘴，走到鹿可的床边，任性地吩咐道：“睡过去一点。”

鹿可不明所以，却还是照做，让出了半张床。

萧时想也没想就掀开被子钻了进去，背对着鹿可侧躺着，一举一动都在向她传递着一个信息：我很不爽！

难不成还在为卫锦帮自己说话的事生气？鹿可抓破了脑袋也只能想到这一个理由。

“那个……我对天发誓，我和卫锦真的……”

没等鹿可说完，萧时就开口打断了她：“就你这姿色和智商，我家男神才看不上你呢！”

好吧……鹿可无言以对。

“对不起。”萧时闷闷地说出这三个字，看那嗫嚅了半天才说出来的样子就知道这是在心里憋了很久的话。

才损完又来道歉？鹿可有点摸不清这个傲娇男的出牌套路了。

“好吧，我原谅你说我配不上卫锦的事了。”她只能顺着他的话接下去。

“那本来就是事实，你有什么好原谅的！”萧时面无表情地又补上一刀，鹿可那被打击得千疮百孔的心完全碎成了渣。

“你要原谅我哥，他那样对你是有理由的。”萧时再次开口，只不过语气温和了许多，还饱含着歉意。

“你哥？”人格也有亲戚的吗？鹿可很是疑惑。

“我哥叫龙鼎天，就是把你囚禁在别墅，最后又舍命去救你的那个。”萧时显然很不想承认自己和龙鼎天是兄弟，连忙又补充了一句，“事先声明，我和他不是一路人，要是可以选择，我绝不会选他做我哥哥。”

“你说去救我的是……龙鼎天？”鹿可更关心的是这件事，龙鼎天不是一心都在亿万家产上吗，怎么可能舍命去救她？

“不然你还以为是林深那个胆小鬼吗？！”

不愧是兄弟，连嫌弃的语气都如出一辙。

“可是龙鼎天为什么要这么做？还有当年到底发生了什么事？为什么你们都说林深是胆小鬼？”

“我哥做事一直都这样，就喜欢装模作样，表面上装得十恶不赦，其实心很软。他明知道杀了你，就能彻底毁掉林深这个主人格，这样他、我和良辰就都能存活了，甚至还有可能彻底取而代之。可是一听说你出事了，他还是第一个冲了进去。”萧时叹了口气，语气中颇有些无奈，“至于当年到底发生了什么事，只有我哥一个人知道。那件事发生之后，林深不吃不喝地把自己锁了三天三夜，我和我哥就是在那时候被创造出来的。但我和我哥不同，我只是林深难过的时候放出来的一个情绪垃圾桶，真正替林深守住最后心防的人，是我哥。正是因为我哥一个人承受着我们所有人都承受不了的痛苦，他做事才会那么冷血变态。”

鹿可的脑海中浮现出那个笑容阴冷、表情严肃的男人，她突然觉得，龙鼎天似乎也没有那么可怕了。

就在鹿可走神的时候，萧时冷不丁地蹦出一句：“鹿姐姐。”

萧时从没对她用过敬称，以前客气点就会喊她“鹿可”，不客气就会叫她“死女人”“母夜叉”……叫姐姐还真是破天荒的头一回。

鹿可没有反应过来，直到萧时不耐烦地又叫了一声，她才连忙应了。

萧时整个身子都蜷成一团缩在被窝里，他颤抖地说出“我怕”两个字，把鹿可的心都喊酸了。

“没关系，有姐姐在。”鹿可拍着他的肩，小声地安慰道。

“就是因为有你在我才会怕，我怕林深会因为你而振作起来，会赶我们走。我还没有玩够，我还这么年轻，我不想这么早就离开。”萧时望着对面黑黢黢的墙壁，轻轻叹息，“要是你稍微精明一点，别那么一根筋，别……对我们这么好，或许我们就不会这么为难了。”

“萧时……”突然听到萧时这番话，鹿可都不知道说什么好。

“死女人，吵死了，我要睡觉了，别打扰我！”萧时挪了挪身子，硬是把鹿可挤到床边。

鹿可没了容身之地，只能翻身下床，替萧时盖好被子之后，才拉了一把椅子过来，倚在床边趴着睡。

可不管是萧时还是鹿可，一整夜都睁着眼睛，各怀心事，直到天亮了才沉沉睡去。

清晨第一抹阳光射进病房，照在门外拄着拐杖的老人身上。

老人看着侧躺着，睡得一脸安然的外孙，轻轻地关上房门，回头望向跟在身后的男人。

“林深体内的人格最近出现得如此频繁，是‘他’要回来了吗？”

“沈老，当初您找到我的时候我就说过，这个办法只能保住一时，只要林深不断地接触过去的人和事，他迟早会想起来的。”男人斜靠在墙上，金色的手表在阳光下熠熠生辉。

“那这么说，之前答应我和乔繁订婚的那个是……”沈老的脸色渐渐变得有些难看。

“我自己设计的人格我最清楚，他如果能够想通联姻的利弊，乖乖听人摆布，那我都可以去拿个诺贝尔心理学奖了。”男人讥笑出声，“而且我敢肯定，不管是哪个人格，喜欢的都是鹿可。”

“不能再次……”

“不行，您刚才也看到了，林深在遇到危机时已经能够自己创造人格了，要是再对他进行深度催眠，会导致他多重人格并发，到时候，您的外孙就真要变成一个疯子了。”

见沈老脸色凝重，男人笑了，笑声回荡在走廊里，让人不寒而栗，脊背发凉。

“不过办法嘛，也不是没有。”

“说说看。”到底是纵横商场多年的“老将”，沈老心里虽然已经急得恨不得掐死面前这个男人，面上却没有丝毫表露，他拄着拐杖立在阳光下，身姿挺拔，自有一股傲气。

“正所谓一个巴掌拍不响，不管林深如何喜欢鹿可，只要鹿可没有回应，他的热情很快就会消散。”

沈老沉默了很久，似乎是在思考他这番话的可行性，过了好半天才抬头问道：“你要什么？”

“我要一个人。”

“谁？”

“鹿可。”

“啊！”尖叫声在病房里响起，吵醒了正在熟睡的两人。

林深揉了揉发胀的眼睛，看到站在门口，眼睛瞪得比铜铃还大的苏茉。

“苏茉？你怎么会在这里？”林深环顾四周，这才终于发现一件严肃的事情：这并不是他家，好像是……一间病房？

“可可！”只要一想到可怕的龙鼎天，林深就心急如焚，“可可没事吧？”

“萧时？”

熟悉的声音在背后响起，林深一回头，就看见了半梦半醒正在伸懒腰的鹿可。

林深扑上去，抱住鹿可的腰：“可可你没事就好，吓死我了，我还以为你被龙……哎，都过去了，都过去了。”林深上下打量了鹿可一番，确定她没缺胳膊少腿才放下心，握着她的手，将她的手放在心口上，“可可，之前不告诉你真相是怕你害怕，但是龙鼎天这个人，连我都捉摸不透。可可，你听我说，这段时间你最好离我远点，我怕我不受控制的时候会……”

“你放心，他不会伤害我的。”要是龙鼎天真想置她于死地，在火场的时候，大可以任她自生自灭，哪会舍命救她。

“你说什么？”

鹿可将龙鼎天如何囚禁她，又如何舍命救她的事一一说给林深听。

“救你的人真的是龙鼎天？”

鹿可重重地点头，道：“如果不是他，我早就在火海里丧生了。”

一想到鹿可险些死掉了，林深就心有余悸，他忙揽住鹿可，像是在安慰她，更像是在安慰自己：“没事了，没事了，别提这些，都过去了。”

“那个……”苏茉不得不弱弱地开口，打破这对苦命鸳鸯的缠绵，她指着林深已经被血浸湿的后背，问道，“BOSS，您不疼吗？”

苏茉不提醒还好，她这一说，撕心裂肺的痛楚从背部传来，疼得林深直不起身来，只能侧躺在床上哼哼几声。

病房里的动静很快惊动了医生，医生一边检查伤口一边不满地斥责着林深：“你不是加护病房的病人吗，怎么跑到这里来了？”

林深已经疼得说不出话来了，医生就把目光投向了病房的原住病人——鹿可。

鹿可咽了口口水，小心翼翼地打量着医生的脸色，道：“那个……他是过来串门的……”

第十四章

被“出柜”了

事后，鹿可和林深都被医生狠骂了一顿，两个人缩着脑袋，乖乖地当了一个月的听话病人。

然而，某人明显待不住。

一个月之后的某天，林深终于可以下地走路，不用再时时刻刻提防背上的伤口裂开，便趁着夜深人静时，跑来找鹿可。

他不知道从哪里找到一辆车，带着鹿可上车，然后故作神秘地朝她眨了眨眼睛，道：“我带你去一个好地方，坐稳了。”

汽车最后在一片荒郊野外停了下来。林深将车停在路边，就招呼鹿可下车。

鹿可扯了扯身上的薄外套，不知道林深又在发什么疯。这个地方别说是路人，连路灯都没有，也不知道有什么好玩的。

四处都是黑漆漆的一片，路边应该是一片芦苇，暗流涌动的声音在这寂静的夜里显得格外清晰。

黑漆漆的夜伴随着淡淡的寂寞和浅浅的忧愁，林深牵着鹿可的手在一条马路边停了下来，两人对着黑黢黢的芦苇丛相依而坐，四周寂静极了，听不见风吹，看不见枝动。

无星无月的黑夜，无边无际。

突然，一点荧光从他们的眼前滑过，一摇一摆地舞动，接着又有一点荧光映入他们的眼帘，接二连三的荧光在半空中飞舞。

原来是萤火虫！

鹿可被眼前的美景震住了，点点荧光如同失落的珠玉，细密地缀在漆黑的夜幕之上，交织成一幅辉煌而静谧的画卷。

时间在这一刻静止，刹那永恒。

他们如同沐浴在灿烂的星河中，视线中不断地有新的荧光闪现，它们像从天空徐徐坠落的流星，美不胜收，兀自闪耀。

“喜欢吗？”林深握着鹿可的手，终于从她晶亮的眼神里看到了名为“喜悦”的情绪。

鹿可忙不迭地点头，问道：“你是怎么发现这个地方的？”

“还记得五年前我们一起去看的第一场电影吗？”林深定定地望着她，眼神里充满了温柔。

他们看的第一场电影，鹿可当然记得了。五年前韩国电影《萤火》大热，她排了一天的队才买到票，最后还骗林深那是同学给她的，她不想浪费所以才想去看。

林深没说什么，默默地陪她看完了那部文艺爱情片。去看《萤火》的大多是情侣，出电影院的时候，都是手挽着手，满脸幸福地讨论男主角向女主角求婚时的场面，只有林深一路冷着一张脸，在出电影院的时候，才冷冷地丢下一句评价：“这种电影，不值得你排一天队买票。”

……

往事齐齐涌上脑海，电影里的场面和眼前的场景重合。

此情此景，像极了《萤火》里男主角向女主角求婚的场景！

林深变戏法似的从兜里掏出一个锦盒，慢慢打开。

“喂，我还没想好呢。”鹿可从地上爬起来，一张脸已经涨得通红，却还要装作生气的样子离开。林深顺手一带，鹿可就稳当当地落到了他的怀中。

“可可，这枚戒指，我五年前就准备好了，每年夏天我都会来这里，等你来找我，然后把这枚戒指亲自戴到你的手上。”

“等你找我”这话虽然很浪漫，但是听起来怎么怪怪的。

“可可，”林深满头黑线，这妮子怎么又开小差了，“这种时候，你只需要想一件事，做一件事，那就是说那声‘我愿意’。”

鹿可完全沉醉在林深低沉而富有磁性的嗓音里了，以至于等她反应过来的时候，她的手上一凉，那枚戒指已经套进去了。

“喂，你这是强买强卖。”鹿可不满地反抗。然而就在这时，她的脖子上一凉，林深变戏法似的为她戴上了一条项链。

她伸手去摸，当那熟悉的触感传来时，心里所有的话瞬间化成了感动的泪水。

这不是她弄丢了的那条项链吗，他居然找到了！

“对不起……我……谢谢你！”

“傻丫头！我们之间还说什么谢字。”林深替她轻轻擦掉眼角的泪水，另一只手伸过去，抚上她微凸的小腹，“怀着我的孩子，你早就已经是我的人了。”

鹿可毫不客气地送了他两个字：“流氓。”

林深嬉皮笑脸地照单全收：“那也是幸福的流氓。”

他握起鹿可的手，认真地说道：“可可，在今天之前，我有过无数次想让你离开我过安稳生活的想法，直到你差点在火海里丧生，离我而去，我的心在那一瞬间几乎停止跳动。可可，怎么办，我的理智告诉我放你离开才是最正确的选择，可是我放不开你的手。”

鹿可回握住林深的手，眼神比黑夜中的萤火虫还要亮。

“那就握紧了，一辈子都不放开。”

“好，一辈子。”

萤火虫在他们身后盘旋落下，组成一幅绝美的画。

然而，让鹿可万万没想到的是，林深的求婚戒指第二天引来了大麻烦。

林深吃醋了。

不，准确地说，是那个暴躁林深吃醋了。

鹿可和林深回医院的时候，已经是夜里一两点了。

鹿可躺在床上翻来覆去睡不着，直到天亮，才沉沉闭上眼睛，可是很快就被人吵醒了，一睁眼看到的就是一个暴走的林深。

“你这个女人，怀着老子的孩子居然还敢接别人的戒指！说，这是哪个野男人给你的。”

刚刚睡醒的鹿可，哪里想到他会突然发难，一时间有些蒙。

“老子才几天没管你，你居然就去找野男人，赶紧给老子把这该死的戒指扔了。”林深说着就要扑上来夺戒指，鹿可下意识地缩手，巧妙地避开了他。

这时候，她才算弄明白林深为什么一大早就发这么大的火了。

鹿可哭笑不得，她该如何解释，那个野男人就是林深自己呢？

第二天早晨，苏茉跑过来，眼神一直往门口瞟。

“怎么了？”鹿可顺着她的眼神往门外望去，明明没什么情况啊。

“我来的时候，看见 BOSS 鬼鬼祟祟地在病房外徘徊。”不明所以的苏茉挠了挠后脑勺，疑惑地问道，“BOSS 想来看你，进来不就行了，他这又是在发哪门子疯呢？”

“他在和我闹别扭呢。”

“啥？”

鹿可笑着摆摆手，道：“甭理他。”

话刚落音，就听林乔的声音从门外传来：“哥，你怎么不进去啊？唉……你跑什么啊……哎……哥。”

夜幕下的医院，死一般的寂静。住院部空荡荡的走廊里，夜风呼啸而过，吹得人毛骨悚然。

鹿可所在的 1004 病房门口，一个黑色的影子就在这样瘆人的环境里站着，一站就是好几个小时。

高翔望着房里那个睡得正熟的人，抬脚想向她走近，可是迈了一步又收了回去。

“怎么？连见她一面都怕了？”

身后突然响起一个男声，配上这略带阴森的氛围，就算是高翔这个真汉子，小心脏也忍不住抖了三抖。他惨白着脸回头，这才发现林深不知何时站在他的身后。

“跟我来。”林深只说了简单的三个字，霸气得不容拒绝。

高翔朝门内望了一眼，最后还是跟着林深去了楼梯间。

他刚拉开门走进楼梯间，一阵疾风迎面袭来，高翔下意识地偏了下头，林深这一拳便擦着他的头发而过，落了空。

“林深，你发什么神经？！”

“我早就说过，让你带鹿可走的。”

这冷冽的眼神……

高翔惊呼：“你不是林深！”

“我从没说过我是林深！但是当年你和林深那点破事我一清二楚。带鹿可走，不然我龙鼎天有一百种方法让你活不下去。”

高翔也不是吃素的，龙鼎天不放狠话还好，这一说他的脾气也上来了：“我高翔也不是被吓大的，我的事还轮不到你插手。”

“嗬，和林深一样的软脚虾，也好意思说这话。”

“你说什么！”

“花着你爸用命换来的钱……”

龙鼎天的话还没说完，就被高翔掐着脖子按在墙上：“你有种再说一遍！”

“我会说的，只不过下次我就是当着媒体的面说了！”血气上涌，龙鼎天呼吸不畅，脸都变紫了，却仍霸气地说道，“带着鹿可走，不然你就等着身败名裂吧！”。

他的话如一记重拳，重重地打在高翔的心上。

高翔松开手，颓然无力地背靠着墙，整个人像是被抽走了所有的力气一样，溃败得如一摊烂泥。

龙鼎天没有心思管他，拉开楼梯间的门就往外走。

龙鼎天走了没几步就掏出电话，拨了刘秘书的号码："喂，刘秘书，帮我去联系费力，如果高翔还没有动作，我们就把鹿可送到他那里去……"

……

楼梯间的感应灯在没有动静后，坚持了几分钟就熄灭了，黑暗如洪水，很快就吞没了高翔。

那些被尘封的往事，正一点点地拨开黑暗，露出头来。

这已经不是林深第一次因为遗产的事来找他了。

五年前，林深来找他的时候，脾气还没这么暴躁，只是心平气和地劝他站出来，指证沈老就是当年拐卖鹿可的主谋。

林深会找上他，高翔一点都不意外，事实上，自从知道沈老和自己的父亲合伙卖过一个小女孩之后，他一边嫌他爸留给他的那些钱脏，一边又昧着良心用这笔钱实现了自己的梦想。

五年前，他想也没想就拒绝了林深，一是因为他已经把这笔钱投到了《最青春》里，一旦撤资他不仅血本无归，还会背上一大笔债务；二是因为他不想背个人贩子之子的骂名。

即便是他如此决绝地拒绝了林深，林深也没有任何过激的举动，只是负手背对着他，望着窗外的夕阳说了一句："人们可以支配自己的命运，若我们受制于人，那错不在命运，而在我们自己。"

他还记得那是盛夏的傍晚，夕阳把林深的影子拉得很长，他就像是一个顶天立地的伟人一样负手而立，缓缓回头居高临下地对他说："从你决定掩埋真相的一刻起，你就已经失去自由了。然而真相并不会因此消失，它迟早有一天会被人发现。"

那一刻的林深格外高大，高大到他只能仰视。

后来的事实也证明林深没说错，这些年来，他一直心怀愧疚，他不敢向鹿可表白，每次见到鹿可都只能用毒舌、犀利来掩饰内心的心虚……

鹿可的病房里来了两位不速之客，当叶锦那张青春洋溢的笑脸出现在她的病房门口的时候，鹿可从病床上一跃而起，三两步冲到她的面前，叉腰怒吼："你为什么要害我？"

叶锦笑嘻嘻地递上水果篮："我这不是赔罪来了吗！"她笑嘻嘻地拉鹿可坐下，"我也是没办法啦，阿南那个脾气你也是知道的，他说《念念不忘》剧组里帅哥太多，怕我见到帅哥就移情别恋……"

"胡说什么！"苏南红着脸打断了她，"我那是怕你再把电视剧毁了。"

"喂，我好歹是《念念不忘》的作者，怎么可能会毁了我自己的书！"

"所以我说导演肯定是瞎了眼，居然会选你的书拍电视剧。"

"……"

鹿可无语，她莫名其妙地被签了授权书，又莫名其妙地代理叶锦修改剧本。虽然目前这些事都是助理编辑在做，可是给助理编辑发工资的人是她啊，她才是最无辜的那个好吗！

"那个……你们吵之前能先回答我一个问题吗？"鹿可打断他们道。

叶锦"说！"

鹿可："咱能把那个授权书终止吗？"

苏南："不行！"

鹿可："……"

鹿可没能把授权书取消，反倒让叶锦和苏南这对欢喜冤家，把矛头对准了她。一个威逼，一个利诱，两个人的意见一致：授权书不能终止，鹿可该履行的义务还得继续履行。

和叶锦聊过后鹿可才知道，原来是因为叶锦和《最青春》签了十年的合约，高翔才代鹿可答应了授权代理剧本的事宜。

果然是奸商啊！知道真相的鹿可眼泪差点掉下来。

都这个时候了，叶锦还不忘补刀："听说《我和黑土》自从大结局之后，就被网友骂得体无完肤？"

鹿可白了她一眼，道："彼此彼此，还没恭喜你的《念念不忘》荣登年度玛丽苏小说排行榜第一名呢。"

叶锦的脸皮显然不是一般的厚，她笑着接下了鹿可的暗讽："同喜同喜。"

……

自从知道授权书的由来后，鹿可就决定找高翔算账，趁着医生不注意，一个人溜出医院打车赶到了《最青春》杂志社，却被助理编辑告知高翔翘班了。

劳模也有翘班的时候？

她正烦躁得恨不得撞墙的时候，电话响了，是林深打过来的。

这家伙终于想通不和她闹别扭了？

鹿可忙接通电话。

"你现在在哪儿？"林深的声音听起来冰冷生硬，不过鹿可正在纠结去哪儿把高翔揪出来教训一顿，没有留意。

"我在医院楼下散步呢。"这要是让他知道她偷溜出医院，回去又该念叨了。

"啪"的一声，林深没说一句就挂断了电话，鹿可还以为是电话断线了，又拨了过去，那边却没人接听。

这家伙又在抽什么风？

而在《最青春》杂志社楼下，铁青着一张脸的林深正双手环胸，冷眼看着被他丢在一边的手机屏幕，上面显示鹿可来电，没几分钟屏幕就恢复了平静。

刘秘书见林深不开心，忍不住扭头过来安慰道："少爷你也别多想，兴许鹿小姐就是有点事在公司里还没处理完，也可能是为了见朋友呢！"

鹿可的朋友是谁，林深再清楚不过了，那个朋友才是定时炸弹！

"别跟老子提朋友！"

刘秘书满头黑线，沉默了好久见林深还没有吩咐，就回头问道："少爷，我们现在是去公司还是……"

林深双手环胸靠在真皮座椅上，眼神一直没有从那个被他扔到一边的手机上离开："就待在这儿！"林深霸道地下令，"那个死女人，居然只打两个电话就不打了，不晓得老子在生气吗？"

作为一个外人，刘秘书都听得满头黑线，明明是他家 BOSS 先挂人家电话在先，不接人电话在后，这下倒好，还怄起气来了。

唉，谁说女人心海底针了，男人钻起牛角尖来比女人还可怕。

刘秘书默默地在心里为鹿可默哀了三分钟，然后关掉发动机，认命地陪着林深一起等。

"谁准你关掉发动机的,你想冻死老子吗？"林深现在正在气头上，看什么事都不顺眼。

刘秘书有些无辜，这一看就是要等好几个小时的节奏，如果开着发动机等，得花多少油费啊。

不过那位一看就不是会为这点钱心疼的主儿，刘秘书只好默默地插入钥匙，点火。

"停！别开了，吵死了"林深出声制止他。

刘秘书："……"

好在这时鹿可的电话又打进来了。

"喂，我说你无理取闹也得有个限度好吗！"这听起来很大男子主义的一句话，是鹿可说的。

她刚才莫名其妙地接到了林深的电话，又莫名其妙地被林深说了一通，说她不安于室，还问那个送她结婚戒指的人是不是高翔。

而打来这通莫名其妙的电话的人，正在车内拍大腿，动静之大，吓得刘秘书都以为他要把车拆了。

"什么叫老子无理取闹，你把话说清楚！你背着老子偷溜出来见高翔，还说不是和他好上了，你当老子傻啊！"

"什么当你傻，你就是真傻！"鹿可吼道。谁让他一直在闹别扭，都不给她解释的时间！

慢着，林深是怎么知道她来找高翔的？

她走出大厅，果然在大门口看到一辆熟悉的轿车。

这家伙居然还敢跟踪她！

“你怎么知道我来《最青春》杂志社了，不会是……”

“我……”林深刚抬头，就看到刘秘书正在向他使眼色，忍不住骂道，“你眼睛有毛病啊！”

刘秘书指了指手机，又指了指窗外。

林深没反应过来，刚把电话举到耳边，就看到黑色的车窗上，映出一个熟悉的身影。

林深吓得手机都掉了，回过神来赶紧催刘秘书开车。

刘秘书没有理他，一脸无语，早就跟他说鹿小姐来了，他不会看眼色怪谁。

“赶紧开车啊，你还愣着干什么？”

“对不起少爷，鉴于您和鹿小姐吵架从没有赢过，我觉得还是帮她赢面比较大。”刘秘书不仅熄了火，还十分干脆地打开了车锁，动作十分自然，丝毫没有背叛主子的羞愧和犹豫。

“你这个……”“吃里爬外”四个字还没出口，车门被人拉开，鹿可出现在他的面前。

虽然大势已去，但是男人的尊严不能丢，林深整了整衣领，坐正身体道：“如果你是想来跟我道歉的话那就免了，除非你把高翔送你的结婚戒指摘了，否则我是不会原谅你的。”

“你说这个？”鹿可扬了扬手上的大钻戒。

“嗯。”林深斩钉截铁地点头。

刘秘书不忍直视，果断地扭过头去，为自己BOSS的智商感到深深着急。

“咱们先说好，这可是你让我摘的。”鹿可说着就要去摘戒指，却被智商回笼，终于察觉到不对劲的林深拦住了。

“你怎么这么干脆？不对……”林深凑上前去看了戒指一眼，终于认出这枚戒指，“这不是我之前买了一直带在身上的那枚？怎么会……”

司机实在是看不下去，忍不住提醒他：“少爷，您几天前向鹿小姐求婚了。”

“是吗？”为什么他一点印象都没有？

“是的。”刘秘书再次点头确认。

林深：“……”

虽然求婚的过程他没有一点印象，但是没关系，结果是他喜欢的就行了。

不过林深还是个很有担当的人，具体表现为在意识到自己的错误之后，能够第一时间承认：“所以你一开始就应该告诉我嘛，害我误会了这么久！”

鹿可：“……”结婚戒指什么的，可以退货吗？

一想到要和这个“二货”度过余生，她就觉得自己的人生好黑暗啊！

似乎是察觉到了她的想法，还没等她开口，林深就抢先一步将她拉进车内，还飞快地在她脸上亲了一口：“货已送出，不许退！”

“你说的‘货’是指？”直觉告诉鹿可，绝对不是指结婚戒指。

果然，林深睁大双眼，天真无辜地盯着她。鹿可甚至能看到他背后有一条小尾巴在摇来摇去。

他伸出手指指了指自己，理所当然地回道：“当然是我啊！我这一辈子就是你的人了，你要一辈子对我好，不许你不喜欢我，不许你退货不要我！”

鹿可：“……”

刘秘书将这两个出逃的病人送回了医院。

林深一个人生了大半个月的闷气，这会儿心情一舒畅人就开始犯懒了，一回房就盖上被子睡着了。刘秘书送鹿可回病房，在门口的时候忍不住开口叫住了她：“鹿小姐……BOSS已经疯了。”

鹿可脸色瞬间变得惨白，难以置信地回头望向刘秘书：“你说什么？”

“对不起，是我没说清楚……”刘秘书连忙道歉，“我说的是龙鼎天。以前他半年才会出来一回，可是最近出现得越来越频繁了。不同于萧时，他的野心很大，BOSS 向你求婚了之后，好几次都准备了记者招待会想澄清自己和乔繁的事，都被龙鼎天阻拦了。最近他更是不知道在筹划什么，再这么下去，恐怕……”

是啊，龙鼎天暴戾、腹黑，比起其他几个人格，他是最霸道，也是最有野心的。

“可是……对于龙鼎天，我也没办法……现在该怎么办？”

“还有一个人能帮我们。”

“谁？”

“费力！”

对哦，她怎么把费力忘了！

“之前我也想过去找他，可是我没有他的联系方式，发出去的邮件都石沉大海，这事就这么搁置了。”

刘秘书从怀里拿出一张纸交给鹿可。

“这是什么？”

“费力的住址。”

……

目送心事重重的鹿可进了病房后，刘秘书才返回隔壁病房。

原本睡得正香的林深眼睛睁得比铜铃还大，神色冷凝，哪里还有刚才那副卖萌犯蠢的样子。

刘秘书默默地叹了口气，龙鼎天连续出来一个星期了，什么时候才能换过来啊！

“BOSS，其实鹿小姐在这里也好，只有她才能安抚住萧时和叶良辰啊。”

“不行！必须把她送走！”留她在身边就像是一个定时炸弹，不知道什么时候林深就会冒出来，“刘秘书，你已经和她说过了吧，你知道我的手段的。”

想起刚刚他在鹿可面前的演技，刘秘书心里就忍不住发毛，这男人，真的太恐怖了！

虽然龙鼎天的命令是不给手机不给联系方式，以鹿可的失读症，只要法国那边的费力不放手，她一定找不回来。但是在鹿可上飞机的时候，刘秘书还是悄悄塞给了她一部手机。末了还觉得不够，又从兜里掏出了一沓钱，数也没数全给了她。

鹿可自然不肯收："你这是干什么？"

"去那么远的地方，总归是要用钱的。"刘秘书支支吾吾了半天，总算编出了一个理由，"对了，记得在上飞机之前兑换法郎。"考虑到鹿可的失读症，刘秘书伸到一半的手还是缩回了口袋里，"算了，我去帮您兑换吧。"

"可是你不是说那边都已经安排好了吗？"鹿可疑惑道。

刘秘书说法国那边已经安排人来接机了，导游都找好了。不然以她这失读症，是绝对不敢一个人出门，更不用说出国了。

"不怕一万就怕万一嘛。"刘秘书拍了拍她的肩，想着没时间去兑换了，又将支票折好放在她手里，"我是说……万一发生了什么事，带点钱在身上有备无患。"

看着鹿可走进登机口，刘秘书心里五味杂陈，很不是滋味。

他一回头，才发现龙鼎天不知道什么时候也来了，就站在大厅的柱子后面，望着鹿可离开的方向失神。

"BOSS……"刘秘书喊道。明明舍不得，为什么还要坚持送走她？

龙鼎天一言不发，转身往出口走去。

刘秘书叹了口气，低着头默默地跟了上去。

一个黑影突然朝龙鼎天扑过去，龙鼎天下意识地往旁边躲开，黑影重重地砸在地板上。

"林深，你把鹿可送到哪里去了？"高翔带着一身怒火冲过来，对着龙鼎天的脸又是一拳，"林深，鹿可要是有个三长两短，我跟你没完！"说完直奔服务台。

"麻烦帮我查一下刚刚起飞的所有飞机中，有没有一个叫鹿可的乘客。"

服务台的小姐被他那凶巴巴的态度吓到了，不过还是挺了挺胸，大义凛然地说：“对不起这位先生，我们航空公司有规定，不允许泄露顾客的私人信息。”

“我真的有急事……”

不管高翔如何哀求，对方都是一副彬彬有礼的态度，拒绝提供任何信息。

刘秘书扶着龙鼎天起来，本以为以龙鼎天的脾气，挨了打，一场恶战是难免的，他甚至有叫警察的准备。

然而龙鼎天只是揉了揉被揍得青紫的脸，二话没说转身就走。

就这么放过高翔了？

刘秘书叹道，唉，BOSS的心，海底针，真难猜啊！

在高翔满世界地找鹿可的时候，鹿可正在法国普罗旺斯的某栋别墅里品尝刚泡好的花茶。

负责接待她的是费力的助手，她替鹿可端上一盘精致的糕点，忍不住感叹道：“如果不是亲眼所见，我真不敢相信这个世界上还有如此相像的人。你不知道当初在一堆求诊人的资料中看到你的照片时，我都不敢相信自己的眼睛，还以为是夫人回来了。”

费力的助手和苏茉一样，也是一位十分健谈的女人，见到鹿可时除了一路都在感慨她和费力的亡妻长得相像，还说了不少关于费力的事，甚至连当时费力看到她的照片，就立刻出国去找她的事，都说给她听了。

果然不怕神一样的对手，就怕猪一样的队友啊，要是费力知道自己的助手这么八卦，早把他那点事都说了，不知道会做何感想。

见鹿可有些走神，助手还以为她不相信，便拉着她的手穿过一片小花圃，来到别墅的正厅。

正厅很大，房里摆放的东西不多，门一推开，就能看见挂在墙上，足足有一米长两米宽的婚纱照。

如果不是确定自己和费力没有拍过这组照片，自己也没有失忆，并且早就知道费力的亡妻和自己长得一模一样，鹿可都要怀疑自己的眼睛了。

照片上的人，眉眼、动作和眼神都跟她一模一样，简直就是另一个鹿可。

之前对助手的话还有一丝怀疑，但在看到这张婚纱照的时候，鹿可已经深信不疑了。

“你知道你们最像的地方是哪里吗？”

背后突然响起一个熟悉的声音，鹿可回头，就见费力牵着尼诺站在门口。

“妈咪！”尼诺一见是她，兴奋得连忙甩开费力的手，冲向鹿可，像个无尾熊一样紧紧地挂在她腿上，“妈咪，尼诺想死你了。”

在看到这张结婚照之前，尼诺不管是叫她妈咪还是阿姨，鹿可都不关心，毕竟只是一个称呼，也没什么大的影响。

可是在看到这张结婚照之后，鹿可不能淡定了。尼诺如果再这么叫下去，真该产生误会了。

鹿可蹲下身子，握着尼诺的肩，义正词严地纠正他：“尼诺，我和你的妈咪只是长得像，我并不是她，以后叫我阿姨好吗？”

尼诺的小脸立马就垮了下来，他委屈地看了鹿可一眼，又回头，睁着水汪汪的大眼睛望向费力。

“好了，你也累了，先去好好休息一下吧。”费力抱起闷闷不乐的尼诺，笑着对鹿可说道。

“那个，费力先生，我是……”

“有什么话明天再说，先去洗个澡好好休息一下，等一下我带你去四周逛逛。相信我，你一定会爱上法国的。”

鹿可心道她要是爱上法国就完了。以龙鼎天现在的胡闹程度，等她回去，国内还不得翻天！

她是真的没时间陪他欣赏风景啊！

可是就算她在心里已经咆哮了千万次，看着费力越来越远的背影，她还是一句话都喊不出来。

失读症总会在她越急的时候发作得越厉害。

千言万语到最后也只化作无语。

……

除了不给鹿可开口求他去为林深治病的机会，费力在其他地方对她倒是好到没话说，衣、食、住、行照顾得极为周到，怕她无聊，他还推掉了很多事情，特意带她去海边，享受阳光和沙滩。

几天下来，鹿可的皮肤晒得越来越黑，心也像是放在烈日下炙烤着一样，就快煳掉了。

鹿可蹲在沙滩上，默默地画圈圈诅咒费力。

不行，还指望着费力为林深治病呢，可不能把他诅咒坏了。

鹿可连忙用树枝将圈圈里的名字划掉，画上了一个腾云驾雾的孙悟空。

尼诺在一边看得津津有味。

“妈咪妈咪……”见鹿可脸色骤然变了，尼诺忙改口道，“阿姨……这个奇怪的叔叔是谁啊？”

“这个啊，他姓孙，叫孙大圣。他啊，可厉害了，会七十二变……当时长安城山妖横行，百姓们在朝夕不保中惶惶度日。孤儿江流儿与行脚僧法明相依为命，有一天，山妖来劫掠童男童女，江流儿盲打误撞地解除了孙悟空的封印。而此时妖王为抢女童，布下迷局，却发现悟空法力尽失……”

“最后呢？”

“最后啊……死了。”鹿可说这话的时候，正好一个浪头打过来，沙地上的齐天大圣立马消失得无影无踪。

故事里的齐天大圣死了，沙滩上的大圣也没了，尼诺的小脸瞬间就垮了下来。

说好的童话故事呢，结局这么不美好是怎么回事？不开心！

“尼诺，我看见那边有好多贝壳！”费力端着两杯冰饮走过来，指着沙滩不远处的地方，对尼诺说道。

尼诺的小脸很快又恢复了明媚，蹦蹦跳跳地去捡贝壳了。

费力在鹿可身边落座，顺手递上一杯冰饮。

鹿可闷闷不乐地道了一声谢，没有回话，继续拿树枝画圈圈，连费力一直盯着她都没发觉。

“你和薇安都像你们的妈妈。”

一声“妈妈”，让鹿可诧异地抬起头望向费力。

总算是有反应了！

费力好笑地摸了摸她的秀发，道：“你一定以为我故意把你留在身边，想让你做尼诺的妈咪是吧？”

鹿可翻了个白眼，这不是明摆着的事吗？

“你还真会给自己贴金，多少人排队等着做我儿子的妈咪呢，你以为就凭着你和薇安长得一模一样我就会选你？以前我不过是在逗你玩。”

鹿可无语。有跨越大半个地球来逗人玩的吗？费力你到底是有多闲才干得出这样的事？！

“所以……当初你在《一夜惊魂》当导演，出现在兰泉镇也是逗我玩喽！”要不是她先入为主地以为他是导演，费力，菲利，这么相像的名字，她早就能想到是同一个人了。

“我本来只是《一夜惊魂》的顾问，谁让那段时间导演的老婆要生孩子呢，这不赶鸭子上架客串了一回。”

“这也行！”鹿可瞪着他。导演也能客串？《一夜惊魂》到底是一部什么奇葩电影！

费力无视鹿可震惊的眼神，双手放在脑后，跷着脚躺在沙滩上，好不惬意。

花点钱找认识的导演玩几天角色扮演而已，也就鹿可这傻丫头才会当真。

她估计永远也想不到，那个大胡子司机就是真正的导演。

那时候他的确是费尽心思为了接近她，不过现在看来……

“以前我还觉得你和薇安长得像，现在一想真觉得以前的自己眼神不行。”费力的眼睛扫过“一马平川”的鹿可，“啧啧”了两声，又道，“穿上衣服你还是个女人，这一脱了……鹿可，我敬你是条真汉子。”

鹿可：“……”

“鹿可，我准你走了，你回去吧。”费力突然跳转话题。

鹿可的白眼已经翻到眼皮都酸了。

她道：“费力先生，容我提醒你一句，不管是在法国还是哪里，我都是自由的，我想去哪儿都可以。还有，我这次来找你，是真的有正事。”

“林深的病我治不了。”不等鹿可开口，费力率先道。

“为什么？”

“因为他的病因你而起，也必将因你而终。这一点上，龙鼎天比你们都聪明。”

其实龙鼎天打电话给他的时候，费力的确很震惊。他之前的确是想得到鹿可，可是等人真到了法国，站在薇安曾经出现过的地方，初见时的惊诧和感动居然烟消云散了。

特别是当鹿可换上泳衣从更衣室里出来的时候，他就决定送她回去了。

原谅他就是一个这么肤浅的人……

“什么叫因我而起？萧时明明说他们是在五年前，林深受了巨大的打击才出现的……那时候我明明……”

“除了萧时和龙鼎天，林深还有其他人格吗？”

“你说的是开口闭口就是‘老子’的那个？”

一听鹿可提起他，费力就觉得头疼：“那个不算，那算是我催眠史上最失败的一部作品了。我也没想到我捏造出来的人格居然是这种‘二货’，唉，败笔啊，败笔啊！”

“你说什么？”浪花太大，鹿可没有听清。

“咳咳，没什么……”黑历史什么的，才不能让人知道呢。

“你知道你为何和薇安这么像吗？”费力没头没脑地问了一句。

鹿可接受不了他这么跳脱的聊天方式，白了他一眼，道：“我怎么会知道！”

“薇安不仅是我的老婆，还是你的双胞胎姐姐。”

“胡说八道！”亲人这个话题一直是鹿可的禁区，费力一提起“姐姐”，她就像是奓毛的猫一样，迅速进入戒备状态。

“你要是不信，我可以给你看亲子鉴定结果。”

“亲子鉴定？”

“你以为我在你家那几天，真的只是在混吃混喝？”

鹿可很诚实地点头道：“是啊，我一直是这么认为的，不然呢？”

想起那几天在她家，为了收集到她的基因样本，和尼诺满地找头发丝的场面……

咳咳，这种事还是别让鹿可知道的好。

费力：“不要在意这些细节……你只需要知道薇安是你双胞胎姐姐就行了。对了，薇安的中文名叫叶薇。”

叶薇？这名字她没听过啊。

费力从口袋里掏出一张照片，照片上是两个长得一模一样，穿着同样的衣服，梳着马尾辫，笑容灿烂的小女孩。

“右边的是薇安，左边的是你，你在被人拐走之前，叫叶安。薇安和你的关系很好，你走失之后，她就把自己的名字改成了薇安。”

……

草地上，一个小女孩跟在她身后跑着。

“叶安妹妹，等等我！”

鹿可鬼使神差地对她伸出手。

“我才不是妹妹呢，我是姐姐！”梦里的她不满地反驳。

她的身材明明比她高大那么多，怎么会是妹妹。

“你比我晚出生一分钟，你就是妹妹！”

镜头渐渐拉近，梦境渐渐清晰，那个小女孩的脸也越来越清楚。

梳着马尾辫，笑容灿烂，是一张她最熟悉又陌生的脸……

“小姐，小姐……”

鹿可迷迷糊糊地睁开眼睛，空姐那张带着标准化笑容的脸出现在她的视线里。

“飞机还有十分钟就要降落了，请您提前做好准备。”

鹿可道了一声谢，空姐笑着对她点点头，又去叫下一位乘客。

鹿可偏头，望向窗外。

飞机从云层中慢慢降落，层层云雾渐渐散去，下面的风景也越来越清楚。

鹿可心里的疑云却无法消散。

自己的生父生母，到底是个什么样的人？

鹿可从手提包里拿出上飞机前费力给她的资料。据费力说，这里面有她和叶氏夫妇，也就是叶薇的父母的亲子鉴定报告，还有他们的联系方式。

爸爸、妈妈，这两个贯穿她童年的噩梦，她最想念又最不愿提起的人。她还能有所期待吗？

鹿可不知道，她还没回来，某些人就因为她已经乱成一团了。

高翔查不到出入境记录，于是就开始黏着龙鼎天，直到他肯说出送鹿可去哪儿为止。

一个是因为《念念不忘》而声名大噪的主编，一个是“年度豪门狗血大戏”的男主角，两个备受关注的人突然变得形影不离，舆论风向渐渐开始走偏。

于是头条的画风变成了这样：富二代的真爱居然是男主编？真爱无罪，出柜有理……

鹿可也由“小三”变成了被骗身骗心的可怜女人，收获了观众一大把同情的眼泪。

然而被“出柜”的两个人真实日常是这样的……

小区入口。

高翔：“你把鹿可藏到哪里去了？”

龙鼎天：“保安！”

饭店门口。

高翔：“趁着我还好说话，赶紧交出鹿可！”

龙鼎天：“服务员！”

男厕所门口。

高翔："交出鹿可，饶你不死！"

龙鼎天："……刘秘书！"

……

第十五章

哪个人格都自恋

已是深夜，整座山就只有龙鼎天的房间还亮着灯，一份份文件被送进他的房间，公司高层几乎都是皱着眉进他的书房，而后摇着头出去的。

“你说这林深要干什么啊？”

“是啊，好好的翻起十五年前的旧账来！”

“何止是旧账啊，连沈氏企业的发家史都让我们给他送过来。唉，自从他和乔繁订婚之后，沈老就把公司交给他了，我们就算是想见沈老也见不到。”

“现在人家才是老板，我们操这么多心干什么。”

“说得也是……”

最后一批拜访的元老一路交谈着走出书房，就连刘秘书端着一杯咖啡迎面走过来都没注意。

刘秘书站到一边，为他们让开了路，听完他们的话，心里一肚子疑问。

龙鼎天要查沈氏企业的旧账干什么？

刘秘书纳闷地轻轻推开了书房的门。

电脑桌前，龙鼎天一门心思全扑在手头的文件上，听到动静连头都没抬。

“BOSS，太晚了，您要不先睡觉，明天再说吧。”

龙鼎天的视线仍落在文件上，朝他伸出左手。

刘秘书叹了口气，将已经放温的咖啡杯递了过去。

“BOSS，身体要紧啊。”

龙鼎天抬头，打量了刘秘书一眼，冷哼一声，道：“你明知道我不是你的BOSS林深，这套假惺惺的把戏就不用在我面前使了。”

就在刘秘书想着与其在这里添堵还不如默默退下的时候，龙鼎天又开口问道：“高翔还在小区门口等着吗？”

刘秘书点了点头，要说这个高翔也是有毅力，龙鼎天这几天闭门不出，他就在小区门口死守，真是一个比一个还倔。

“派个人，去把他请进来，我有事跟他商量。”

“可是……”刘秘书有些迟疑，“高翔可是有前科的，这么贸然放他进来，只怕会对BOSS您……”

龙鼎天瞪着铜铃一样的大眼，光是用眼神都把刘秘书逼退了好几步。

“老子还能怕他不成！把他给老子叫进来！”

刘秘书拗不过，只好派用人去请高翔，没多久派去的人一个人回来了，汇报道：“保安说那位先生已经走了。”

“走了？”

“说是接了一个电话，要去机场接人，就……”

“接人？还有谁能让高翔这么上心，居然连鹿可的下落都不顾了……”

没等刘秘书说完，龙鼎天抓起大衣就夺门而出。

“BOSS，高翔去接的不一定是鹿小姐……”

龙鼎天已经连续三天三夜没睡觉了，所以开车的重担就只能刘秘书挑着，他透过后视镜看向龙鼎天，后者正靠在椅背上，眉头紧皱。

刘秘书只当龙鼎天在为鹿可的事发愁，还想安慰几句，后座突然传来“咚”的一声，龙鼎天已经滚到座位底下去了。

“BOSS？ BOSS？”

奈何现在在高架桥上，不能停车，刘秘书心里着急，便将油门往下踩。

龙鼎天的一声大吼突破发动机的轰鸣声，清清楚楚地传到刘秘书的耳中：“萧时，老子跟你没完！”

刘秘书从最近的出口下了高架桥，在路边找地方把车停稳后回头，整个人都呆滞了。

此刻龙鼎天，哦不，应该是萧时，正并拢双腿，双手交叠放于膝前，像个大家闺秀一样规规矩矩地坐着。

“萧时？”刘秘书试探地喊了一句。萧时眼睛轻挑，鼻头一皱，嘴角斜扬，包含浓浓鄙视的表情，已经足以说明一切。

“刘秘书，去东升大道。”

萧时跷着兰花指，双腿交叠，一举手一投足，风情万种得让人……不忍直视。

刘秘书忍住呕吐的冲动，小心翼翼地提醒道：“可是，我们不是应该去机场接鹿小姐吗？”

“那女人有胳膊有腿有什么好接的，再说了不是有高翔吗！”萧时摆摆手，指着东升大道方向，“快带我去东升大道，今天有我们家男神的演唱会，迟了小心我跟你拼命！”

为了明星演唱会放弃鹿可？

刘秘书的脑海里突然蹦出龙鼎天刚才骂的那句“萧时，老子跟你没完”，别说是萧时了，换成叶良辰和林深中的任何一个，都会和萧时打起来吧！

俗话说姜还是老的辣，萧时的算盘拨得再响也不及沈老的后招：早在龙鼎天大张旗鼓地调查陈年旧事之时，沈老就已经把他所有的银行卡冻结了。

所以萧时别说买演唱会的一等门票了，就连演唱会门口小摊贩手上的一根荧光棒都买不起。

刘秘书无奈地耸了耸肩，语气中带着几分戏谑："我准时把你送到了，你进不去，这可不能怪我。"

萧时把目光投向刘秘书。

深知萧时脾气的刘秘书连退了好几步。

"别打我的主意，我上有老，下有小，你这几万块钱一张的门票，我还真买不起。"刘秘书说着就把萧时往车里塞，"你有什么话，还是等回去了去和你外公说吧。"

萧时噘着嘴，趴在车窗上，依依不舍地望着演唱会门口摆着的大幅海报。

刘秘书坐进驾驶座，习惯性地抬头向后视镜望了一眼，就见到了一个他不想再见到第二次的场面——

萧时正对着那海报用手比爱心，比完了就一遍遍地在车窗玻璃上写卫锦的名字。

刘秘书的鸡皮疙瘩掉了一地，再也捡不起来了。

"老爷一直反对你调查当年的事，肯定是你刺激到他老人家了，他才会停你的卡。你学学龙鼎天，在他面前低低头，想要什么就都有了。"刘秘书为萧时打开车门，在他跷着兰花指准备下车的时候，一掌打回去了。

"别跷手指，你要记着你现在是林深！就冲你现在这副德行，能不把老爷吓进医院就是万幸，更别说让他为你解冻银行卡了。"

萧时学着刘秘书的口型，一脸不服地下了车，在看到眼前突然出现的两个人的时候，眼睛都直了。

那不是……鹿可？

龙鼎天是他们最后的希望，也只有他还能狠心把鹿可——这个唯一能勾起林深这个主人格记忆的女人赶走。所以在龙鼎天想去找鹿可的时候，萧时第一时间就蹦出来了。

可他怎么都没想到，鹿可居然会出现在沈宅。

唉，真是瘟神，都这样了居然还没躲过！

不对啊，外公找鹿可能有什么事？

怀着满腹狐疑，萧时猫着腰，踮着脚，跟在鹿可和“护送”她的两个保镖身后朝门内走去。

鹿可被人带进了客厅，萧时一进去就会暴露，所以他在屋外找了一处矮树丛猫着，仔细盯着室内的动静。

沈老不会对鹿可怎么样吧？

等一下万一沈老和鹿可打起来，他是该旁观呢，还是旁观呢，还是旁观呢？

……

屋内其实并没有萧时想象的那么剑拔弩张，相反，气氛十分融洽。鹿可和沈老完美地演绎了真人版“鸡同鸭讲”。

沈老让人上了一壶好茶，然后开始旁敲侧击：“鹿小姐，在我心中你是一个知进退的好姑娘，我想那天我也把话说得很明白了，不管是为你还是为林深，你还是离他远一点为好。”

刚下飞机，还没倒过时差来的鹿可压根儿就没听懂他在说什么，只知道点头，一脸无辜。

“既然你已经点头答应了，那废话我也就不多说了，我……”

沈老刚给老管家使了一个眼色，老管家还没来得及去执行命令，就被鹿可打断了：“我答应什么了？我怎么不知道？”

沈老还以为她是故意装傻充愣，想再敲打她一下，眉头一皱，厌恶溢于言表：“只要鹿小姐肯离开林深，钱不是问题。”

鹿可只听到了“问题”两个字，从沙发上一弹而起：“怎么没问题，有问题，很有问题！要治好林深的病，除了心理治疗，药物治疗也是必不可少的。”

沈老头疼地扶额。

“林深的事我自有分寸，你赶紧拿钱走人就行。”

“不是为林深治病，我拿钱干什么？”

“林深的病不用你管！”沈老都被她逼得几近暴走了，“你赶紧走！”

沈老说着，“唰”地从兜里抽出一张飞机票扔到鹿可的面前。

“这是去法国的机票，如果你不愿意去法国，只要不是国内，想去哪儿我都可以派人送你去。”

“对不起，您说的话我一个字也没听懂，我也不想懂。”鹿可正色道，“我是个认死理的人，喜欢就在一起，不爱就分开。所以如果我的存在对林深而言真的是一种痛苦，请让他自己来告诉我。”

沈老被她气得胡子都直了，拐杖敲着地板咚咚作响。

“你可知要是林深恢复记忆，就要再经历一次丧母之痛！”

“这只是您的主观臆断，你考虑过林深的感受吗？”鹿可定定地看着他，“不管过去是痛苦还是快乐，那都是属于林深自己的，该抛弃还是该保留，应该由林深自己来做抉择。”

“你懂什么！你凭什么在这里指手画脚！林深的母亲会死还不是你害的，当初要不是你突然出现，她为了找你又怎么会出车祸？林深也不会变成现在这样！所以最没资格说这话的就是你……林深？”

沈老看着突然出现在门口的林深，愣住了。

因为担心鹿可会被欺负而闯进来的萧时，被沈老的那句话吓住了，愣愣地道：“你刚才说的……是真的？”

声音不大，却像是千钧巨石，撞进沈老的心里。

客厅门大开着，冷风从门外刮进来，窗帘被吹得呼呼作响。萧时一只脚在灯光下，一只脚还在黑暗中，他就这样愣愣地站着，睁大了眼睛，不敢相信地看着沈老，好半天后才转过头去望向鹿可，在对上鹿可那不明所以的眼神之后，很快又别过头去，面向黑洞般的夜。他不断抖动的肩膀在默默地告诉所有人：他在哭！

“林深……”鹿可的心碎成一块块的，她想上前扶住他，想去给他安慰。

有一个人却先他一步冲了上去。

沈老抡起拐杖，不管三七二十一对着林深的腿就是一棍。林深吃痛，捂着大腿蹲在地上，背上又挨了一棍。

“我沈家的男儿，流血流汗不流泪，更何况还是为了一个害死你妈妈的女人！站起来！”

鹿可扑上去抢沈老的拐杖，老管家见状前来帮忙，鹿可一个人抢不过他们，只能抱着林深，任沈老的拐杖打在自己身上。

沈老对她本来就有怨气，这一棍直直地砸在鹿可的背上，鹿可就算做好了心理准备，还是痛得死去活来，冷汗直落，差点晕过去。

她不敢保证自己受不受得住第二棍。

“不要打我的妈咪，您要打就打我好了！求求您不要打我的妈咪。”

林深“扑通”一声跪在地上，朝沈老磕头。

沈老被这阵势吓到了，丢下拐杖要去扶他。看到那双朝自己伸过来的手，林深吓得跌坐在地上，反手撑地连连后退，闭着眼睛求饶：“求求您，别打我，我听您的话，您让我去哪里我就去哪里，再也不乱跑了，求求您了。”

一句话如惊雷劈在沈老的心上，他蹒跚着退了几步，脚步不稳摔倒在地板上。

老管家伸手想来扶他，被他一手推开了，他愣愣地望着那个闭着眼睛，吓得瑟瑟发抖的林深，张嘴深呼吸了好几口气才将“你是谁”那三个字问出口。

害怕得连眼睛都睁不开的林深，哆嗦着吐出三个字。

“叶……良……辰。”

刘秘书和鹿可费了九牛二虎之力才把叶良辰抬上床，安顿好他之后，刘秘书才找出了医药箱，让鹿可揉一揉被沈老那几棍砸出来的瘀伤。

鹿可没有接医药箱，反而捡起地上的亲子鉴定报告，递给刘秘书，道：“麻烦您帮我看看鉴定结果。”

事情到了这一步，她更没有勇气看这份亲子鉴定报告，但是正如林深当年告诉她的一样，真相躲不过逃不了，征服它的唯一办法就是面对它。

刘秘书虽然一肚子狐疑，但还是翻开了报告。

这是一份权威机构的亲子鉴定报告，不仅落款处有检验机构专用盖章，就连纸张都是特制的防伪纸。刘秘书到底是久经商场的老人，这份有中、法、英三语，连标点符号都极为严谨的报告，绝对不可能是捏造的。

刘秘书草草地扫过前面几页，最后直接翻到了鉴定结果。

“本次鉴定结果支持叶楠与鹿可是生物学父女关系，田甄与鹿可是生物学母女关系。”念完鉴定结果，刘秘书也大吃了一惊，傻傻地望着鹿可，“您不是……难不成您找到您的父母了？”

这可是大新闻，要是 BOSS 醒了不知道得多高兴！刘秘书兴奋地又往后翻了几页，才发现后面还附上了几张照片，其中一张是一对年轻夫妇抱着一对双胞胎小女孩的合照。

“咦？这两个小女孩原来还是一对双胞胎？”

刘秘书打开平板电脑，点了几下找到一份资料，将亲子鉴定报告上的照片和资料上的照片放在一起，放到鹿可的面前。

鹿可梦里见到的那张小女孩的脸，居然会出现在照片里！

两张照片里的人居然一模一样！唯一不同的就是鉴定报告上是一对年轻夫妇抱着一对双胞胎，而平板电脑的资料里，是年轻夫妇抱着一个小女孩的合照。

“这是我按照 BOSS，哦，不对，是龙鼎天的要求去找的十五年前的资料。十五年前正是沈氏企业至关重要的一年，因为资金周转不灵，沈氏企业濒临破产。当时著名的投资商、法国华侨叶氏夫妇携女回国省亲，为了获得资金，当时的总经理也就是 BOSS 的母亲沈遥亲自接待，可直到他们快离开了都没有答应沈经理的融资请求。当时所有人都以为沈氏企业必死无疑了，结果却……”刘秘书凑近了些，压低声音说道，“听说当时叶氏夫妇的女儿突然失踪了，叶氏夫妇为了找女儿只能继续留在国内，找了整整半个月都杳无音信，突然某一天，他们找到沈老说要融资。有叶氏的融资，公司才终于渡过难关。说来也奇怪，沈经理就在那之后辞掉了叶氏企业的经理之位，一个人在外游荡了十多年，直到五年前才回来。”

那时候刘秘书还在沈家陪着沈老，对那天的事很有印象。

“沈经理回来之后，和沈老大吵了一架，当天晚上开车出去就出车祸身亡了。BOSS 当时也在现场，受了不小的刺激，连续发了好几天的高烧，好不容易才保住一条命，却不记得关于车祸的任何细节了。”说完这段扑朔迷离的秘史，刘秘书才坐正身体，恢复正常音量，“车祸后没多久就传出了 BOSS 有心理疾病的传闻，当时沈老好像还特意请著名心理医生费力来为 BOSS 治过病。费力走后，沈老就把 BOSS 送到国外就读商学院了，一年前回来时跟换了一个人一样。我一开始还纳闷呢，心想到底是什么样的学校能把人磨砺得性情大变，直到后来 BOSS 找到我，让我帮他控制萧时，避免他做出什么癫狂的事，我才知道原来他……”

短短的十分钟，对鹿可而言，像一个世纪一样漫长，她用了近半个钟头才消化掉刘秘书说的这一切，最后，她终于意识到一个重要的问题：“你说这一切，都是龙鼎天让你调查的？”

“确切地说，调查的方向都是龙鼎天指定的，我只是帮他跑跑腿，收集一下资料。”

“也就是说，你说的这一切，龙鼎天事先都知情？”

“你这么一提醒，倒还真像这么回事。”想起那几天龙鼎天不休不眠地调查，要说他什么都不知道，刘秘书是绝对不相信的。

“好！”鹿可拍桌而起，瞬间充满干劲。她这一惊一乍的，把刘秘书吓了一跳：“你……你想干什么？”

“刘秘书，我需要你帮忙！”鹿可斗志昂扬，“帮我把龙鼎天逼出来。”

“啥？”刘秘书的内心是崩溃的，逼出龙鼎天什么的，他可以拒绝吗？

然而龙鼎天不是你想召唤就能召唤的叮当猫，从林深睁眼开始，鹿可就约他喝酒，不肯喝就和刘秘书联合起来灌，几番下来各个人格都切换了好几轮，就是没有龙鼎天。

第一次切换成叶良辰那个吃货，因为受了惊吓，每天除了吃就是吃，鹿可把酒混在他的糕点里灌醉了他；

第二次出现的是霸道总裁款林深，在他"你们是不是想害死老子的"反抗声中，鹿可硬生生灌醉了他；

第三次出现的是萧时，有了前车之鉴，他也猜到他们想干什么了，主动拿起酒壶道："老子自己喝！"

第四次……

沈老的人已经开始排查林深的别墅和鹿可的住处，来找他们，鹿可没办法，只能求助高翔。

当鹿可和刘秘书拖着喝得醉醺醺的林深出现在高翔家门口的时候，穿着夸张小熊睡衣，顶着两个可以和熊猫媲美的黑眼圈的高翔，揉了揉惺忪睡眼，在看清来人之后，下意识地关门，被鹿可抢先一步挤了进去。

"最近风声紧，先到你这里住两天，卧室和客厅我征用了，其他地方你随意。"

鹿可大张旗鼓地鸠占鹊巢，先是把林深抬进了卧室，后又自顾自地开始拆沙发拼起沙发床来。

"你考虑过我这个主人的感受吗？"高翔抢过鹿可怀里一米多高的熊猫抱枕，霸道地宣誓主权，"这是我的，不许动！"

鹿可耸了耸肩，直接忽略了他，朝正在忙活的刘秘书问："你饿了吗？想吃点啥？我去做饭。"

做饭？！

这个女人前段时间才因为做饭烧了一栋别墅啊！

"别别，您辛苦了，您坐。做饭这种事，我来就可以了，哪能让贵客亲自动手？"

高翔硬是将鹿可按到了沙发上，他已经想好了，厨房门口一定要挂一块牌子，就写：鹿可及恐怖分子不得入内！

"真的？"鹿可挑挑秀眉，双手环胸开始报菜名，"我要吃红烧狮子头，东坡肉……最后再来一个老鸭汤就可以了。"

高翔眼含热泪点头："好，只要你不进厨房，什么都依你。"

……

高翔也是个连面条都煮不熟的厨艺“战五渣”，但他贵在比鹿可有自知之明，于是果断放弃了去买菜煮饭的想法，一个电话打到了对面的五星级酒店，按照鹿可的要求，点了一桌外卖。

因为陪着林深折腾，鹿可和刘秘书两个人已经好几天没有正正经经地吃过一顿了，这会儿一上桌就跟鱼儿见到了水，鸟儿见到了虫子一样，眼放绿光，风卷云残，以迅雷之势，将一桌满汉全席硬是啃成了满汉“空”席。

而勉强抢到一片青菜的高翔，摸了摸自己瘪下去的肚皮和荷包，泪流满面地喊道：“鹿可，你跟我过来！”他“啪”的一声扔下筷子，丢下一句话就径自往小阳台上去。

鹿可打了个饱嗝，跟了上去。

“借你家住几天，房租照算，水电照出，放心，亏不了你……啊，疼！”鹿可话还没说完，就被高翔当头的一个栗暴打住了。

她捂着被敲痛的额头，怒道：“不就是蹭了你一顿饭，至于吗？”

“我想说的不是这个！”高翔无奈地叹了口气，朝卧室的方向望了一眼，“你是真的准备和林深这个家伙纠缠不清？你知不知道沈老现在正在派人满世界找你们？你知不知道这个家伙当着全国人民的面，已经和别人订过婚了？！”

鹿可倚靠在栏杆上往下望，不得不说，有钱人就是不一样，从他这里看下去才叫风景，从她家那个小阳台看下去，情侣互掐的，大妈互撕的……只有一片“疯”景。

高翔不知道鹿可的心思早已走偏，见她不说话就当她是默认了。

“也不知道林深给你灌了什么迷魂汤，他现在就是一个神经病，这都能让你死心塌地！”而他陪在她身边这么多年，却连一句好话都没有。

鹿可白了高翔一眼，道：“一个大男人还学人家幼儿园的小姑娘穿熊猫睡衣，抱熊猫抱枕装可爱！你确定你自己还有资格说别人神经病？”

“现在倒牙尖嘴利了！”高翔有些愤懑，再次抬手准备朝鹿可的额头敲过去，就被鹿可躲开了。

不过高翔的话提醒了鹿可，自从她和林深越走越近，那种心中有一万头神兽跑过，口中却说不出一句话的情况已经出现得越来越少了，就连和高翔这种吵架高手对战都能赢！

想起林深当年为了帮她治失读症，一字一句地教她认字，认真帮她批改情书的情形……难不成她的失读症真的有可能治好？

“……有些事本来就是我欠你的，现在一起还给你也算是两清了。”高翔说了一大堆话回头，才发现鹿可已经两眼放空，神游太虚去了。

高翔无奈地揉乱她的发心，鹿可这才回神，抬手拨开他：“你干什么？”

“我和你说话呢，敢不敢认真点？”

“你说的都是废话，有什么好听的！”

“你不是想把龙鼎天唤醒吗，如果我说我有办法呢？”

鹿可秒变星星眼。

“大神，请多指教！”

……

高翔还真说到做到，他把自己和林深关在卧室里嘀咕了近一个钟头，等他们再次走出卧室的时候，林深已经变成龙鼎天了。

鹿可本以为召唤出龙鼎天就能问出真相，可她忘了一点：龙鼎天是所有人格中最不听话的一个！

所以鹿可还没来得及开口说一句话，龙鼎天已经带着高翔和刘秘书风风火火地出门了。

看着他们消失在楼梯口的背影，鹿可欲哭无泪。

喂，这配置明显不对啊！

……

听说龙鼎天带着高翔去找沈老了，路痴鹿可因为无法及时跟上龙鼎天去沈宅，所以错过了一场年度大战。

不过结果她是知道的：龙鼎天解除了和乔繁婚姻的同时，还臭不要脸地以合作的名义吞并了乔氏集团。乔繁也辞了总裁特助一职，拿着龙鼎天给的一大笔丰厚的辞退金出国逍遥去了。

听说高翔在这场大战中起到了至关重要的作用，龙鼎天为了报答他，买下了他的《最青春》杂志社，还替他在美国开了一家分社。今天上午十点，高翔就已经坐飞机去“祸害”大洋彼岸的人民去了。

而全程就差在脸上写着“不差钱”三个大字的土豪龙鼎天，这会儿却小气得厉害，刚目送高翔进登机口，就迫不及待地把鹿可的头扳过去：“除了我，以后不许你多看其他男人一眼！”

鹿可惊得下巴都快掉下来了，如果她没记错，龙鼎天不是所有人格中最讨厌她的那个吗？

龙鼎天被鹿可的那怀疑的眼神看得脸上泛红。

“别以为你这样就算过关了，老子只是给你一个喜欢老子的机会，至于能不能成为老子的女人，还有待考察。”

鹿可：“……”看来不管是哪个人格，都如此自恋啊。

第十六章

他们都还在，真好

收拾了不少人，又狮子大开口吞并了不少公司，龙鼎天这两天忙得脚不沾地，刚送鹿可回家就往公司跑。

刘秘书已经升职为总裁特助，他抱着一堆资料敲开了总裁办公室的门：“BOSS，乔氏企业所有的资料都在这里了。”

龙鼎天头也没抬，指着桌上的空位道：“放在那里吧。”

刘秘书将资料放在桌上后，这才空出手来，从衣兜里掏出一张便笺：“我已经去联系过鹿小姐的生父生母了，他们这两天就会赶过来，这是他们乘坐的航班和预订的酒店。”

龙鼎天终于舍得从一堆文件里抬起头来，扫了便笺一眼，吩咐道：“你先去和酒店沟通一下，服务、卫生都必须做到最好，不能怠慢了他们。”

刘秘书点点头，却没有退下，站在原地支支吾吾了许久才开口：“那个……鹿小姐这两天又在问我当年的旧事了，因为沈老之前在她面前说过她害死您母亲的话，所以她一直耿耿于怀，您说我要不要将真相告诉她？”

龙鼎天揉了揉眉心，这个问题他无法回答。

真相过于沉重，就连林深当年都不堪重负倒下了，鹿可那个小身板，能承受得住？

“如果是林深，他会怎么做？”

龙鼎天突然提起林深，还是如此心平气和地提起来，让刘秘书的小心脏不可自抑地颤了几下，他道：“BOSS 他……他是学新闻的……可能……”

“那就告诉鹿可真相吧。”

“可是……”

“没什么好可是的，这不是我的选择，是林深的选择。”龙鼎天放下手中的笔，若有所思道，“你放心，不管结果如何，总有一天，他都会站出来为此负责的。”

刘秘书愣怔地望向龙鼎天，他居然会说出这样的话，真是不可思议！

喜乐门大酒店。

鹿可扯着身上夸张的蕾丝公主裙，在心里一遍又一遍地鄙视起龙鼎天的眼光。

这都是些什么衣服啊！三岁小孩都不会喜欢好吗，她一个“女汉子”再怎么装公主也不像啊！

要不是龙鼎天说今天会告诉她所有真相，她才不会答应他穿这身衣服过来呢！

好在这个龙鼎天没有选择在酒店大堂用餐，而是选择了一个包厢。

就在鹿可盘算着吃完饭赶紧溜，然后找个地方把这套夸张的衣服换下来的时候，龙鼎天告诉了她一个十分不幸的消息：还有客人要来！

这是要她命的节奏啊！

“不行，我得去换衣服。”

龙鼎天把她拉住：“怎么，我给你挑的衣服你不满意？”

鹿可欲哭无泪。

“……那个，你挑的衣服这么美，我是不想让外人看见。”好吧，她已经快把自己说吐了。

龙鼎天这才放开了她：“没关系，今天这饭局没外人。”

“啥？”

话音刚落，门口就传来了动静，只见叶锦推门走了进来。

她怎么来了？天啊，以叶锦那逮谁写谁的性子，她穿着一身夸张的衣服肯定会成为叶锦下一本霸道总裁文的“傻白甜”女主角了！

鹿可一屁股坐在椅子上，借着桌子和椅背遮挡住尤为夸张的裙摆，确定至少看上去正常了，才挥手准备朝叶锦打招呼。

可是在看到叶锦身后的两人时，伸出去的手僵在半空中，动不了了。

那不是……亲子鉴定报告里的照片里的那对年轻夫妇？

除了额头上的皱纹和鬓角的白发，鹿可可以肯定这两个人就是他们——她只在照片上看到过的生身父母。

男人穿着一身剪裁得体的西装，眉宇间自有一股风度在，女人则穿着搭配相宜的月白色长裙，两人站在一起十分登对，一看就是生活十分有品质的一对夫妇。

“鹿可！”叶锦向鹿可招手打招呼。

而那对中年夫妻，在听到叶锦的叫唤后，齐齐朝她望过来。

两人瞬间震惊了，四只眼睛睁得比铜铃还要大。

“啪”的一声，穿着白色长裙女人手里的红色手包脱离了手的控制，落到了地上。

伴随着手包落地声的还有妇女的那一句轻声呼唤：“薇薇？”很快，她就摇了摇头，推翻了自己的猜测，突然她难以置信地望着鹿可，颤抖地叫出另一个名字，“安安！”

“安安，真的是你！”顾不上自己的手包，中年妇人三步并作两步，急匆匆地朝鹿可奔过去。她拉着鹿可的手，先是前后上下仔仔细细地检查了一遍，然后泪流满面不由分说地抱住了鹿可痛哭起来，“孩子啊！我的孩子啊！你可受苦了。”

鹿可费了九牛二虎之力，才将女人的手扳开。此刻她的心绪很乱，比起和父母重逢的惊喜，她心里更多的是恐惧、不安和愤怒。

毕竟在她被辗转卖出又抛弃的时候，她曾无数次幻想过她的父母总有一天会找到她，然后带她回家。然而这些幻想在一次次折磨中变得破碎，所以……她总觉得自己没有父母，没有家，未来除了爱人，她不会有任何亲人……

如今这对夫妻却说是她的父母，她如何接受？

看着一脸戒备的鹿可，中年夫妇齐齐叹了口气，白裙女人擦了一把眼泪，好不容易才忍住紧抱鹿可的冲动，抽泣着问道："这些年你都去哪里了？跟着谁过的？养父母对你好不好？"

鹿可摇了摇头，道："我没有养父母，唯一的亲人是把我捡回家的婆婆，不过她在五年前去世了。"鹿可想把自己的手从白裙女人的手中抽出来。

其实自从费力给了她那份亲子鉴定报告，并告诉她，她的父母还在世的时候，她心里就幻想过无数种和父母相认的画面。

然而无论是哪种都让她惶恐不安，以至于她后来不敢再想这件事，总以为这样就能躲过这个让她不知所措的局面。

然而……

"我去下洗手间。"

房间里的气氛让鹿可觉得压抑，她站起身还没走出两步，就被人拉住了。

鹿可回头，发现拉住她的并不是那对中年夫妇，而是龙鼎天。

是啊！这场饭局从一开始就是龙鼎天安排的！他才是这一切的始作俑者！

"鹿可，你不是要知道真相吗？"龙鼎天望向鹿可，眼神中满是鹿可看不懂的悲痛，"这就是真相。"

"你说什么？"

"你的父母一直没有放弃寻找你，有错的是我们沈家。"龙鼎天低着头，不敢看鹿可的眼睛，他怕自己看着她会没勇气说出真相，"当年我爷爷为了拿到叶家的资金，拐跑了你，又怕被叶家知道真相，将你远卖，害你流离失所。我早在五年前就知道了这件事，却没有勇气去面对，直到变成今天这样。”

“轰”的一声，一道巨雷在鹿可脑海里炸开，瞬间一片空白。

“不……我不信！”鹿可推开龙鼎天，也推开了五年来一直支撑着她的精神支柱。

这一刻，她的爱情塌了，世界塌了，人生塌了。

龙鼎天看着她，想上前扶住她，在对上她那恐惧哀痛的表情之时，伸出去的手又默默地收了回来。

“BOSS，你……”刘秘书简直要被这一根筋的老板急死了，看来想让他把真相说清楚是没法指望了。

刘秘书和叶锦合力，将几近昏厥的鹿可抬到椅子上坐好，这才主动开口解释道：“鹿小姐，这事儿和BOSS没什么关系，当年BOSS的母亲知道真相后，找了你十多年，后来发现你和BOSS成了情侣，匆忙去找你才……BOSS五年前知道真相后，就想着把一切归位，是老爷……”

“催眠改变性格”这样的话，刘秘书怎么都说不出口，想了想只能草草收尾：“BOSS以前是不知情的，而且他一直在为揭开当年的真相而努力，所以……”

“刘秘书……”龙鼎天喝住了刘秘书，对叶氏夫妇道，“当年我母亲和我外公犯案的过程、证据以及设计拐卖鹿可的犯罪同伙，我都已经全部调查清楚了，文件我也带过来了，您如果要上诉，被告就请写我一个人的名字。我外公他毕竟……”

龙鼎天递上一大袋他这些天废寝忘食搜集的资料，别说是叶氏夫妇了，就连作为旁观者的叶锦都被他震惊到了。

这世界上哪有自己搜集证据让别人来告自己的？

龙鼎天这家伙的智商真的没问题？

“其实……我们早就知道安安是你们沈家的人带走的。”叶父叹了一口气，提起这些旧事免不了还有几分伤感，“安安失踪后，所有人都在帮我们找孩子，只有沈家人还在缠着我谈合同，那时候我就意识到可能是沈家人为了拖延时间带走了安安。不过我们没有证据，所以当时我们才答应和沈氏签订半年的融资合约，本想着沈家的目的达到了，应该可以放了安安，没想到……

“叶锦是我侄女，从小就和薇薇玩得很好。薇薇和安安长得很像，所以她一眼就认出鹿可就是安安时，立马打电话通知了我们。虽然当时没有做过亲子鉴定，可是自己的孩子哪有认不出来的！我们本来想着等找齐证据，真相大白的那天再向你们沈家人讨个公道，可是现在看来，似乎没什么必要了……”

叶母附和着，将资料推了回去，回头看向鹿可：“你和安安的事，叶锦也和我们提过，这是我们上一代人的恩怨，和你们无关。安安她……”

“我不是叶安，我是鹿可，你们说的这一切都和我没关系，没关系！”

鹿可像疯了一样一跳而起，提着裙摆冲出了包厢。

“鹿可！”龙鼎天迈开长腿追了出去。

叶母也想跟上去，被叶父拉住了：“你还不懂吗？现在安安心里装着的，只有那个叫林深的小子，我们去了只会让她更抵触。”

叶母望着他们离去的方向，心里有些担忧。

……

正是夕阳落地的时候，天地间一片殷红。

鹿可身穿着一身夸张的长裙，在夕阳下奔跑，引得无数路人侧目。

“鹿可！”龙鼎天跟在她身后，跑得气喘吁吁。

本以为凭借着腿长的优势他一定能很快就捉住鹿可，可鹿可那两条短腿简直像无敌风火轮一样。

眼见甩不掉龙鼎天，鹿可临时转弯想拐进公园里去。

没想到公园暂停开放，一道铁闸门拦住了她的去路。

鹿可再想转身按照原路跑已经来不及了。

龙鼎天一眨眼，已经来到了她的身后。

“如果你是来跟我说大道理的……我……唔！”

鹿可还没反应过来，就被人霸道地揽进怀里。龙鼎天不给她任何思考的时间，低头就是狂风暴雨般的吻。

他吃力地咬着她的唇，一只手按着她的后脑勺，堵住了她所有的退路。他吻得很狂野，毫无章法，带着很明显的惩罚和愤怒。

也不知道吻了多久，鹿可觉得自己的唇都快麻木了，龙鼎天才放开她。

没等鹿可发火，大喊流氓，龙鼎天先发制人开口，不给她说话的机会："你如果觉得不开心，不想认他们那就不认。"

"啊？"她以为龙鼎天费力追上来是想劝她回去接受那对中年夫妇。

虽然龙鼎天这样说，但是鹿可心里多少还是有些过意不去："不是不想认，只是……太突然了。"

"没关系，我可以等，他们也可以等，没人逼你现在就接受。不过你下次敢再这样不经过我的同意就抛弃我离开试试！"龙鼎天别过头去，"老子……老子还以为……你不要老子了！"

鹿可看着龙鼎天那副傲娇别扭的模样，心中由真相带来的冲击似乎消散了许多。

在包厢里的时候，她是真的无法接受，逼仄的空间，每个人都在她的耳边喋喋不休，她头都大了，这才跑出来，一心只想静一静。

到龙鼎天追出来，她才意识到，在这个世界上，有个人比她更痛苦——林深！

她的痛苦只是源于外力的逼迫，而他所受的是身体和心灵上的双重重压，比她要严重许多。

如果不是因为痛苦的程度已经超出了他的心理承受能力，龙鼎天、叶良辰、萧时……这些奇奇怪怪的人格也不会出现。

她早该意识到，龙鼎天费尽心机只想揭开过去的真相，林深一直想推开自己……这一切都是林深的赎罪方式，他把自己折磨得四分五裂，体无完肤，只因那段与他不幸有点纠葛的过去。

最痛苦的时候有他相伴，鹿可觉得心里那一道道陈年旧伤正在慢慢愈合。

可是他的呢？

鹿可伸出手想握住他的手，尖锐的手机铃声突然响起，打断了她的动作。

龙鼎天从衣兜里掏出手机，接通，几分钟后挂断。

“外公病重，我……”龙鼎天开口，眉头已经深深皱成了一个“川”字。

“我陪你去！”鹿可上前，握住他的手。

龙鼎天有些犹豫，虽然电话那头老管家也明确说了外公要见鹿可，可是……

鹿可笑着牵住他的手，用温暖的笑容化解了他心头的顾虑。

去沈宅的一路上，鹿可都在努力拼凑小时候的记忆，却发现自己的印象真是少得可怜。

看向表情凝重的龙鼎天，想起他身为叶良辰对沈老的恐惧，鹿可突然有点庆幸自己当年年纪小，很多事都记不清了。

鹿可和龙鼎天刚到沈宅，前来迎接他们的老管家对鹿可毕恭毕敬地鞠了一躬，说道：“鹿小姐，沈老想见您。”

沈老的话龙鼎天在来之前就已经转述过了，早有心理准备的鹿可点点头，跟着老管家往内室走去。

“沈老的身体一直不好，最近又发生了这么多事，他受了不小的刺激，病来如山倒，如今已经是下不了床了。”老管家一边往里走一边说着。

“受刺激？难不成是因为……”龙鼎天？

老管家显然知道她的想法，摇了摇头，道：“沈老对您自然是有愧疚的，以前你没出现的时候，他就天天做噩梦，梦见你来向他索命，这就是为什么你出现后，他千方百计想把你送走。”

老管家把鹿可带到二楼的一间房门前，站在门口推开门，对她点点头，就让她自己进去了。

鹿可走进房间才发现这是一间很大的卧房，里面堆满了各种医用器材，房间里充斥着淡淡的药味，心脏记录仪“嘀嘀”的声音在这个寂静的空间里显得格外清晰。落地窗被厚厚的窗帘挡住，只露出一道缝隙，正好打在床上手上插着针管的头发花白的老人身上。

才几天不见，沈老就苍老了许多。

鹿可慢慢走近，沈老许是听到了脚步声，终于睁开了紧闭着的双眼，看到鹿可，十分艰难地伸出了手，对着她招呼了两下，用微不可闻的声音说道："你来了。"

他的声音如此虚弱，鹿可心里一怔，顺从地走过去，在床边的软凳上坐下来，礼貌地微微鞠躬。

"当年的事，林深应该都跟你说过了。"

鹿可点了点头。

"人这一生，不怕犯错，就怕错一辈子。因为我的固执，林深这个孩子……跟着我吃了不少的苦。其实早在五年前，林深第一次说要调查当年车祸真相的时候，我就知道瞒不住了，可是我怕，林深是我在这个世界上唯一的亲人，我怕他会……不认我这个外公……所以我请来费力，用催眠术为他创造出一个新的人格，让他改头换面变成另一个人。"

"你说什么？"难道五年前沈老找费力来，并不是为了帮他治病，而是……

天啊！还有比这更疯狂的事吗？

看到鹿可震惊的表情，沈老才知道原来她是不知情的。他估计怎么也没想到，这些他最不想面对的事实，居然会被他自己揭穿。

沈老的嘴角扯出一抹讽刺的笑，靠在床沿上，望着白色的天花板，若有所思。

罢了，都已经这样了，他的罪过书上多一笔少一笔又有什么关系。

"这个秘密，我守了这么久，也曾无数次想告诉林深，却始终不敢，如今说出来，真是畅快。时至今日，我知道我已经没资格再要求你什么，也不敢祈求你的原谅。只是林深这孩子是真心实意喜欢你的，他一直在等你，希望你不要因为我毁了你们这一段姻缘。"

鹿可已经听不下去了，站起身来，道："您并不欠我什么，您的债林深已经帮您还完了。所以您该乞求原谅的人不是我，而是被您逼得四分五裂的林深。”

这个房间鹿可是一刻也待不下去了，她怕自己待久了会忍不住揍沈老一顿。

这个世界上怎么会有这种人，为了留住一个人不惜改变他的人格！

沈老这样，和杀了林深有什么区别！

“哐当”一声，关上房门的那一刻，鹿可再也支撑不住身体，腿一软就跌坐在门口。

这一刻她多希望自己的失读症发作，这样她就什么也听不懂，不理解，这样就没有苦恼了。

“鹿可。”

鹿可抬头，一眼就看到林深正匆匆朝她跑过来，熟悉的脸庞，就像她当年在学校图书馆里偷看他时的模样。

如此温柔的眼神……他不是龙鼎天，而是林深，真正的林深！

龙鼎天曾说过，他是林深为了逃离痛苦创造出来的，他帮林深承受了所有的痛苦，对他而言，过去只是一个个解不开的谜团。

可是就连龙鼎天都刻意忽略，不敢说出来的真相，她真的要让林深知道吗？他会不会再次崩溃……

“沈老那么过分，当然要让林深知道了！”

“不行，这样只会让林深更痛苦！”

“那他当年遭受的那些罪都白受了！”

“可是……”

不同的声音在她的脑海中响起，她就像进入了一个十分嘈杂的环境，耳边嗡嗡声不断，唯独听不见林深的声音。

“鹿可，鹿可。”

林深着急地抱起鹿可，见喊了好几声，鹿可都没回应，他干脆将她打横抱起，小心翼翼地下楼，将她放在沙发上。

“管家，管家！”

空荡荡的房子里没有一个人，林深大声喊了好几声都没人回应，就在他准备出去叫人的时候，一只手扯住了他的袖子。

林深回头，正好对上鹿可的眼睛，终于不再是失神落魄的眼神，可是那泪眼婆娑的样子，还是让林深的心忍不住一紧。他忙蹲下去望着她，柔声问道："怎么啦？是不是外公跟你说什么了？你放心，我们这么多磨难都走过来了，不管别人说什么，我都……"

鹿可突然倾身，抱住林深。

林深一愣，下一秒才回过神来，伸出手臂揽上她，抚上她的背："怎么了？"

鹿可窝在他的颈窝里摇头，早已是泪流满面。

"林深。"

林深抱得她更紧了，轻轻地回了一句："嗯？"

"如果你知道了一件明知道说出来会让我痛苦的事情，你会选择说还是不说？"

"会让说的那个人痛苦吗？"林深淡淡地反问道。

鹿可一怔，明白自己是怎么都骗不过他，干脆坦白承认："会。"

"那就别说。"林深轻轻放开她，伸手替她擦掉眼角的泪痕，柔声道，"不管是什么，只要是会让你觉得伤心难受的事，就不要做。"

那一刻，他的眼神坚定而温柔，鹿可在他的眼神里找到了自己的影子，就像他一直在包容着她一样，他的黑瞳将她的身影护在里面，小心翼翼地呵护着。

那一刻，她突然就想明白了。

是啊，人又何必活得这么明白，只要两个人在一起能够开开心心的，又何必徒添困扰。

重要的是未来，至于以前的事，就让它过去吧！

想通了这一点，鹿可就释怀了。

她将头埋在林深的怀里，低声说："我饿了。"

林深哑然失笑，揉了一把她的头发，无奈又宠溺地说："你啊！"

这时候，刚才被林深的喊声引来，看着他们拥抱在一起，又不敢靠近怕打扰了他们，在一边久候多时的管家，抓住机会上来刷存在感：

“鹿小姐想吃什么？我这就吩咐厨房去做。”

鹿可刚想说随便弄点粥就好了，楼上突然传来了一声尖叫，好像是在做打扫的用人的声音。

林深刚想着叫人上去看看，就看到一个穿着围裙，体型偏胖的用人出现在楼梯口，举着扫把，一脸惊慌失措地道：“不好了……沈老……”

林深拧眉，这人连气都没喘顺，能听清她在说什么才怪。

“外公怎么了？你慢慢说！”

“沈老他……他走了！”

这个消息如一道惊雷劈在每个人的心头，这下换林深连退了几步，若不是扶着墙壁，只怕早已倒下去了。

鹿可伸手还没来得及扶住他，林深就已经急匆匆地朝楼上奔去。一群人如梦初醒，这才跟在林深身后冲向二楼的主卧。

等鹿可赶到的时候，床前已经围满了人，林深跪在老人的身边，惨白的日光照在老人身上，已经安然闭目的老人就像是睡过去了一样，安稳慈祥。

鹿可不敢相信，就在前一刻，这个老人还和她说了许多话，告诉了她一个惊天的大秘密，还精神奕奕，一点都不像是即将要离开人世的样子。

生命，原来真的如此不堪一击

……

沈老的葬礼举行得很低调，下葬的那天，是个雨天，一行人打着黑伞站在墓碑前，牧师在念悼词，鹿可看着墓碑，有感而生。

再多的恩怨纠葛都敌不过生老病死，活好当下才是最重要的事，所谓过往，所谓恩怨，都是过眼云烟。

转眼，离沈老入土为安已经三个月了，其间前来吊唁的人不少，林深难得有时间，和鹿可一起陪着吊唁的亲友前来为沈老扫墓。

送走了亲友，林深才带着鹿可沿着长长的石阶往下走。临近年关，最是寒冷的时候，一眼望过去满目萧索，光秃秃的树枝上立着几只寒鸦，凄厉地叫着，脚下的黄色树叶早就被深冬的露水打湿，被人碾碎化成泥土。

“鹿可，我们结婚吧。”林深走了两步，突然开口。鹿可一个趔趄，差点从台阶上摔下去，好在林深手疾眼快，伸手将她扶住了。

“你说什么？”

鹿可想伸手去摸摸他是不是发烧了，林深拿下她的手放在自己的手心里，语气严肃地说道：“鹿可，我想清楚了，我要娶你，我这辈子就认定你了，我相信不仅是我，我身体的其他人格也是这么认为的。人生苦短，谁也无法预料意外和未来哪个先来，我既然已经抓住你了，就不想再放手了。”

鹿可望着林深的眼睛，他的眼神真挚诚恳，不再是以往的不确定和小心翼翼，而是十分坚定，便道：“好。”

林深的脸上终于有了笑容。

他伸手将鹿可揽在怀中，低声地叹了一句：“可可，还好你在我身边。”

鹿可伸手环住他的腰，还没等她感动多久，林深又开始盘算：“你说我们现在买请柬的话来得及吗？还有几天就要过年了，要不迎新年和婚礼一起办了吧……”

鹿可给了他一拳，没好气地说道：“在墓园说这种话，亏你想得出来。”

“老子乐意咋啦，老子就是一刻都等不了。”

“老子……”鹿可总算察觉出不对劲了，那个傲娇林深怎么又蹦出来了？！

“刚刚向我求婚的人是你？”鹿可睁大了眼睛，愣愣地望着林深，试图从对方的眼神里找到他不是那个傲娇自大狂的证据，然而结果很让人失望，他就是货真价实的霸道总裁版林深！

“当然是老子啦！你不会以为刚刚向你求婚的是那个喜欢你却不敢说的胆小鬼吧！哼，他们哪能跟老子比！”林深心情大好，一把将鹿可打横抱起，“去他的喜宴，我现在就想洞房花烛了！”

“喂！拜托你收敛一点好不好，还在墓园里呢！”

林深没说话，抱着她一路狂奔，一滴冰冷的水落在鹿可的脸上，鹿可还以为下雨了，毕竟天空灰蒙蒙的，一副大雨即将到来的样子。

不对啊，明明没有下雨！

鹿可抬头，看到泪水在林深的下巴汇聚成点，最后“吧嗒”一声落在她的脸上。

“林深……”

“鹿可。”

林深抱着鹿可在山脚下的宝马车前停了下来，他没有急着上车，而是把她放在了车前盖上，两手撑在她的左右两侧，来了一个高难度的“车咚”。

幸亏这个时候来扫墓的人都走了，这里又偏僻荒无人烟，不然鹿可得尴尬死。

看到林深脸上还没干的泪痕，鹿可也顾不得矜持，倾身抱住他：“嗯，我在。”

“你会想我吗？”

鹿可有点摸不着头脑，他不就在她的身边吗？每天抬头就能看到，有什么好想的？

“我……”

“你喜欢我吗，喜欢这个像孩子一样不成熟，甚至有些幼稚的我吗？”

林深的话让鹿可实在摸不着头脑，她有些诧异，不过很快就反应过来。

这个家伙不会是在吃醋吧，吃他自己的醋？

“我……”鹿可发现，这个问题她还真没办法回答。因为她现在分不清，自己喜欢的到底是回忆里的那个穿着白衬衫的青葱少年，还是眼前这个时不时切换一下人格的林深。

她分不清自己喜欢的是记忆中的那个男神，还是爱屋及乌对他身体里所有的人格都动了心。

就在鹿可不知道该如何是好的时候，萧时突然出现在她的脑海里，她吓得连忙摇头，想赶走脑海中的幻影。

然而这一举动落在林深的眼里，意义就完全不一样了，他失落地低下头，沉默了几十秒后很快就调整了过来。

“没关系的，你不喜欢我也没关系。”他这话与其说是在安慰她，还不如说是在安慰自己。

鹿可的话还没说出口，就听到林深又喃喃自语道：“你不喜欢我没关系，我喜欢你就够了。”

那一刻，泪水突然涌上鹿可的眼眶，这种生离死别的即视感是怎么回事？

费力说过，她是解开所有人格心锁的关键，龙鼎天也说过，她的存在会让真正的林深慢慢回归，而他们会……消失！

这些天来发生的事情太多，她甚至忘了要是萧时、叶良辰、龙霸天还有……眼前这个有点“中二”的林深消失了会怎样。

“你是不是……”“离开”两个字，鹿可说不出口。

“有你在身边，林深的主人格意识在渐渐变强，我们就没有什么存在的意义了。”林深笑了笑，站直身子放开了鹿可，“谢谢你刚才答应我的求婚，虽然我知道就连这个也是我从林深那里偷来的。”

“林深……”

“鹿可……”林深伸出手，本想摸摸鹿可的脸颊，最后却改为拍了拍她的肩膀，“我要走了。”

“去哪儿？”

“我本来就是一个虚幻的人格，我只是沈老为了掩盖真相而创造出来的，我一不能保护他，也没办法替他分担痛苦……”

鹿可突然有点理解眼前的这个林深了。

他只是一个被沈老创造出来的孩子。

慢着，他说的“走”不会是……

鹿可总算知道那种生离死别的感觉从何而来了，她紧张地抓着林深的衣角问道：“你还会回来吗？”

林深想回答“不会”，可是看到她那如小鹿斑比一般期盼的眼神，没忍心，揉乱了她的一头碎发，道：“你如果想老子的话，老子随时还是会来看你的。”

鹿可翻了个白眼，这个家伙也真是的，不管什么时候，他都能一秒钟把人家的感动搅得烟消云散。

鹿可想推开林深上车，却被他拉进了怀里。鹿可还没反应过来，嘴唇突然贴上一个温热的东西，她的挣扎尽数被淹没在这个霸道的吻中。

林深按着她的头，恨不得和她融为一体，然而总归是要离别的，她也总归是属于别人的。

他的这些记忆都是偷的，这个吻也是，他没有父母，没有身份，没有亲人……

还好，他曾动心过，也算没有浪费沈老把他创造出来，给他一个爱人的机会。

当大脑中的阵阵钝痛传来，一滴泪从林深的眼角滑过，他认命地闭上眼睛，记住这最后的温暖。

就让他抱着这份温暖，随风飘散。

……

鹿可被林深那钢铁一般的臂膀拥得喘不过气来，就在她想着推开林深喘口气会不会伤他的自尊心时，林深已经尖叫一声，一把推开了她。

鹿可的背重重地撞在了汽车前盖上，痛楚从背上腰上传来，她扶着腰好不容易才站起来，看到的就是林深一脸嫌弃地用矿泉水漱口的情形。

“喂！”鹿可无语，强吻她的是他，嫌弃她的也是他，怎么什么事都被这家伙做了！

“你居然还敢嫌弃！”

林深将口里的水吐在地上，猛翻着白眼道：“老子没有和女人接吻的兴趣。”

“不喜欢女人难不成你还……”鹿可突然回过神来，难以置信地看着就在几分钟前，还强吻她的男人，“你不会是萧时吧？”

萧时跷着兰花指，从牙齿缝里挤出四个字：“算你识相。”

鹿可整个人都不好了，有一个分分钟切换人格，不对，是分分钟切换性取向的男朋友，不管是对忍耐力还是接受力都是一个巨大的挑战啊！

在她走神的时候，萧时已经钻进了车里，他坐在驾驶座上，朝鹿可挑了挑眉，道：“怎么还不想上车，难不成想一个人走回去？”

有前车之鉴，鹿可说什么都不让他开车。她拦在车前，道：“你没有驾照，不能开车。”

“我不开难不成让你这个路痴开？”

鹿可：“……”

萧时见说不动她，便阴阳怪气地说：“墓园这种地方一般阴气很重，兴许你还能带几个回家过年哟。”

话音刚落，鹿可就以迅雷之势迅速钻进了副驾驶座，就连安全带都系好了，还露出完美的微笑，对萧时做了一个“请”的手势：“萧时小姐，您想怎么开就怎么开，只要赶紧离开这里就成。”

萧时“哧”了一声，然后干净利落地发动车子，汽车扬长而去。

“萧时，你这是要去哪儿？”认出这不是回家的路，鹿可抓紧安全带，又开始紧张起来。

“去找我的男神。”萧时双颊泛红，粉红气场爆棚，就差给她配个蝴蝶结了。

“你男神不是在法国？”鹿可虽然不关注娱乐消息，可是国际巨星的一举一动身边每天都有人“八卦”，她想不知道都难。听说卫锦还在法国参加活动没回来，难不成萧时还要跑到法国去不成？

鹿可想想就觉得上萧时的车，绝对是她一个错误的决定。

“谁说我只有一个男神了。”萧时一边从容不迫地转弯，一边鄙视鹿可，“你以为人人都跟你一样，只会在一棵树上吊死啊！我的男神也分为只可远观和可以亵玩的。”

鹿可捂着被他超高车速刺激得差点蹦出来的心脏，问道：“你只可‘远观’的男神应该就是法国的那位吧。”毕竟为了防萧时，在粉丝见面会上，准备了上千名保安的卫锦也是蛮拼的，“可以亵玩的是指？”

鹿可有一种预感，这个人一定是她认识的。

果然，萧时甜甜一笑，报出了一个让鹿可恨不得现在就撞墙死算了的名字：“林乔。”

老同学，不是我不救你，我也无能为力啊！

……

最后萧时还是成功找到了林乔，在林乔毫无准备的情况下偷得香吻一枚，可怜的林少爷，就这样被强吻了，直到过年都不敢出家门，从此见到林深就绕道走。

那画面太美，简直不敢看。

虽然林深每天都会切换人格，但是鹿可已经找到规律了，只有林深情绪波动很大的时候，才会出现人格切换，而且切换得也十分有规律。生气的时候萧时就会出来，“头号花痴”萧时只要有帅哥就够了，再大的火气也发不出来；伤心难过的时候叶良辰就会冒出来，这样只需要喂他吃东西就成了……

在吃团圆饭的时候，鹿可已经能够得心应手地应付人格随时随地切换的林深了。

所以大家都只能目瞪口呆地看着上一秒还吵闹不休的林深下一秒就被鹿可……的鸡腿征服了，安安静静地吃饭。

……

团圆饭过后，大着肚子的鹿可和因为吃撑了同样大着肚子的林深在庭院里散步。

“鹿可，你以后真的不能再让那个吃货这么吃了，否则我的胃迟早有一天会被他吃炸。”林深扶着腰，行动比鹿可这个孕妇还不方便。

鹿可扶着他在凉亭里坐下，嘴上答得十分畅快，心里却很清楚，一旦对上叶良辰那楚楚可怜的眼神，她就只有“给给给”“吃吃吃”的分。

“你说，他真的走了吗？”最近跑出来的人格只有萧时和叶良辰，而被沈老创造出来的“中二”林深和龙鼎天已经很久没出现过了。

鹿可望着漆黑一片的天空，想起“中二”林深最后留下的那个霸道的吻，心里就像是空了一块地方，空荡荡的。

林深艰难地站起来，走到她的身边握住她的手：“他们并没有消失，而是融进了我的记忆里。迟早有一天，我会变成一个完整的林深。”

鹿可回握住他的手，想象着变成了一个温柔的、爱吃的，还有点花痴的林深，突然觉得挺萌的。

鹿可一时没忍住笑出了声。林深怎么可能猜不到她在想什么，捏了一把她最近渐渐变得肉嘟嘟的脸颊：“你这丫头，又在想什么坏事呢！”

“哈哈，秘密！”

此时，“砰”的一声传来，原来是开始放烟花了。天空成了最好的幕布，绚烂的烟花炸开，将大地都照得五颜六色。

鹿可从身后环抱住林深，头靠在他的背上，就像抱住了萧时、龙鼎天、叶良辰以及那个“中二”林深，还有回忆中的男神一样。

他们都还在，这样真好。